CLEÓPATRA

NATASHA SOLOMONS

CLEÓPATRA

Tradução

Gilson César Cardoso de Sousa

JANGADA

Título do original: *Cleopatra.*

Publicado originalmente em inglês no Reino Unido por Manilla Press, um selo da Bonnier Books Uk Limited.

1ª edição 2025.

Capa: Design e ilustração de Alexandra Allden

Foto da autora © Amelia Johnson

Editor: Adilson Silva Ramachandra
Gerente editorial: Roseli de S. Ferraz
Preparação de originais: Carolina I. Camargo
Gerente de produção editorial: Indiara Faria Kayo
Editoração Eletrônica: Join Bureau
Revisão: Adriane Gozzo

Dados Internacionais de Catalogação na Publicação (CIP)
(Câmara Brasileira do Livro, SP, Brasil)

Solomons, Natasha
Cleópatra / Natasha Solomons; tradução Gilson César Cardoso de Sousa. – São Paulo: Editora Jangada, 2025.

Título original: Cleopatra
ISBN 978-65-5622-115-1

1. Ficção inglesa I. Título.

25-290627 CDD-823

Índices para catálogo sistemático:
1. Ficção: Literatura inglesa 823
Eliete Marques da Silva – Bibliotecária – CRB-8/9380

Jangada é um selo editorial da Pensamento-Cultrix Ltda
Direitos de tradução para o Brasil adquiridos com exclusividade pela
EDITORA PENSAMENTO-CULTRIX LTDA., que se reserva a
propriedade literária desta tradução.
Rua Dr. Mário Vicente, 368 — 04270-000 — São Paulo, SP — Fone: (11) 2066-9000
http://www.editorajangada.com.br
E-mail: atendimento@editorajangada.com.br
Foi feito o depósito legal.

Para meus filhos, Luke e Lara, que, para meu grande alívio,
se dão melhor que os irmãos Ptolomeu.

"Ainda não me conheces?"

— *Antônio e Cleópatra*, Ato 3, Cena 13

1

CLEÓPATRA

Quero que me veja como sou. Você pode não gostar de mim, me amar ou me odiar — mas, primeiro, me conheça. Nasci menina e deusa. Futura rainha, caso vivesse o suficiente para tanto. A corte de meu pai está repleta de inimigos, alguns deles membros de minha própria família. Sua malevolência rasteja sobre minha pele como insetos, e, se colocassem em prática seus pensamentos repulsivos, teriam subido pelas pernas de meu berço como formigas e devorado meus olhos. Mas não estou completamente só. Charmian me pertence desde o começo. Foi arrancada da mãe, da qual não se lembra, e entregue a mim, quente e nutrida de leite, ainda encolhida, como se estivesse no ventre materno. Uma deusa precisa de uma criada a seu serviço, moldada por seus desejos como o seixo torneado e alisado pelas mãos do mar. Os sacerdotes a escolheram para mim ao descobrir que seu nascimento se dera poucos instantes depois do meu. É a vontade dos deuses que estejamos sempre juntas. Quando crianças, dormíamos no mesmo berço — pois não gosto de ficar sozinha —, nossos corpos aconchegados um ao outro como dois pães em fermentação, os dedos dela entrelaçados ao redor do meu pescoço. Sugávamos juntas os seios de escravas irmãs. Conforme crescíamos, ela dormia ao meu lado ou aos pés da minha cama, conforme eu desejasse.

Dei-lhe um nome quando minha língua aprendeu a falar. Antes, ela não tinha nome nenhum. É que cada parte sua me pertencia — até seu nome. Charmian, "fonte de alegria". Ela diz que a alegria que vi nela era meu próprio deleite refletido, puro e brilhante. Charmian é minha escrava e, no entanto, por muito tempo, nunca quis ser livre. Pois, quando amamos, não somos todos escravos satisfeitos com a submissão? Assim, de certa maneira, eu também pertenço a ela, acorrentada pelo afeto.

Chegamos à biblioteca, esta manhã, ao nascer do sol. As penas dos eruditos arranham as folhas de papiro como as patas agitadas de camundongos. Nenhum deles nos dá a menor atenção, pois estamos aqui todos os dias com meu preceptor, que indica a Charmian e a mim um texto para transcrever e depois nos faz perguntas em voz baixa para testar nossa compreensão. O sol se insinua pelas altas janelas como um aluno bisbilhoteiro tentando copiar meu trabalho. Colunas esguias se erguem propositadamente longe das fileiras de escrivaninhas para que, quando o sol cruzar o céu, sombras importunas não sejam lançadas sobre nossas anotações. Os mosaicos têm cores suaves, de forma a não ofuscar os olhos dos devotados eruditos. A água que brinca nas fontes azuis refresca o ambiente e abranda o espírito. A grande biblioteca do Museu é dividida em setores conforme o idioma e, então, por tópicos e em ordem alfabética. Amo os padrões e a compartimentação do conhecimento; o sistema, por si só, me agrada tanto quanto uma pintura ou uma peça de tecido executadas com maestria. Esse espaço é um templo dedicado às próprias Musas e ao saber. O bibliotecário vagueia por entre as prateleiras em seus trajes de sumo sacerdote, pronto a dar informações ou a conjurar a vara oculta em sua manga para golpear os dedos de qualquer erudito infeliz que seja pego quebrando as regras — rabiscando um pergaminho do acervo ou, pior, contrabandeando às escondidas um petisco da tarde. Água e comida são estritamente proibidas, já que podem danificar os pergaminhos ou atrair os roedores. Charmian e eu nos divertimos provocando o grande bibliotecário. Trazemos nacos de queijo que, na verdade, são blocos de madeira pintados e garrafas de vinho vazias — só para irritá-lo. Sei muito bem que ele não se atreveria a golpear meus dedos com sua vara.

Hoje, estou pressentindo certa inquietação entre os eruditos. Não ignoro, embora ninguém me fale a respeito, protegendo-me da verdade como folhas de palmeira contra o sol, que o povo de Alexandria odeia meu pai. Roma é a causa da perturbação; Roma, que anda rondando nossas fronteiras há anos, de olho em nossas riquezas. O Egito pode ser próspero, mas seus exércitos não são páreo para as legiões romanas. Vimos outros países caírem como árvores abatidas, seus tesouros e povos levados a Roma. O poder dos romanos foi construído sobre pilhagem, escravos e avareza. O que não possuem, pisoteiam e queimam. Somos o último farol de liberdade em meio a um tenebroso mar romano. Um dia, virão atrás de nós também.

Desesperado, meu pai comprou uma trégua de Roma em forma de título: "Amigo e Aliado do Povo Romano". Essa trégua é uma promessa de que, por enquanto, não vão nos devorar. Mas o preço pago foi exorbitante até mesmo para um faraó. E, infelizmente, no lado terreno do campo de juncos, os reis divinos precisam aumentar os impostos. O povo do Egito não gosta que suas bolsas sejam esvaziadas pelo monarca em proveito de Roma. Seu ódio é, quase sempre, morno. Uma antipatia que borbulha, mas nunca transborda ou se aquece até o ponto da violência. Entretanto, agora sua animosidade começa a ferver. Mais uma vez, meu pai procurou os romanos, implorando por ajuda contra seu próprio povo. Caso houvesse me consultado, diria-lhe que isso seria um equívoco.

Um enviado romano veio a pedido de meu pai, que tentava negociar a calma entre o povo e amainar seus ressentimentos. Só conseguiu piorar as coisas. Charmian diz que o infeliz romano matou o gato sem querer, passando por cima dele com as rodas de sua biga. Não estou certa de que ele o fez — ou de que o gato sequer existisse. Pode ter sido meramente erigido como vítima de um crime fictício para justificar um assassinato. Mas o romano acabou sendo acusado de matar um gato — uma de nossas criaturas divinas —, e a multidão, sedenta de sangue, jurou vingança. Meu pai tentou intervir e falar em defesa do romano, o que só instigou ainda mais o povo, e o pobre homem foi arrancado de sua casa e agredido pela multidão, degolado e eviscerado como um rato por um gato e deixado aos pedaços sobre a calçada. A partir de então, para mim ficou claro que meu pai estava perdendo toda influência que porventura tivesse. E a cada dia ela se dissipava mais e mais.

Se aqui se murmura, então é sinal de que a insatisfação já chegou ao palácio. Mas, afora isso, a biblioteca parece tão tranquila como sempre. No centro do Museu, diante de um vasto espelho d'água retangular, ergue-se o próprio Platão. A estátua olha para cima, para a abertura no teto do templo, mas sua cabeça inclinada e sua testa franzida fazem com que ele pareça menos absorto em contemplação do que preocupado com a inclemência do tempo. Suspirando, releio minha tradução do aramaico para o grego. Suponho que se trate de poesia, mas prefiro versos gregos originais, que são mais mundanos, elegantes e engraçados. Esses versos aramaicos mais parecem rosas velhas e dessecadas. Preferia estudar os tratados sobre impostos rurais que passamos a última semana decifrando. Charmian reprime um bocejo e encosta a cabeça na mesa, com um gemido. Rindo, eu a cutuco. Depois de sermos questionadas sobre o terrível poema, tendo eu respondido corretamente a todas as perguntas, e ela, a nenhuma, o preceptor suspira.

— Vamos, vou acompanhá-las até o palácio — diz ele.

— Por favor, deixe-nos ficar aqui mais um pouco. O senhor não precisa nos fazer companhia. Ficaremos bem sozinhas — peço.

Em geral, ele costuma interpretar meu pedido como uma dispensa e vai embora após se despedir, mas hoje balança a cabeça.

— Não vou deixá-las sem proteção — diz ele, fazendo um sinal. Dez guardas se aproximaram.

Estou acostumada à presença deles, mas Charmian e eu somos hábeis em despistá-los, quando necessário. Talvez seja tolice, mas, em nossa insolência, achamos que, se podemos escapar de meus guardas, podemos também enganar qualquer assassino.

— Preparem os textos de amanhã com atenção — recomenda o preceptor.

Não preciso que ele me pressione, mas nada pode convencer Charmian. Tarefas acadêmicas não lhe interessam, embora eu nunca tenha conhecido ninguém que ela não consiga encantar, nenhuma escrava a quem não logre persuadir a lhe confidenciar seus mais íntimos segredos.

Uma vez que o preceptor se foi, Charmian e eu perambulamos pela biblioteca, ignorando os guardas que nos seguem por todo lado. Para meu alívio, eles se mantêm a uma distância respeitosa. Há mesas e escrivaninhas de madeira entalhada a intervalos regulares em cada uma das diferentes seções da sala de leitura. O edifício de pedra é vasto, adornado com colunas decoradas de acordo com o lugar onde se erguem: colunas dóricas na seção grega, pilares esculpidos e coloridos na seção egípcia. A ala grega é a maior e mais movimentada, cheia de eruditos que se aglomeram como aves em gaiolas no mercado. A segunda mais concorrida é a de língua egípcia, com estudantes e sacerdotes debruçados sobre textos que contêm os segredos da religião e da lei divina. Há outras áreas reservadas a idiomas estrangeiros, todas meticulosamente organizadas — latim, aramaico, gaulês e ainda mais pergaminhos na algaravia dos trogloditas, além de textos lindamente ilustrados em árabe e sírio. Charmian e eu deslizamos em meio a esse amontoado de rolos de papiro, pergaminho e papel alojados como numa colmeia. Ao passar pela seção grega, paro para pegar um rolo de uma prateleira alta, com cuidado. Um rapaz me olha surpreso, prestes a impugnar meu gesto, mas, ao ver de quem se trata, mantém a boca fechada. Perambulamos até chegar à minha parte favorita da biblioteca.

Aqui, no setor "Navio", não há ninguém. Nos escondemos atrás de um pilar e sentamo-nos em sua base. Charmian tira doces de sua túnica — estamos longe do olhar do sacerdote-bibliotecário. Esses rolos não tratam de navios ou mares, nem de leis marítimas; são documentos confiscados pelos faraós, ao longo de séculos, de embarcações que chegam ao porto. A lei estipula que todos os rolos que entrarem em Alexandria devem passar pela inspeção dos bibliotecários: se não forem versões de textos já existentes aqui, devem ser levados à biblioteca e copiados. Obviamente, nunca é o original que volta às mãos do infeliz mercador ou viajante — o que volta é a cópia. Meu pai e seus antecessores surrupiaram e acumularam conhecimentos do mundo inteiro, armazenando-os aqui, nessas estantes sobrecarregadas.

Ficamos sentadas por alguns minutos; o único som é o da degustação dos doces contrabandeados. Paira no ar um perfume de alecrim e mirra, para espantar moscas e outros insetos indesejáveis, mas há também o odor seco dos próprios rolos de papiro, assegurando que agora, para mim, pensamentos e palavras têm cheiro floral e envolvente. Lanço um olhar para a seção grega, onde ficam guardados os manuscritos de Aristóteles e Platão. Foram escritos pelos próprios filósofos, e suas ideias fluíram diretamente para esses volumes ainda conservados aqui. Meu preceptor nos mostrou alguns deles numa tarde em que nosso desempenho semanal lhe agradou — ou melhor, em que me saí bem por mim mesma e por Charmian.

Dentro dessas paredes, existem pergaminhos contando toda a história, desde o cerco de Troia (o ovo de onde Helena nasceu está guardado em outra parte do Museu) até o próprio Alexandre, e até os modestos feitos de meu pai. Ou seja, essas estantes contêm o mundo inteiro em forma de pensamentos, ideias e possibilidades. Bem, o mundo grego e egípcio; mas algum outro importa realmente? Limpo as mãos na túnica, removendo quaisquer resquícios pegajosos, e, em seguida, desenrolo o volume que peguei. Charmian fica espiando por cima de meu ombro.

É a primeira biografia de Ptolomeu, general de Alexandre e meu antepassado. Toda a nossa linhagem de faraós descende dele. Após a morte de Alexandre, Ptolomeu, seu general favorito, ordenou que seu corpo fosse colocado num sarcófago de ouro maciço e, mais tarde, transferido para a nova cidade de Alexandria. Ptolomeu se tornou o primeiro faraó de uma nova dinastia — a minha. Gosto de esmiuçar os detalhes de sua vida, a triste morte de Alexandre, o nascimento da nova cidade, o rei morto em seu sarcófago dourado. Posso ler tudo isso três séculos depois porque Ptolomeu não era apenas um soldado, mas também um contador de histórias, o narrador de sua própria vida. Esse é meu livro favorito e já o li tantas vezes que sei muitas de suas passagens de cor. Hoje, só leio as primeiras frases e volto a me recostar na coluna.

— Acho que vou ser como Ptolomeu, Charmian.

— Claro que vai. Você vai governar, e será sábia e amada.

— Sim. Mas também vou escrever sobre isso, como ele fez. Escreverei minha própria história.

Charmian olha para mim um pouco surpresa, mas intrigada.

— Não vou escrever uma só palavra além do que precise escrever. Mas tenho sorte. Ninguém se interessará por mim, exceto como seu reflexo. Você é o palácio; eu sou apenas o espelho d'água que a reflete para que você pareça ainda mais gloriosa.

Rio e respondo, incrédula:

— Então você se faz pior para que eu pareça melhor?

Charmian sorri. Encosto-me na coluna e prossigo:

— Vou escrever minha própria história. Um dia, ela estará nestas estantes, e, passados mil anos, pessoas virão aqui para lê-la, tal qual aconteceu. Vão me ver. Vão me conhecer como se tivessem passeado por minha corte. Não permitirei que outros criem minha história. Serei como Ptolomeu: eu mesma vou escrever cada palavra.

Charmian ouve por um momento, com expressão séria. E acrescenta, com riso irônico:

— Não escreva uma história comprida demais, Cleo. Talvez o melhor seja realizar pouco para não ter muito a dizer.

Eu rio. Ela sorri. Espreguiço-me, bocejo, certa de que essa biblioteca durará tanto quanto as ideias que entesoura.

Charmian e eu brincamos de corrida de escorpiões no palácio, suas patas arranhando o mármore polido do piso. Gritamos de alegria, atiçando-os, cutucando-os com varetas. Mas logo, para minha irritação, escravos em pânico aparecem e interrompem a brincadeira.

— E se a senhorita for picada, princesa? — perguntam. Ninguém se preocupa com o que possa acontecer a Charmian.

De qualquer maneira, não dou atenção a isso. Tomando-a pela mão, simplesmente levo Charmian para mais longe, para o jardim, desafiando todos os guardas palacianos, e perseguimos insetos sob os limoeiros, onde os escravos do palácio não podem nos encontrar. Gosto de Charmian porque ela sabe competir, incentivando seu escorpião a vencer, e nunca perde uma corrida, embora eu seja sua dona e princesa. Brincamos por tanto tempo que não percebemos a escuridão se apossando do arvoredo à nossa volta. Regressamos ao palácio, torcendo para que ninguém nos veja, mas é claro que isso não acontece. Somos prontamente notadas, minhas roupas estão sujas.

O comandante dos guardas do palácio está furioso.

— Vocês foram instruídas hoje a permanecer com sua escolta. Todo o pessoal do palácio andou à sua procura por horas — diz ele, trêmulo de raiva.

Tenho vontade de dizer-lhe que eles são totalmente inúteis se levaram tanto tempo para nos encontrar, mas não quero piorar as coisas. Além disso, estou com medo: talvez a ameaça seja mais séria do que de costume. Penso no gato e no romano, no sangue tingindo as pedras da calçada, e sinto-me um pouco enjoada.

— Seu pai quer vê-la — informa o comandante.

Sei que o castigo será pior por ter feito meu pai esperar. Mandará punir a chicotadas os escravos que não conseguiram me encontrar. Caminhamos até seus aposentos em silêncio. Ele raramente me chama à noite. Está sentado no trono, e, quando tenta se levantar ao me ver, noto que não consegue. Corro até ele e me ajoelho a seus pés, a fim de lhe poupar a humilhação. Ele põe a mão em meu rosto, que está úmido de suor, e se inclina para me falar ao ouvido.

— Está sã e salva. Que bom que está a salvo.

De seus filhos, sou a única por quem ele tem verdadeira afeição. Sua favorita incontroversa. Divirto-o com minha beleza e inteligência. Mas minha família não respeita o amor ou a afeição, somente o poder. E desde cedo fui escolhida para herdá-lo de meu pai. Não sou a primogênita, porém, ainda assim, ele quer que eu o suceda. Sei que, mais cedo ou mais tarde, o poder e o Egito serão meus e de mais ninguém. Ou serão meus, ou eu os tomarei.

— Papai, grande faraó!

Beijo sua palma úmida.

— Pela manhã, partiremos para Roma. Preciso de conselho — diz ele.

Olho-o com surpresa. Ele não precisa de conselhos, precisa de um exército. Teme que o populacho invada o palácio. Perdeu não só o amor, mas também o controle de seu povo. Espera que Roma lhe dê soldados para recuperá-lo. Fito-o bem nos olhos e, pela primeira vez, percebo que está com medo. Ele vai fugir e me levar junto.

O palácio permanece mergulhado no caos a noite inteira, enquanto os escravos preparam essa viagem inesperada. Minhas irmãs Cleópatra Tifínia e Berenice ficarão para trás, a fim de governar por procuração. Não são faraós, apenas substitutas de meu pai. Ao contrário dele, não creio que saibam a diferença. Meu pai pretende voltar com um exército fornecido pelos romanos e reaver seu trono. Ladeado por legiões romanas, qualquer sussurro de rebelião será silenciado, do contrário as tropas acabarão com os dissidentes. Não gosto desse plano. Não gosto que ele recorra a estrangeiros, muito menos aos romanos, para ajudá-lo a resolver os problemas do Egito. Eles cobiçam nosso litoral, espreitando nossas riquezas como convidados indesejáveis numa festa. Também me inquieta a escolha de minhas irmãs mais velhas para manter seu trono intacto. As duas só se preocupam uma com a outra e, como tarde e noite, são indivisíveis. Elas me odeiam, tendo qualquer afeição desaparecido por causa da preferência que meu pai tem por mim — e eu, prudentemente, me mantenho fora de seu caminho.

Meu único consolo é que, na confusão, o comandante da guarda do palácio se esqueceu de me punir por ter escapado ao pomar de limoeiros.

— Princesa? — O comandante se aproxima, de cabeça baixa, em sinal de respeito. Meu estômago se revira.

Ele não se esqueceu. Para meu desgosto, sob o olhar atento das escravas do berçário, um guarda jovem, com bigode fino como as patas de uma aranha, recebe a ordem de castigar Charmian por nosso mau comportamento. Observo, chorando, enquanto ela é chicoteada. Eu mesma não posso ser punida, mas vê-la sofrer é uma dor ainda maior. Dois escravos me seguram pelos ombros, a fim de impedir que eu me interponha no trajeto do chicote, e eu fico ali, com folhas de limoeiro nos cabelos, vendo-a aceitar nosso castigo, meu escorpião vencedor se revolvendo numa bolsa em minha cintura, lágrimas escorrendo por minhas faces.

Mais tarde, deixam-nos escapar para nossos aposentos, e ela se senta no chão de meu quarto, as costas raiadas de vergões vermelhos, lágrimas escorrendo das pálpebras inchadas. Outra escrava cuida de seus ferimentos, limpa o sangue e aplica um cataplasma às lesões. Passo a Charmian a bolsa com meu escorpião vencedor. Ela a recebe, aperta minha mão e não solta. Charmian é a única pessoa a saber que, no fundo, sou apenas uma garota com folhas de limoeiro nos cabelos.

Deitamo-nos na cama, lado a lado, nossos pés entrelaçados. Noto pela janela a luz rosada da aurora se espalhando. Imóvel, incapaz de adormecer, penso em Roma e ouço o escorpião, no escuro da bolsa, arranhando, arranhando.

2

CLEÓPATRA

Eu não queria ir para Roma. Com 13 anos, nunca saíra do Egito, e, apesar de todos os perigos e trapaças do palácio, Alexandria é meu lar. Em comparação, Roma parece suja e barulhenta, mesmo atrás da cortina de minha liteira. Enquanto sou conduzida pelas ruas, o fedor me incomoda. O gosto de legumes podres e carne crua, mais o cheiro insinuante de suor e pele humana, agridem minhas narinas e garganta. Aspiro o óleo de mirra espalhado em meus pulsos para tentar deter a bile que sobe de meu estômago. As ruas serpenteiam, estreitas e escuras como veias, e sinto saudade das largas avenidas de minha cidade. Aqui não sopra a brisa marinha, só se sente o cheiro fermentado de fezes e urina — há urinóis em todas as esquinas para que cidadãos e escravos se aliviem, deixando aos tintureiros e às lavadeiras o cuidado de recolhê-los quando o cheiro azedo de urina empesta todo o lugar. Estamos fora há mais de dois meses, e só desejo voltar para casa.

A rua que percorremos está congestionada de carros de bois, um colado atrás do outro, e de gritos de homens livres e escravos que açoitam as ancas dos animais. Corro um pouco a cortina e vejo Charmian caminhando ao lado da liteira, esforçando-se para acompanhá-la e se desviando dos montes amolecidos de estrume. Aceno para ela, e ela me envia um beijo. Percebo alguns olhares maravilhados ante a magnificência da liteira, com seus varais de ouro cravejados de centenas de conchas polidas e escaravelhos negros, e suas grossas cortinas vermelhas. Muitos, porém, resmungam e condenam essa inconveniência. Nosso séquito de liteiras e servos obstrui a rua já movimentada, e escravos musculosos, de cada lado do comboio, empunham seus grossos bastões para abrir caminho.

Ouve-se um brado súbito no alto, um grito de dor quase humano. Abro de novo as cortinas e, olhando para cima, vejo um bando de patos, uma esquadra de flechas navegando rumo ao sol, silhuetas se desenhando nitidamente quais lâminas afiadas contra a luminosidade do céu. Olho, admirada, para eles, de coração rendido. Eles se vão num instante, e sinto uma pontada de dor ao vê-los desaparecer. Perscruto o céu, esperando por outro vislumbre, e, para meu deleite, sou recompensada quando as aves dão a volta e surgem outra vez por alguns segundos, antes de se mesclar às nuvens, que parecem se abrir para recebê-las. Noto que Charmian também parou para fitar o céu, em busca dos patos. Fica ali imóvel, enquanto a multidão passa por ela como um rio contornando uma rocha. Preocupada, vejo que nosso cortejo se adiantou e grito para ela. Assustada, Charmian corre para nos alcançar, rompendo caminho entre a turba, que agora enxameia no espaço deixado por nossa passagem. Estendo o braço para fora da janela, e seus dedos úmidos roçam pelos meus.

As liteiras param na frente de uma vila austera, afastada da rua e rodeada por um jardim exuberante. Um caminho calçado de pedras esbranquiçadas avança por entre renques de laranjeiras e limoeiros, com arbustos de murta a seus pés, as folhas purpúreas cobertas de pó e coalhadas de borboletas. Netuno se banha numa fonte, diante da entrada, erguendo seu tridente faiscante tão alto que parece querer perfurar o sol. No entanto, trata-se de uma vila, não de um palácio. Não consigo entender por que devemos ir até Catão, o romano, em vez de Catão vir até nós; meu pai, Aulete, é um rei-deus. Também não sei o motivo pelo qual ele tem esse romano em tão alta conta. Catão é um mero senador, mas famoso pela suposta honestidade, integridade e parcimônia. Essa última qualidade pouco me interessa e duvido das duas primeiras. Ainda não conheci um romano que se preocupe com alguém além de si mesmo, com outra coisa afora os interesses de Roma.

Quando nossa comitiva chega ao fim da trilha, um escravo abre a porta. As liteiras são pousadas no chão, e Charmian me ajuda a descer. Entramos num vasto vestíbulo iluminado, com altares e estátuas enfeitadas de seus deuses em volta de um pequeno espelho de água. Parecem-me pequenas e mal talhadas, com membros toscos e desajeitados: o divino oculto faltou nas mãos do escultor. Elas não ganharão vida ao crepúsculo. Atarantado, meu pai emerge detrás da cortina de sua liteira, suado e corpulento; mas, ao me ver, sorri e pisca para mim. Uma sensação de inquietude e afeto me invade. O suor embebe as dobras carnosas de seus pulsos e as dobras de seu pescoço. Fico com pena dos escravos que o carregaram até aqui e vejo um deles vomitando a um canto, exaurido pelo esforço. Ninguém repara nele. Mais escravos e servos se aglomeram em volta de meu pai, o rei, oferecendo-lhe toalhas de linho e bebidas aromatizadas com rosas e ervas, refrescadas na água do rio. Mantenho-me um pouco atrás, enquanto Charmian ajusta meu manto e as joias que enfeitam meus cabelos. Após alguns instantes, um homem surge à nossa frente, a toga branca como seus cabelos, a pele vincada e amarelada como um papiro velho. Resmunga uma série de cumprimentos, mas suas lisonjas são tão enfadonhas quanto seu rosto. Meu pai se aborrece, mas não pode externar seu descontentamento.

— O senador Catão está pronto para recebê-lo, grande Aulete, poderoso governante do Egito e das terras do Nilo — conclui o homem, com um floreio.

Se essa declaração fosse verdadeira e não apenas um sussurro, não estaríamos aqui, forçados a fazer uma *salutatio* matinal a um simples senador e magistrado. Meu pai estende o braço, e eu o seguro. Ele coloca sua mão escorregadia sobre a minha. Sente-se reconfortado quando estou por perto. Sei quanto ele abomina política e artimanhas.

— Acha que ele recebeu os presentes que enviamos? — sussurra, ansioso.

— Claro que sim — tranquilizo-o. — E logo vai lhe agradecer por eles.

Ou deveria, penso. Mas, em se tratando desses romanos, nada é certo. Olhando para meu pai, pálido e suando de preocupação, concluo que ele preferiria estar em casa, no palácio, saboreando figos e queijo maturado, marcando com os pés o ritmo da canção alegre executada por uma infinidade de músicos. Reprimo um suspiro, minha frustração lutando contra meu afeto por ele.

Seguimos o homem, mas, para meu espanto, ele nos conduz pelo triclínio, com seus divãs revestidos de seda e seus tetos cobertos de afrescos, até um recinto bem menor, quase às escuras. A primeira coisa que me impacta é o cheiro. Mais fezes. Levo o pulso ao nariz e tento bloquear o fedor. Não consigo distinguir o homem na penumbra. E, então, eu o avisto. A princípio, julgo que está sentado num trono, mas logo percebo que aquilo é uma privada. A toga foi erguida até o peito, o ninho de pelos pubianos é visível em sua virilha. Ele não se levanta, apenas grunhe enquanto um jorro molhado de excremento cai no vaso já cheio, embaixo. Meu pai, imóvel, o encara boquiaberto, incapaz de falar e arrasado. Aperta meu braço, sem saber o que fazer. A repulsa sobe pela minha garganta e se mistura com a raiva por esse insulto. Mal consigo respirar, o que parece prudente em tais circunstâncias.

— Bem-vindo, Grande Faraó, Senhor das Terras Vermelhas e Negras — saúda o homem, que agora identifico como o próprio Catão. — Lamento recebê-lo desse jeito, sem as honrarias e a pompa que merece, mas tomei um laxante antes de recebermos a notícia de que era sua intenção nos visitar esta manhã em Roma.

Está mentindo, é claro. A caravana de presentes o teria alertado de nosso plano.

— Compreendemos e não nos sentimos ofendidos, senhor — replica meu pai, o faraó, forçando uma atitude obsequiosa e fingindo acreditar no romano. — O que queremos é conselho e ajuda, não cerimônias vazias.

— Ainda assim — responde Catão —, preferiríamos recebê-lo de maneira condizente. Mas, pelo menos, não faltam comida e música.

Olho em volta e vejo que foi preparado um banquete ao lado do recinto: tigelas de figos e melões com mel, carne-seca, jarros de vinho, folhas amargas com sementes de romã, frascos de azeite, porções de azeitonas temperadas e pães engenhosamente entrançados; um grande peixe sem pele, com olhos vítreos e cegos, e um pavão recheado sobre uma cama de rodelas de limões, e nozes, as penas pontilhadas de olhos espetadas nos limões para que o prato nos observe como o gigante Argos. Como guarnição, dúzias de codornas assadas. Mas aquilo parece um banquete do inferno, não desperta o apetite em um quartinho empestado pelo cheiro pútrido e onipresente dos intestinos de Catão. Os músicos não cabem ali; o som da lira e do canto tristonho se insinua pela porta aberta. Constato que, embora Catão se desculpe por sua bizarra e inadequada recepção, não parece fazer caso do rei Aulete.

— Por favor, se não deseja comer, sente-se, sente-se — diz ele com um aceno de mão, como se o faraó fosse um suplicante comum.

Espero, ansiosa, que meu pai o censure pela falta de respeito. Troco um olhar com Charmian, pois ambas já havíamos testemunhado ofensas bem menores provocarem dentes quebrados e respingos de sangue nas paredes. Ela estremece por antecipação, mas meu pai apenas pisca e engole em seco, atônito, como um sapo gordo e lustroso. Um instante depois, sem saber mais o que fazer, ele larga meu braço e se acomoda na beirada de um pequeno divã, que estala sob seu peso.

Observo os dois homens com o coração pesado de tristeza. Amo meu pai, mas o afeto não me cega para sua inépcia.

— Veio me pedir conselho? — pergunta Catão.

Não capto bem suas palavras porque, nesse momento, uma mulher aparece e inclina ligeiramente a cabeça na direção de meu pai — romanos não se curvam, mesmo quando não estão na latrina.

— Servília, minha irmã — Catão a apresenta. — Veio para oferecer hospitalidade à princesa real.

Sinto-me dividida, pois, embora queira permanecer com meu pai, ouvir o embate político e as sugestões do famoso Catão, o cheiro é insuportável, e anseio por escapar. De qualquer modo, não há escolha, pois meu pai acena para que eu vá com Servília.

Contra nossa vontade, Charmian e eu a seguimos até o jardim. Para além das colunatas enredadas de vinhas, abre-se um paraíso verde de tranquila beleza, mas observo tudo aquilo com impaciência. Sou uma princesa, uma futura rainha, mas, por ser mulher, Catão me enxotou para o jardim com as crianças e os cães. Paira ali a fragrância das amoreiras, cujas folhas prateadas se desenham vividamente contra o azul do céu. Uma estátua de Príapo, com seu membro avolumado, espreita por entre as bétulas, que presumo serem ninfas metamorfoseadas em árvores ao tentar fugir de seus arroubos. Aquilo é místico e encantador, mas permaneço indiferente. A irritação eriça minha pele como um surto de brotoejas.

— Estão servidas de vinho? — pergunta Servília. — Ou que tal um passeio pelo *viridarium*[1]?

Balanço a cabeça, impaciente. Não tenho interesse em roseiras enroscadas em treliças poeirentas e estátuas de deuses romanos lascivos. Quero ouvir o que Catão tem a dizer, pois, de outro modo, como poderei aconselhar meu pai?

Servília acena levemente a cabeça, um sorriso fugidio brincando nos cantos da boca, como se eu fosse exatamente o que ela esperava: uma princesa estrangeira, mimada e rude. Respiro fundo.

— Preferiria ouvir o que os dois estão discutindo — respondo. — Tenho de saber que conselho seu irmão dará.

Servília fica em silêncio por um momento, ainda me examinando.

---

[1] Tipo de jardim romano, com árvores decorativas e frutíferas. Em latim, a palavra *viridarium* significa "jardim verde". (N. do T.)

— Os conselhos de meu irmão são famosos. Mas isso não significa que sejam sempre bons.

Então, compreendo: não foi Catão quem elaborou o plano de me afastar de meu pai e sim a própria Servília. Fico intrigada, e, de súbito, o calor já não incomoda tanto, a algazarra dos grilos irrita menos, e olho para ela com interesse. Seus olhos são de um suave azul-cinzento, ornados de longos cílios, mas sua expressão é tão perspicaz que, tenho certeza, nada lhe escapa.

— Mas acho que mudei de ideia, senhora. Sim, vamos caminhar à volta do *viridarium*. Gostaria de descansar junto ao frescor da fonte — proponho.

Caminhamos devagar. Charmian tenta me proteger do sol, mas faço-lhe sinal para que não se preocupe com isso. O calor de Roma não é nada para mim. Já um pouco afastadas da vila, Servília dispensa os escravos e espera que eu faça o mesmo com Charmian.

— A moça fica. Preferiria passar sem minha sombra que sem ela — declaro.

Servília acena com a cabeça, aceitando a presença de Charmian. Desliza os longos dedos por entre a bruma de água da fonte; um arco-íris se forma ao contato da luz, colorindo a névoa.

— Gostaria de me dar algum conselho? — pergunto.

Agora ela sorri, mais cordial e aberta. Seus dentes são brancos e pequenos como pérolas miúdas.

— Ouvi dizer que você era bonita. Mas isso pouco me interessa — diz ela. — E inteligente. Mais inteligente que seus irmãos e irmãs.

Não incluiu meu pai, mas ambas entendemos o que ela quis dizer. Faz poucos meses que Charmian e eu brincávamos de corrida de escorpiões no palácio, e, no entanto, parece que isso foi há muito tempo.

Eu era criança, então; agora, não sou mais. Servília não me trata como uma menina, mas como a filha de meu pai, uma princesa. Sua expressão fica mais grave e séria ao dizer:

— Meu conselho é: voltem para casa. Procure convencer o grande Aulete a fazer as pazes com as facções em luta no seu país. Não peçam a Roma um exército. O custo seria alto demais.

— Meu pai é inimaginavelmente rico — pondero. — Pode pagar qualquer preço.

Servília balança a cabeça.

— A avareza dos homens em Roma é insaciável. Se você convertesse o Egito inteiro em ouro, não os contentaria. Não só seu pai, mas todos os herdeiros dele ficariam em perpétua servidão a Roma.

Ela formula seu conselho de maneira a me alarmar.

— Agradeço seu raciocínio — digo. — É sábio e ponderado, mas tente entender minha hesitação. Por que está me dizendo isso? Desculpe-me a franqueza, mas que lhe importa, senhora, se o Egito for reduzido a escombros e nosso ouro levado para o outro lado do mar?

Servília me encara com expressão austera, mas com um sorriso nos cantos da boca.

— Sua esperteza me cativa — diz ela.

— Não me distraia com lisonjas — replico. — Não sou homem. Não vai funcionar.

— Não é essa a minha intenção — continua ela, em tom suave. Respira fundo e suspira. — Pompeu quer que seu pai fique com as legiões dele. Quer fazer de Aulete seu devedor. Quer, enfim, engolir o Egito e todas as suas riquezas.

— Você não gosta de Pompeu? Não deseja vê-lo engordando com nossos tesouros?

Todo traço de humor desaparece do rosto de Servília, e sua voz assume um tom sombrio.

— Odeio Pompeu. Ele matou meu primeiro marido. Um crime covarde. Mais dia, menos dia, receberá dos deuses aquilo que merece. Até lá, não farei nada em benefício do assassino do pai de meu filho.

Estudo sua expressão, repleta de cólera e rancor. Acredito nela.

— Ore a Osíris, caso Marte não a ouça — recomendo. — A vingança dele é rápida e implacável. Levará Pompeu, calado e sozinho, para o inferno. As preces de Roma não alcançarão sua alma lá.

Ela acena com a cabeça.

— O que você recomendaria que eu e meu pai fizéssemos? — pergunto.

— Que voltassem para casa. Embarquem agora e busquem reconciliação. De outro modo, não haverá felicidade para vocês. Senadores ambiciosos derreterão sua coroa e a transformarão em moedas.

— Entretanto, sem um exército romano, de que maneira meu pai continuará rei?

— E que espécie de rei seu pai seria caso ele e seus herdeiros se tornassem propriedade de Roma?

Não respondo. Ela repercute os medos já instalados em meu seio desde o instante em que meu pai me disse que viríamos para Roma como suplicantes. Ele não pode vender o Egito. Não serei propriedade de Roma. Serei uma rainha, não um bem. Só espero que ele me ouça.

Voltamos à vila e encontramos Catão ainda sentado na latrina. Está falando e só se interrompe por um momento. A língua de Aulete vibra entre os lábios, rápida como um lagartixa. Catão prossegue:

— Os presságios estão contra você. Não viu os pássaros esta manhã? Os patos revoaram e depois foram para o leste. O áugure afirma que eles gritavam em pleno voo. Os deuses não querem que o ajudemos. No momento, os romanos não lhe darão um exército.

Aulete franze a testa, alarmado.

— Compreendo. O preço é alto, caso eu vá contra as advertências de seus deuses — diz ele.

A fúria ferve dentro de mim. Percebo o que meu pai não percebe, que Catão o está preparando para sangrar, para pôr as riquezas do Egito nas mãos de Roma. Olho para Servília, e ela me devolve o olhar, como se dissesse: "Não lhe falei? Fique atenta".

Meu pai se levanta e dá alguns passos à frente, como se fosse pegar a mão de Catão, mas, lembrando-se de onde o senador está sentado, hesita. Catão, porém, despreocupado, faz sinal para que o rei se aproxime e, erguendo-se um pouco de seu trono nojento, beija-o no rosto.

Quando saímos, Servília também me beija no rosto e sussurra:

— Dei-lhe um conselho de amiga. Não deixe que seu pai se torne um rei mendigo.

Quero falar com meu pai depois que seus conselheiros balofos se retiram para dormir. Não gostam que uma garota os contrarie. Espero até ele se deitar, deslizo para dentro de seu quarto e sento-me aos pés da cama. Sua pele está cor de cera, pálida. A vida inteira acompanhei os equívocos de meu pai, a ganância e a falsidade de seus conselheiros, seus sussurros inconsequentes como o farfalhar de um rolo de papiro velho. Em casa, sento-me ao lado dele ou na grande biblioteca de Alexandria para aprender como não governar. A única vez que o vejo realmente feliz é quando pega sua flauta de madeira e a toca. Então, ele balança ao som da própria música, quase gracioso, apesar do corpanzil, uma expressão ingênua de bem-aventurança na face, dando a seus traços surpreendente doçura. Devia ter sido menestrel, não rei, mas tal foi a vontade dos deuses. Tinha de reinar para que seu trono viesse às minhas mãos.

Acaricio seu rosto com as pontas dos dedos, e ele sorri.

— Papai, não nos venda para Roma. Seria uma sangria.

Ele parece sombrio, mas continua a sorrir.

— É só o que nos resta.

— Não. Eles querem nos reduzir a nada, para que sejamos absorvidos ao Império Romano como leite no linho.

— E o que você sugeriria que eu fizesse? Precisamos do punho de Roma.

— O dinheiro que pagaria aos romanos, pague aos nossos cidadãos. Use-o para mobilizar nosso próprio exército.

— Não lutariam por mim, filha.

— Então, pague-os até que se disponham a lutar. O dinheiro escorreria de volta ao Egito tal como a chuva do céu sempre encontra seu caminho para o Nilo. Mas, se o senhor regar Roma com nosso ouro, os rios deles é que transbordarão, a terra deles é que será adubada.

Falo por cerca de uma hora, e ele ouve. Faz perguntas e tento responder o melhor que posso. Conto-lhe sobre o conselho de Servília, e ele franze a testa, desgostoso, mas não pergunta como ou por que cheguei a essa conclusão. Por fim, ele boceja e fecha os olhos.

— Dormirei pensando nisso, Cleo. Mas, para ser franco, não gosto daqui. A comida me faz mal. Não acharia ruim voltar para casa.

Dou-lhe um beijo de boa noite e vou para a cama com o coração mais leve, quase certa de que o convenci.

✦ ✦ ✦

Estamos morando na vila que Pompeu nos emprestou. Ele parece esperar nossa gratidão, mas o lugar é exíguo, cheira a lama de rio e esgoto. Anseio pelo ar salgado do mar, pelas tamareiras e pelo vento que canta acariciando os juncos. Roma pulula de grandes homens, uma floresta de carvalhos portentosos, mas dois deles são maiores que todos: Pompeu e César. Uniram-se numa partilha incômoda, porém a cidade está dividida em facções. Agimos com prudência, tentando arranjar amigos em ambos os lados. Meu pai deseja comprar senadores suficientes para a aprovação, no senado, de sua solicitação de legiões romanas. Eles hesitam e obstruem, fingindo relutância. Meu pai envia emissários para regatear. Os grandes homens de Roma têm seu preço. Nas próximas semanas, permitiremos que cidadãos proeminentes nos procurem e nos encham de cumprimentos. Os senadores sorriem e piscam, insinuando a meu pai que podem ser comprados por determinado preço. Apoiarão seu pedido de legiões no senado em troca de ouro e dinheiro. Aulete agradece sua ganância, que renomeia como gentileza. Enquanto isso, já vamos planejando nossa viagem de volta. Sinto-me aliviada ao pensar na doce brisa marinha de Alexandria. Quero me reunir com Servília de novo, mas não vejo seu rosto entre os dos outros romanos. Ela foi a única pessoa a despertar meu interesse. As outras são todas iguais em lisonja e avareza. Seus cumprimentos pegajosos colam em minha pele como mel, e minha vontade é lavá-la.

Estamos sentados no jardim da vila, ouvindo os flautistas tocar. Observo a felicidade de meu pai quando um mensageiro chega. O homem está coberto de poeira e quase cai do cavalo. O próprio animal parece semimorto, resfolegante e com os flancos encovados. Os escravos seguram o recém-chegado quando ele desce da montaria e trazem-no até nós, deixando-o no chão, aos pés de meu pai. Sangue e muco porejam de seus lábios trincados. Um escravo cutuca-o com o pé, até que ele fale.

— Uma de suas filhas morreu. A outra se declarou rainha — balbucia o homem.

— Qual delas morreu? — pergunta meu pai, sem aparentar sofrimento.

— Cleópatra Tifínia. Berenice se proclamou rainha.

Meu pai arregala os olhos. Está mais ferido pela traição que pela notícia da morte da outra Cleópatra.

— Como ela morreu? — pergunto.

O mensageiro balança a cabeça.

— Não sei. Um mal súbito.

Um mal súbito chamado Berenice. Sempre pensei que minhas irmãs fossem unidas como vinhas entrelaçadas. Agora ficou claro que uma vinha sufocou a outra.

— Berenice enviou cem homens a Roma para defenderem sua causa perante o Senado. Alega ser mais amada pelo povo que o senhor, por isso Roma deve reconhecê-la como rainha. Vim na frente, mas eles vêm logo atrás.

Noto que meu pai está paralisado de medo.

— Temos de voltar — advirto. — O senhor deve puni-la e reaver seu trono.

— Sem um exército romano? — pergunta ele. — Isso significa morte certa.

— Temos de voltar para o Egito — insisto. — Compraremos mais homens pelo caminho. Alguns ainda nos são leais, e ninguém gosta de minha irmã.

— Não, preciso de um exército romano — retruca meu pai, hesitante. — Infelizmente, segundo Catão, os deuses romanos estão contra mim. Houve um presságio. Os deuses não querem que tenhamos legiões romanas.

— Céus, ele disse isso para subir o preço! Seja como for, os deuses romanos pouco se importam conosco. Pertencemos aos nossos. Nosso poder vem deles, como o senhor bem sabe, papai.

Ele resmunga, incerto.

— Não compre as legiões dos romanos.

— E quanto aos agentes de sua irmã que estão vindo para Roma com a bolsa recheada de ouro e suborno?

— O senhor ainda é o mais rico de todos. É faraó. Com relação aos homens dela, papai... homens mortos não pleiteiam no Senado.

Olho para meu pai. Sabe o que deve fazer, caso queira continuar vivo. Caso queira que eu viva. Ele pisca e engole em seco. Esfrega sem parar as mãos, até a pele ficar vermelha e áspera.

Ordeno que os escravos preparem, sem demora, nossa jornada de volta a Alexandria. Enquanto meu pai hesita, sem saber o que fazer, assumo as rédeas. Eles enchem as bagagens e reúnem os cavalos, e vou ao templo de Ísis, fazer uma oferenda, levando comigo apenas Charmian. Ísis é minha deusa, e sou seu corpo terreno. Ela é a mais poderosa das deusas, mãe da terra e da magia, casada com a própria Morte. Toco seu poder com as pontas dos dedos.

Charmian e eu vamos ao templo juntas, de liteira. Essa é uma indulgência que não seria tolerada em casa, mas aqui ninguém lhe dá importância. Ainda assim, noto que a criadagem me olha de maneira diferente. Antes eu era uma criança preciosa e tratada com complacência, mas agora sou a consorte real, a voz de meu pai. Não vão mais punir minha aia em meu lugar; não se atreveriam.

As ruas estão apinhadas como sempre, e espio por uma fresta da cortina sem muito interesse, recolhida em meus pensamentos. Berenice tem de ser deposta e castigada. A natureza de seu castigo ficará por conta de meu pai, mas com grande probabilidade será a morte. Menos que isso sugerirá fraqueza. Então, algo se insinua em meus pensamentos. Vejo mais liteiras nas ruas que de costume. São todas parecidas, em estilo egípcio e coloridas. São conduzidas por escravos egípcios. Por um instante, o pânico me domina: os homens de minha irmã estão aqui! Mas então constato que as cores são as de meu pai. A púrpura e o branco de nossa casa real. Aquilo são presentes, propinas para os romanos. Passamos por três. Quatro. Doze. Uma suspeita horrível brota em mim. Quando paramos, bloqueadas por bois que vagueiam pela rua, avisto um muro coberto de panfletos. Charmian avista a mesma coisa, desce da liteira rapidamente e atravessa a rua até o muro. Arranca um panfleto e volta para a liteira, sendo quase atropelada por uma carroça cheia de estrume. Põe o papiro em minha mão. Está escrito em latim, com letras grandes, e eu o leio em voz alta, tomada de consternação.

Ao povo de Roma: apoie a causa do Grande Aulete, amigo dos romanos. Que lhe sejam garantidas legiões romanas.

Meu pai ignorou minhas súplicas. Está tentando comprar Roma; o preço será o Egito e uma hipoteca sobre meu trono.

À noite, enquanto Charmian me despe com a ajuda de outras escravas, permaneço em silêncio, imersa em meus pensamentos. Nem sequer murmuro quando ela desfaz as tranças de meu cabelo ou lava minhas mãos, pés, rosto e partes íntimas com água tépida e perfumada. Pensamentos de fúria zumbem em minha mente como abelhas que ferroam. As outras escravas saem, deixando-me sozinha com Charmian. Só então começo a falar, as palavras sibilando de meus lábios, avassalada de raiva e frustração.

— Ele não vai me ouvir. Como uma criatura tão doce pode ser capaz de tamanha tolice? Dar-lhe conselhos é como pingar gotas de água numa panela de gordura quente: espirram de volta em você.

Cerro os punhos de tal maneira que as unhas penetram na carne. Estou tão furiosa que uma mistura de lágrimas e indignação trava minha garganta, sufocando-me.

— Ele me ama. E mesmo assim vai me transformar em mendiga. Não de propósito, mas por insensatez.

Retenho o fôlego, na tentativa de me controlar.

— Quando eu for rainha, não implorarei como ele. Jamais pedirei nada a um homem sentado numa latrina, com a atenção dividida entre o destino de meu país e seu próprio cu.

Precisando de ar, vou até a janela. A cúpula do céu está pesada e vermelha por causa da poeira. Respiro fundo várias vezes e seco as lágrimas. Quando volto a falar, minha voz soa firme.

— E Catão estava errado quanto aos pássaros. Seu áugure devia ser punido e obrigado a ler mais livros para adivinhar melhor. Patos em revoada anunciam o poder de uma mulher. Sua resolução. O que meu pai entrega, tomarei de volta.

Olho para Charmian.

— Acredito em você, princesa — diz ela.

Estremeço de cólera, mas estou totalmente decidida. Ordeno-lhe que me traga papiro, pena e tinta. Não quero que este instante seja mal compreendido por quem vier depois. Eu mesma conto tudo para que outros saibam o que realmente aconteceu. À luz da vela, escrevo sem parar, a pena arranhando furiosamente a página, como se assim pudesse exorcizar a raiva dentro de mim e expelir o ressentimento com a ponta aguçada da pena.

3

SERVÍLIA

Você conhece o nome Cleópatra, mas duvido que jamais tenha ouvido o meu. Sou uma mulher à margem da história, posta de lado como o pó e os detritos que os escravos varrem. Tive dois maridos e, com o tempo, passei a gostar de ambos. Dei-lhes filhos, cuidei de suas casas e de seus escravos. Se não havia amor entre nós, havia pelo menos afeto; se não havia fogo, havia pelo menos algum calor. Eu não era infeliz. Muitas mulheres têm maridos piores e em maior número. Só tive dois, nenhum desagradável ou grosseiro. Pode-se dizer, com efeito, que tive sorte; eu sabia disso e dava graças aos deuses. No entanto, não me resumo aos homens que desposei e ao filhos que tive. E, se você ouvir com atenção, verá que também sou parte da história de Cleópatra. Nossas vidas estão interligadas, primeiro por um amor compartilhado, depois pela morte. Tudo isso aconteceu há tanto tempo que quase todos se esqueceram do papel que desempenhei. Mas estou me adiantando — esse é um hábito das pessoas velhas, tudo acontece ao mesmo tempo, e o próprio tempo é sovado, dobrado sobre si mesmo como massa de pão.

Permita-me voltar um pouco no rolo de pergaminho, até o fim da primeira visita de Cleópatra a Roma. Eu estava aliviada por ver os egípcios irem embora, pondo fim àquela tempestade de caos, suborno e morte. Durante meses, a cidade inteira de Roma ficara embriagada com o dinheiro egípcio. Cidadãos e senadores saíam às ruas e erguiam as mãos como para pegar gotas de ouro caídas em suas palmas. Sua ganância provocou uma espécie de loucura, cegando-os para os assassinatos e para as mutilações que se sucediam na esteira do faraó. Mesmo semanas depois da partida dos estrangeiros, ainda encontrávamos cadáveres em Roma. Nada mais fácil para os cidadãos que virar o rosto, pois os mortos não eram romanos, apenas egípcios enviados por Berenice, filha do faraó, a fim de pleitear sua causa no Senado. Os homens que Berenice encarregou de falar em seu favor eram eruditos e políticos, não guerreiros, e sua fina sagacidade não podia fazer frente às lâminas afiadas dos assassinos e mercenários a cargo do rei Aulete. Nenhum dos emissários de Berenice sobreviveu para dizer uma palavra em Roma. Escravos encontraram uma dúzia de corpos na estrada que leva à cidade, com as gargantas cortadas e pululantes de moscas. Outros, apunhalados ou estrangulados, foram jogados no Tibre, acumulando-se nas pontes e bloqueando o fluxo. Alguns conseguiram escapar e entrar na cidade, onde brindaram sua salvação com vinho. Esse foi seu último trago, pois o líquido estava envenenado. Muitos murmuravam que a ordem para a chacina viera do faraó. Talvez estivessem certos. Mas, para mim, a responsável foi Cleópatra. Dizem que o veneno é a escolha preferida das mulheres.

A primeira vez que nos vimos, ela era apenas uma menina — ou talvez fosse mais apropriado dizer mulher, pois era um pouco mais nova que eu quando me casei com meu primeiro marido, com 13 ou 14 anos. Era pequena e magra, mas seus cabelos e olhos negros prometiam uma futura beleza. Enquanto todos riam da obesidade do faraó, seu pai, poucos pareciam notar a garota esperta, de olhos escuros, a seu lado. Eu notei.

Durante sua visita a Roma com o pai, observei-a por algumas semanas em reuniões públicas, antes de finalmente lhe falar na casa de meu irmão Catão. Catão queria que eu conversasse com Cleópatra, e ele próprio preparara o roteiro dessa conversa. Ouvi polidamente, deixando-o supor que eu repetiria suas palavras. Gostava dele, mas sabia que era intratável. Catão supunha que suas opiniões fossem tão persuasivas que eu não poderia pensar de outra forma. Deixei que acreditasse nisso — e fiz tudo a meu modo. Tinha lá minhas razões para querer que os egípcios partissem logo para Alexandria — e sem soldados romanos. Pompeu queria fornecer suas legiões a Aulete, em troca da riqueza do Egito. Meu ódio por Pompeu era mais profundo que Plutão, e eu estava determinada a impedi-lo de obter qualquer coisa que desejasse.

Houve uma época, muito antes do nascimento de Cleópatra, em que Roma parecia engendrar tiranos como a hidra engendrava novas cabeças: tão logo um opressor insano era removido, outro aparecia em seu lugar. E a pior cabeça dessa hidra se chamava Pompeu. Quando meu primeiro marido, Bruto, deixou Roma para aderir à rebelião em nome da República, lutou contra Pompeu e a tirania. Hoje, mal consigo me lembrar das feições de Bruto. Mas ainda posso ouvir sua voz, animada pela convicção e pelo afeto, quando falava da santidade da

República Romana. Jamais falava de mim com a mesma paixão. Durante o jantar, entre um gole de vinho e outro, ele gostava de repetir a lenda do primeiro Bruto, que matou o último rei de Roma, outro monstro. Pensava partilhar com esse Bruto não apenas o nome, mas também o sangue e a honra, sendo seu destino abater tiranos.

Meu marido ficou fora por meses, e a casa continuou do mesmo jeito que antes. Não nos sentíamos aliviados nem alegres com sua ausência, pois ele não era um déspota, e nosso casamento se baseava num companheirismo polido, não numa afeição natural e profunda. Eu reconhecia que Bruto era um bom homem, decente e honesto, embora um tanto cansativo — suas anedotas nunca tinham desfecho, embora ele as repetisse inúmeras vezes. A maior parte do tempo, eu me ocupava de meu filho, Bruto, satisfeita por me devotar a ele e à sua educação. Aos 10 anos, meu menino era encantador, interessado e interessante. Eu o adorava quando bebê e temia por ele em igual medida: parecia tão pequeno e tão frágil! Eu rodeava seu berço de amuletos, pois a morte tem olhos sombrios e fome de crianças, e pressionava incansavelmente as escravas a cuidar bem dele. Mas, quando cresceu e se tornou um garoto traquinas, forte e de bochechas rosadas, tranquilizei-me e passei a apreciar sua companhia. Éramos felizes, a guerra estava longe, e, embora houvesse perigo em Roma, eu não temia nem por mim nem pelo meu menino. Vivíamos sossegados, raramente saíamos, e convenci-me de que estávamos seguros, de que nada precisava mudar.

O dia amanheceu quente e agradável, nada diferente dos outros. As escravas estendiam a roupa lavada entre as moitas de lavanda, para serem perfumadas pela brisa enquanto secassem. O cozinheiro reclamava que o peixe entregue não era fresco, o som de seus impropérios correndo pelo jardim. Eu ouvia o zumbido das abelhas por entre as madressilvas, junto à janela, enquanto organizava as contas. Então, o mensageiro chegou. Irrompeu no triclínio onde eu me encontrava, sem fazer o mínimo esforço para mostrar polidez, seguido do escravo que lhe abrira a porta e parecia atemorizado por não ter podido anunciá-lo. O homem estava barbudo e sujo, após dias na estrada, e cheirava mal. Não me levantei para saudá-lo; sua grosseria me dispensava de qualquer mostra de civilidade.

— Venho a mando de Pompeu — anunciou ele, num tom de autossatisfação e vaidade.

Meu marido lutava contra Pompeu e seus aliados, e, a princípio, não entendi por que aquele inimigo enviaria um mensageiro a mim, em minha casa.

— Louvemos Marte, a guerra acabou. O grande Pompeu é vitorioso — continuou o homem, com voz áspera. — Seu marido e seus comparsas rebeldes se renderam.

O medo subiu à minha garganta, amargo como bile.

— E como está meu marido? — perguntei.

— Morto.

As abelhas zumbiam e revoavam, seu ruído pulsando em minha cabeça.

— E como morreu?

— Por ordem do grande Pompeu. Pela espada.

— Durante a batalha?

— Depois. Por ordem de Pompeu — repetiu ele, em tom seco e sem um mínimo de piedade.

— Depois? De ter se rendido? — insisti, percebendo agora a vilania do que acontecera.

— Sim — respondeu o homem, só agora parecendo um pouco incomodado.

— Onde está o corpo?

— Não há. Foi cremado.

Percebi, então, que ele trazia as cinzas de meu marido numa urna sob o braço, como um vaso de flores. Virei-lhe as costas, com desprezo. Não permitiria que ele notasse minha tristeza e meu desdém. Aquele homem não tinha o direito de ler minha face.

Saí da sala para o ar livre. Bruto brincava no jardim, e percorri as trilhas à sua procura, chamando-o. Após um minuto, encontrei-o; ele correu para mim, as bochechas vermelhas pelo esforço. Sabendo o que eu precisava fazer, a dor que deveria infligir, meu estômago se encheu de amargura, e minha boca secou. Agachei-me e, pondo levemente as mãos em seus ombros, contei-lhe que um homem viera a mando de Pompeu, trazendo notícias que ele precisaria ouvir com coragem.

— Meu pai morreu? — perguntou ele, olhando-me bem nos olhos.

A voz emudeceu em minha garganta, e precisei de duas tentativas para conseguir falar.

— Está agora com seus ancestrais — respondi, por fim.

Bruto não disse nada e não chorou. No caminho de volta à casa, manteve-se em silêncio. Caminhava a meu lado e vi-o aprumar-se; em seguida, atirou fora a vara com que estivera brincando, como se descartasse os últimos vestígios de sua infância. Com efeito, nunca mais o vi brincar. Chegando em casa, avistei o mensageiro, que esperava do lado de fora, junto à colunata. Canteiros de rosa, alfazema e jasmim rodeavam-no — e a beleza e a fragrância do cenário contrastavam tragicamente com o horror que ele nos trouxera. Bruto fitou dos pés à cabeça o homem que ainda segurava a urna e ficou imóvel. Não chorou nem gritou, apenas perguntou com voz suave:

— É só isso que resta de meu pai?

— Lamento muitíssimo, meu amor — apressei-me a dizer, antes que o mensageiro pudesse proferir mais insultos e provocar mais sofrimento.

A expressão de Bruto não se alterou. Limitou-se a perguntar:

— Quem fez isso?

— Pompeu — retrucou o mensageiro depressa, antes que eu pudesse interferir. Em seguida, sem esconder a frieza e a excitação, começou a relatar os detalhes do assassinato. Como Bruto pai se rendera, percebendo que a vitória era impossível. Como Pompeu aceitara a rendição, mas ainda assim mandara executá-lo. Talvez por ver que meu filho escutava em silêncio, o horror e o desprezo estampados no rosto, o homem, ao contar sua história, tenha começado a murchar como a bexiga de um porco. A história fora gloriosa em sua mente enquanto a repetia; mas, agora, era sórdida e macabra.

— Foi um crime. Indigno de um romano — desabafei, quando ele terminou.

À noite, fiquei com Bruto até ele adormecer. Permanecia em silêncio, mas seu rosto não ocultava o sofrimento e a raiva. O rosto era de um menino, mas a expressão era de um homem. Quando, por fim, ele dormiu, saí sem fazer barulho para o jardim estranhamente iluminado pela lua cheia. Murmurei uma prece a Diana, pedindo-lhe que velasse por mim e por meu filho, pois agora estávamos sozinhos. Colhi ervas que eu mesma plantara, busquei um cálice de vinho e as melhores nozes que encontrei na despensa e dirigi-me ao altar localizado no meio do jardim, dedicado a Marte. Depositei a oferenda diante do altar e acendi uma vela.

— Peço a Marte, o vingador, que castigue Cneu Pompeu. Possa ele sofrer e sangrar, ser amaldiçoado e traído. Que seu corpo chore às margens do Estige por não ter tido um funeral. Que lhe sejam negados os ritos e os privilégios da morte que ele negou a meu marido. Seja o corpo de Pompeu incinerado antes que se molde sua máscara mortuária, para que não ocupe lugar em seu átrio, ao lado dos ancestrais, e seu espírito vagueie pela terra, sem descanso ou paz.

Minha voz tremia enquanto proferia a maldição e implorava a Marte. Nenhum som se ouvia na escuridão, mas Diana, sob a forma da lua lá em cima, observava-me e testemunhava meu ato.

No entanto, surpreendentemente, encontrei outro motivo, além do ódio a Pompeu, para ajudar Cleópatra. Quanto mais a observava, mais me interessava por ela. Concluí que não desejava vê-la nos mendigando favores. Não que minhas palavras fizessem alguma diferença: quando os egípcios deixaram a Itália, levaram consigo quatro legiões romanas. Quatro legiões que logo lhes custariam seu país inteiro. Quando os romanos estão interessados e vislumbram uma oportunidade, não se detêm, como um extorsionário, até sugar todo o sangue daqueles a quem sujeita.

Fiz o que Cleópatra sugeriu, oferecendo preces não apenas a Marte e a Diana (lembrando-lhes de que ainda não haviam me concedido vingança contra Pompeu pela morte de meu marido), mas também a Osíris e a Ísis. Pouco me importava qual deus me vingasse. Sempre que murmurava aquelas preces, pensava em Cleópatra. Ela não teria esperado pelos deuses. Sua irmã, Berenice, morreu quando Cleópatra voltou para Alexandria. Não sei como foi sua morte; sei apenas que a jovem desapareceu, deslizando silenciosamente para fora da história e deste mundo.

4

CLEÓPATRA

O touro sagrado Buchis e meu pai morreram na mesma noite. O velho animal adoecera havia algum tempo. Suas ancas perfeitamente brancas estavam encovadas, ele respirava com dificuldade, e sua cara negra tinha manchas cinzentas. Os sacerdotes o abanavam e queimavam incenso para afastar as moscas, mas mesmo assim o deus-touro morreu, abandonando sua forma mortal e preparando-se para a próxima. Poucas horas depois, meu pai se juntou a ele no campo de juncos. Seu rosto estava inchado, e suas mãos tentavam agarrar o ar, apegando-se à vida até o fim. Diz muito sobre meu pai o fato de as pessoas prantearem mais o touro que o pobre Aulete. Ambos eram deuses, mas o touro não foi prejudicado por extravagâncias e decisões erradas. O animal era belo e amado por todos; meu pai era amado só por mim.

O luto me dá falta de ar, como um golpe inesperado no estômago. Tenho 18 anos e nunca senti uma dor parecida com essa. Não conheci minha mãe. Presumo que fosse uma das escravas sem nome que visitavam a cama de meu pai, acumulando-se ali como folhas secas. Ninguém jamais falou dela. Pelo menos, não para mim. Ela merecia tanta atenção quanto uma gata que pariu seus filhotes num armazém de trigo. A diferença é que não pariu gatinhos, mas uma princesa. Talvez tenha morrido ao me dar à luz ou sido exilada para o interior. Nunca perguntei. Nem sua vida nem sua morte (caso tenha morrido) têm qualquer significado para mim. Sou filha de meu pai.

Rondo pelo palácio, carregando o fardo de minha dor de quarto em quarto, incapaz de descansar. Meu sorriso lembra um dos afrescos espalhafatosos que decoram as paredes do palácio. Vagueio por todos os cantos, em meio a uma neblina, atormentada e aflita. A dor me dissolve como uma faca quente cravada na manteiga de meu coração. Charmian sempre me acompanha, lembrando-me em voz baixa do próximo dever que preciso cumprir. Sem seus lembretes, eu ficaria perdida em cada quarto, sem saber por que estou ali, sem saber quem sou, atenta apenas ao pulsar de meu coração. Ela me traz de volta ao momento presente, impede que eu seja levada pela maré da perda. Estivemos juntas a vida inteira, nunca nos separando por mais de umas poucas horas. Sei que ninguém mais lamenta a morte de meu pai; todos apenas fingem muito mal algum sentimento. Observo meus irmãos, que queimam incenso e oram, mas a menina mais nova boceja e os rapazes torcem o nariz enquanto os sacerdotes cantam. Todos pagaram alguém para recitar as preces necessárias em favor da alma de Aulete, em vez recitá-las eles mesmos. No entanto, embora irritada com a baixeza de seu fingimento, entendo por que não sofrem. Sempre fui a favorita de meu pai.

Somos uma família de deuses vivos. Somos o divino que desceu à terra como um raio. Nossos súditos reconhecem isso, caem de joelhos aos nossos pés, trêmulos de devoção e medo, e ensurdecem-nos com suas orações. É certo que nós nos comportamos como deuses — meu pai matou minha irmã mais velha, Berenice, e os aliados de meus irmãos mais novos tecem planos para me eliminar. Esses são atos de deuses enfurecidos, não de homens comuns. Somente minha irmãzinha, Arsínoe, agora me olha com expressão que evoca algum afeto. Ela não tentou me matar, e isso, em nossa família, é o que mais se aproxima de amor. Eu a consolava ao vê-la chorar quando era bebê e dava-lhe meu amuleto para morder; as marcas de seus dentinhos no ouro maleável eram mais preciosas para mim que qualquer joia cravejada. Arsínoe e eu somos Clitemnestra e Helena, e, ainda que não tenhamos saído do mesmo ovo, não deixamos de ser deusas irmãs. Deusas mortais, é verdade. Meu pai morreu. Sangro todo mês e urino; as moscas me picam, ignorando as ordens que lhes dou para me deixarem em paz. Não faço com que o fogo brote das pedras, nem que a água caia das nuvens.

Embora eu seja a única alma a sofrer realmente por meu pai, o palácio real transborda de cortesãos empenhados em cumprir os rituais do luto em recintos que parecem estranhamente vazios sem a presença avantajada de Aulete, sem seu riso. Arsínoe e meu irmão menor, Ptolomeu, mais conhecido como Tol, estão encerrados no quarto das crianças com os sacerdotes, orando pela alma do pai. No corredor, meu outro irmão Ptolomeu se agita e geme numa péssima encenação de tristeza. Tenho vontade de esbofeteá-lo. Minhas mãos mal se contêm. Sua pantomima é totalmente desnecessária. Ninguém ignora que meu pai e seu filho mais velho se odiavam. Meu pai era corpulento e incompetente e, a despeito da simpatia e do bom humor, detestava ver a reprodução das piores partes dele mesmo no primogênito. Apesar dessa aversão, não tinha outra escolha a não ser nomear a mim e a Ptolomeu governantes conjuntos após sua morte. Os Ptolomeus sempre governam em casais de irmãos, o que mantém nosso sangue puro do contágio de adventícios e protegido dos interesses de casas rivais. Uma família unida no poder. Mas nós dois somos unidos apenas pelo ódio mútuo.

Um belo dia, casamo-nos numa encenação de amor. Minhas escravas me vestem de seda e me cobrem de joias; em seguida, os sacerdotes me conduzem ao templo, onde meu irmão mais novo espera, amuado. Não olha para mim, para sua detestada irmã-noiva. Pelo menos suas roupas e seu rosto não estão emporcalhados com a comida do almoço. Suas amas o limparam para a cerimônia. Os sacerdotes entoam um cântico, citando nossos nomes e os de nossos ancestrais. Minha irmã espalha flores sobre os altares, e o pequeno Tol encabeça um cortejo de animais sagrados: crocodilos, garças e chacais domesticados. Os bichos se aliviam no piso de mosaico, de modo que o ar rescende a flores, incenso e fezes. O suor pinga. Olho para meu irmão-marido: ele não finge mais nenhum interesse e se diverte esmagando uma fileira de formigas com o pé.

Pouco depois, saímos juntos, mantendo uma cuidadosa distância um do outro. Não toleramos sequer que nossos dedos se toquem. Ptolomeu: o jovem faraó que agora é meu marido, pelo menos no papel. Nossas cortes sempre foram inimigas, sendo a dele governada por seus dois generais eunucos, Potino e Aquilas. Os dois obscurecem o claro céu do palácio como nuvens de gafanhotos. Se pudessem me matar com seus desejos, eu estaria encerrada em minha tumba há muito tempo.

Nossa inimizade é antiga e arraigada. O poder deles flui de meu irmão Ptolomeu: são meros afluentes de seu rio. Potino é ainda mais gordo que meu irmão, um javali liso e calvo, lustroso e no ponto para ir ao forno. Aquilas também é liso, mas anguloso, com olhos castanhos encimados por grossas sobrancelhas pretas. Não tem outros pelos no corpo, e eu me pergunto se essas sobrancelhas não são falsas, coladas todos os dias por um escravo. Os dois homens são criaturas de Ptolomeu. São seus conselheiros, generais e tutores, os comparsas de seus caprichos mais abomináveis. Desejam minha morte ou queda desde que eu era criança. São a própria maldade em forma humana. Foram castrados ainda meninos, preparados e criados para servir meu irmão, nunca para satisfazer às próprias necessidades. Seu único desejo é poder; não sentem atração por mulheres ou homens, não podem se casar nem gerar filhos. Esse estado incompleto os liga a meu irmão, a única família que têm, e seu legado só pode fluir através dele.

Esses dois chacais anseiam por minha carne, e não sei dizer se esse desejo se transformou ou não em um plano concreto. Caminhando pelos corredores com meu agora marido, à frente de nossos séquitos rivais de escravos e guardas, penso que talvez a morte se esconda entre aqueles rostos sorridentes, pronta a cravar uma adaga na carne macia entre minhas costelas.

O cortejo avança pelo palácio, e uma revoada de milhares de borboletas é solta, farfalhando à nossa volta enquanto passamos. Os insetos pousam em mim como flocos de cinzas coloridos, pousando em minhas sobrancelhas e em meus cabelos, fixando-se em minhas roupas como alfinetes de joias; são muitos, e não consigo espantar todos. Os cortesãos cantam e saúdam, fingindo acreditar que Ptolomeu e eu somos um par amoroso, e desejam-nos felicidade. Seus cumprimentos e votos mínguam ao chegar aos meus ouvidos, pois sei que são falsos, e não vejo como uma união dessas pode durar. Supõe-se que Ptolomeu e eu sejamos Osíris e Ísis: a rainha da terra e da magia, a criadora da vida, e seu senhor da morte. Um não pode existir sem o outro; são um casal perfeito, como dia e noite. Ptolomeu, contudo, não é Osíris. Podemos ser uma família de divindades, mas ele não passa de um deus de terracota, oco e frágil. Não tem pensamentos próprios; seu cérebro apenas ecoa as medonhas ambições de Aquilas e Potino. Quando ele fala, ouço as palavras dos dois saindo de seus lábios. Ensinaram-no a ser egoísta, decadente e cruel, e a nutrir aversão por mim. A tenra planta da mera antipatia vicejou e se transformou em ódio crescente.

No final do corredor, ele, num movimento abrupto, se afasta de mim e vai para seus aposentos sem dizer uma palavra. Solto todo o ar dos pulmões que nem sabia estar retendo, o maior alívio que sinto há dias, só de vê-lo partir. Ele é como uma nuvem venenosa, poluindo o ar de qualquer recinto que assombre com sua presença.

Pressinto o perigo que me ronda. Estou presa entre a presença de meu irmão e a ausência de meu pai. Um me pressiona, causando uma dor que comprime meu cérebro; ao mesmo tempo, sinto o vácuo que meu pai deixou como um espaço vazio em meu peito. Ele já não pode mais me proteger. Estou acossada e trêmula de medo. Inquieta, não consigo dormir, ouvindo o doce ressonar de Charmian no colchão aos meus pés. Sinto inveja de sua serenidade, mas não ouso acordá-la. Pouco antes do amanhecer, mergulho num sono agitado e sonho que estou sendo levada para o mundo subterrâneo, onde Anúbis me espera, brandindo sua espada curva. Grito e me contorço quando ele, com um suspiro, golpeia meu peito e arranca dali os órgãos, primeiro os pulmões, depois o coração ainda pulsante, que coloca em vasos canópicos ali à espera. Imploro que pare, pois estou viva. Mas Anúbis apenas balança a cabeça.

— Foi envolvida pela morte, querida — diz ele. Seu hálito cheira a pó de sepulcro. Ele lambe meu rosto com sua fria língua de chacal. — Você me pertence.

E, empunhando uma agulha recurva, costura-me com uma linha preta. Não tenho mais os pulmões e o coração; há um vazio sangrento em meu peito. Acordo suando e arquejando; por um momento, fico aterrorizada com a ideia de que não posso respirar, pois meus pulmões ficaram no mundo subterrâneo. Charmian me abraça, banha minha fronte com água fria. Recupero-me e inspiro uma golfada de ar fresco, luminoso.

— Estou perto demais da morte — balbucio.

Fui avisada pelos próprios deuses. Devo me apegar ainda mais à vida ou, da próxima vez, irei me juntar a meu coração fantasma no mundo subterrâneo, e, da próxima vez, Anúbis não me deixará voltar.

Faço um esforço maior para lidar com minhas responsabilidades perante a corte. Perfuro meu dedo com um alfinete toda vez que percebo estar afundando na melancolia. Não posso deixar que o sofrimento me torne descuidada. Assim, todas as manhãs, quando acordo, Charmian murmura a meu ouvido que meu pai morreu, que sou rainha e não devo me esquecer disso nem por um instante. É perigoso. Os outros notam que mudei, fiquei mais incisiva. Todos esperam, contendo o fôlego. Ignoram que tipo de rainha serei. Eu também não sei. Visto o poder como um manto de estrelas. Ele deslumbra, e, no entanto, descarto-o ao dormir. Conto histórias e anedotas, tento agradá-los. Meu pai me achava divertida. Mas agora, quando conto uma anedota, todos riem antes que eu termine; não esperam para ver se é mesmo engraçada.

Anseio por ficar sozinha, mas os cortesãos me vigiam enquanto como, defeco e durmo. Brigam pelo privilégio de esvaziar minha comadre. Mesmo quando penso em silêncio, de olhos fechados, consigo ouvir o burburinho de suas mentes e sentir o espinho de seus olhares em minha pele.

A metade da corte pertencente ao meu irmão anseia por meu fracasso com a mesma paixão com que desejaria um amante distante. Não tolera que uma mulher tenha poder, que meu irmão não passe de meu marido e que quem dê as ordens seja eu. Considera a confiança de meu pai em meus talentos uma aberração, um desvio da ordem natural. Não acredita que eu seja o verdadeiro faraó e quer me ver subjugada — ou, melhor ainda, morta.

Ptolomeu e eu nos sentamos em tronos gêmeos em um dos salões do palácio. Há tanto ouro nas paredes e no teto que é como se estivéssemos dentro do sol. O ouro é cravejado de joias que formam desenhos de chacais: obsidiana para seu pelo negro, rubis cor de sangue para seus olhos. Estão deitados em uma relva de esmeraldas, enquanto o céu do deserto, lá em cima, é feito de grossas contas de turquesa. No ar, paira o aroma de rosas e folhas de louro. Estou acostumada a essas maravilhas, que dificilmente me chamam a atenção. Quando criança, aventurava-me fora dos limites do palácio, e foi uma surpresa descobrir que havia ali outro mundo — sofrido, sujo, malcheiroso e nada bonito. Antes, ignorava que isso aqui era o belo, pois não conhecia nada feio e arruinado com o que comparar. Pensava que toda essa radiância e deleite eram o mundo inteiro.

O reino que herdei de meu pai é um novelo de fios emaranhados que preciso desembaraçar. Nossa riqueza é o Nilo. Ele nos alimenta com suas lágrimas, inundando os campos, mas este ano nos faltou. O sol cresta as searas, as plantas secam como meu pai em sua tumba. Já antevejo as asas dos abutres romanos se reunindo e ordenando que os alimentemos. Olho para Ptolomeu. Está estendido no trono a meu lado, chupando um caroço de tâmara. O ressentimento borbulha em meu peito. Ele cobiça o poder e a riqueza, mas não tem interesse nenhum pela monotonia e pela responsabilidade do governo.

Estamos sentados aqui há horas, ouvindo enquanto os escravos nos trazem carne, nozes, frutas, e enchem nossas taças de vinho. Mas nada pode afugentar o tédio de um dia de petições. O sol começa a descer para o mundo subterrâneo, e continuamos sentados no grande salão, ouvindo (na verdade, quem ouve sou eu; ele apenas se remexe no trono e faz caretas). Apesar das almofadas macias, minhas costas doem. Só quero sacudir meus membros entorpecidos e andar um pouco. A luz viaja pelas paredes, sombras escondem os deuses incrustados. Com a noite se aproximando, vejo um homem no fundo do salão. Sempre cede seu lugar aos demais, não se adianta para apresentar seu pleito e ouve atentamente as petições dos outros. Está vestido singelamente com roupas de cores discretas, mas noto que o tecido é do mais fino algodão; tem o porte ereto e transpira autoconfiança. Acompanho-o com o olhar, com a insistência de uma vespa, enquanto ele caminha pelo recinto. Meus escravos registram todos os itens, e eu me concentro, ainda que minha cabeça lateje por causa do calor e do enfado. Viro-me para Ptolomeu e vejo que ele está dormindo, de cabeça pendida e com as bochechas vermelhas. Adormecido, parece quase uma criatura doce, o rosto lembrando a flor que esconde o ferrão da abelha. Não precisa prestar atenção em nada; Aquilas e Potino fazem o que é necessário por ele. Um fazendeiro pleiteia isenção de impostos. A enchente está baixa este ano, e ele não pode pagar o que lhe cobro. Reflito por um instante. O tesouro está se esvaziando depressa como um jarro trincado, e, sem a fartura do Nilo, não podemos vender trigo em troca de ouro. Mas estou no começo de meu reinado e quero ser benevolente.

— Concedemos-lhe isenção por este ano. Mas, no próximo, a dívida terá de ser paga com juros. Meu escravo determinará a taxa.

Ele se inclina, aliviado. Então, pela centésima vez hoje, Aquilas e Potino pigarreiam. É um som seco como o de papiro amassado. Eu deveria ordenar a um escravo que lhes preparasse uma poção para a tosse. Aquilas dá um passo à frente e fala com voz repassada de condescendência pegajosa:

— A rainha Cleópatra é sábia. Sua benevolência transborda de sua feminilidade.

Estremeço. Eles usam meu sexo como arma e cortariam minha garganta com ela se pudessem. Sempre que digo alguma coisa, apressam-se a contrariar-me. O fazendeiro enregela-se, a lebre espreitada pelo lobo.

— Você ainda tem propriedades? — pergunta Aquilas.

O fazendeiro hesita.

— Algumas.

— Não seja tão modesto. É um homem de bens consideráveis. Tenho aqui a lista.

Aquilas lê um resumo: dezenas de fazendas, vinhedos, vilas e contingentes de escravos.

— Omiti alguma coisa?

O homem engole em seco e sacode a cabeça.

Aquilas sorri, mas sua voz é dura, temperada com crueldade.

— Venda o suficiente para pagar nosso faraó Ptolomeu. E sua tão gentil rainha.

Pronuncia "gentil" como se essa qualidade fosse uma fraqueza vergonhosa, uma deficiência das mulheres. E é também uma mentira: minha generosidade não é gentileza, mas pragmatismo. Preciso de amigos. Comprarei aliados com um alqueire por vez, se necessário.

O infeliz fazendeiro empalidece, avaliando o que lhe custará a venda de sua propriedade e de seu gado.

— Só conseguirei obter uma fração do valor. Estamos tendo um ano ruim. Não se vende no mercado uma vaca que não esteja gorda.

Ele olha para mim, confuso ante aquelas decisões conflitantes. A quem deverá obedecer? Sou a rainha, porém o eunuco fala por meu irmão-marido. Esse fazendeiro pouco me interessa, mas a corte está paralisada. O que quer que eu decrete, os procuradores de meu irmão contradizem. Não se preocupam com o fazendeiro ou com as moedas que ele verterá no tesouro; querem apenas me abalar, semear o caos e o descontentamento que esperam colher em benefício próprio. Olho para Ptolomeu: continua dormindo.

O fazendeiro sai, consolado pelos filhos. Só então o estranho se aproxima. É o último dos peticionários. Ficou ali o dia inteiro, observando as manobras, os conflitos e as tergiversações da corte. Percebo-o guardando tudo isso na mente, fragmentos a serem reunidos e entregues aos seus superiores.

— Bem-vindo, romano — saúdo. Sei quem ele é e por que veio.

— Honra à grande rainha-faraó, Cleópatra, e a seu irmão-marido, o rei Ptolomeu. Trago-lhes presentes como tributo.

Examino sem grande interesse os baús que os escravos arrastam para o salão. Os próprios escravos são parte do presente. Um deles me chama a atenção. É o homem mais robusto que já vi: alto e esguio, com músculos de touro, cada centímetro da pele morena coberta de tatuagens. O diplomata romano sorri. Parece ter dentes demais.

— Esse escravo é Apolodoro, o Siciliano. Um presente especial para sua alteza, grande rainha.

O escravo permanece imóvel, mãos às costas. Seus olhos negros são sagazes. Não confio nele. Um escravo romano ainda é um romano. Já há espiões em excesso me perseguindo.

— Esperamos que apreciem nossos tributos — continua o diplomata.

Mordo os lábios. Ele não está prestando tributo nenhum. O que quer é ser pago. Eis o modo de agir dos romanos, não conhecem outro. O corpo de meu pai ainda não secou, e os aproveitadores já estão aqui para devorar os restos. Este é o Ano Um de Cleópatra. Meu pai morreu, e o Egito renasce comigo. Um novo faraó, um mundo novo — mas, mesmo assim, vivo assombrada pelo velho. As escolhas de meu pai parecem tomar forma e projetar-se do túmulo para me confundir, me abater. Lembro-me da advertência de Catão sentado na latrina. Há alguns anos, contrariando esse conselho, meu pai nos vendeu a Roma, e agora temos de descobrir um meio de pagar.

Ainda não consigo dormir, com medo de sonhar. E se Anúbis estiver à minha espera? Vagueio pelos aposentos, bebendo taça após taça de vinho doce. Charmian permanece acordada, velando por mim, o rosto contraído de preocupação. Não dá conselhos, apenas o conforto de sua presença. Vejo-me esmagada entre Roma e os eunucos; uma é a roda, os outros são a pista. Preciso achar um meio de escapar. Mordisco um dedo. Roma é tão inevitável quanto o cair da noite; sua sombra vai cobrindo o mundo como uma mão negra. Não poderei me defender de Roma sem antes desbaratar os planos de meu irmão e seus sequazes. Lutar para sobreviver pelo menos mais um dia tem sido a tarefa de minha vida toda. É tudo o que conheço. Viro-me para Charmian.

— Eles acham que sou fraca. Querem me golpear até a morte ou me afogar no rio.

Ela estremece.

— Vou lhes mostrar que estão enganados. Eu é que sou forte. Meus amigos não estão aqui em Alexandria, mas eles existem. Meus inimigos saberão disso e não se atreverão a me agredir.

Charmian não responde. Pega minha mão, e eu me sento a seu lado, repousando a cabeça na dela.

Encosto-me na parede e fecho os olhos. O calor poreja dos tijolos. Estou úmida de suor e um pouco embriagada. Ouço risos lá fora. Espio pela janela e vejo minha irmã e meu irmão menor, Tol, brincando nas fontes. Molham-se e se encolhem, rindo. Sem dúvida, estão com muito calor para dormir, e os escravos permitiram que fossem se refrescar nas águas.

Olho-os com uma mescla de afeição e inveja.

— Lembra-se de quando tínhamos essa idade? — pergunto.

— Claro — responde Charmian. — Mas não era assim para você. De modo algum. Você não tinha liberdade.

Esboço um riso de ironia. Uma escrava dizendo à rainha que ela nunca foi livre! Mas é verdade. Desde que tomei consciência de meu primeiro pensamento, soube que devia me preparar para reinar. No entanto, ainda agora, estremeço. Sinto o vazio em meu peito. Haverá ali algo mais que a luta pela sobrevivência e o eco constante da morte me acossando, sempre pronta, sempre à espreita? Como seria brincar de pega-pega em volta da fonte, sem medo? Fico irritada comigo mesma por nem sequer permitir um pensamento tão frívolo. Para mim, não há mais nada além desta vida.

Afastando-me da janela, vou dispor oferendas aos deuses nos altares de meu quarto. Trigo e ouro para Ísis, minha protetora e deusa preferida. Mas não negligencio Osíris e Anúbis. Os deuses da morte me marcaram. Devo aplacá-los. Ofereço-lhes leite, carne cozida e estatuetas; e dedico-lhes orações. Charmian me prepara uma poção para dormir e me põe na cama.

— Não me deixe sozinha — peço-lhe, subitamente assustada, apertando sua mão.

— Estou aqui — sussurra ela. Beija meu rosto. Mas já estou indo para onde ela não pode me seguir.

Estou agora com meu pai. Ele preside um banquete no mundo subterrâneo. A mesa está atulhada de comidas — todas podres. O trigo, a carne e o leite que ofereci mofaram: o leite está rançoso e azedo; a carne, esverdeada; as frutas e as castanhas, murchas, cobertas de moscas. Mas mesmo assim meu pai come. Insetos enxameiam no buraco negro de sua boca. Parece muito triste. A gordura se foi, a pele pende em volta de seu rosto e balança como cortinas sob seus braços. Tento me aproximar, mas ele sacode a cabeça. Se eu o tocar ou me servir de seu banquete pútrido, não poderei mais voltar. Ele aponta com o dedo e vejo Anúbis a um canto, deitado numa cama de palha dourada e brincando com um bezerro de pelagem imaculadamente branca, com cara negra em forma de coração. O pelo do animal brilha como uma estrela faiscante. Seus pequenos chifres são de metal polido, com pontas de ouro. Para meu alívio, Anúbis está tão ocupado com o belo bezerro que não me notou.

Em meu sonho, compreendo: o bezerro se tornará o novo touro Buchis. Presencio o nascimento de um deus. Do novo deus, fluirá novo poder e nova vida. Meu pai continua a me observar enquanto rói os ossos de um rato, que estalam entre seus dentes. Seu rosto brilha de amor. Não o verei mais, não até me juntar a ele no campo de juncos. Preciso deixá-lo antes que Anúbis me veja, se não quiser ficar presa ali. Ergo a mão num gesto de adeus. Ele apenas olha e continua devorando seu rato.

Acordo e vejo Charmian inclinada sobre mim, seu nariz quase tocando o meu. Sua expressão é de medo.

— Você estava gritando — diz ela. — E eu não conseguia acordá-la.

Puxo-a para mim e beijo-a nas faces.

— Vamos partir em uma jornada.

5

CLEÓPATRA

Navegamos pelo Nilo no barco real, ornado de ouro sobre verde como folhas caídas sobre a superfície da água. O vento infla as velas, e avançamos cortando as ondas. O Nilo está apinhado de barcos dourados, com suas velas rubras apontando para o céu. A frota de Menelau a caminho de Troia para resgatar sua Helena não era tão esplêndida quanto a nossa, nem tão abençoada. Todos os meus barcos são adornados; alguns têm a forma de cisnes e peixes; e parece que, com minha magia divina, fiz com que ouro flutuasse nas águas, invertendo as leis da natureza. Na proa, com o vento em meu rosto, rio satisfeita. É a primeira vez, desde a morte de meu pai, que me sinto livre. Meus barcos podem superar tudo — o ódio venenoso de meu irmão e seus eunucos, os murmúrios, as cusparadas e os rosnados da corte. Aqui, só há amigos e deuses.

Quero que todos contemplem meu poder, admirem meus navios e os homens que me amam. Cai a noite, e o rio é uma fita negra serpenteando pela escuridão. Mas os barcos estão iluminados por uma galáxia de tochas, cuja luz rivaliza com a da lua e das estrelas. Essas centenas de barcos tornam-se milhares com seu reflexo multiplicado e tremeluzente nas águas. Mas por que Ártemis não desce do céu para se queixar de que roubamos sua glória? Talvez por se tratar de um cortejo sagrado, cada embarcação um templo, nossa viagem uma prece, uma súplica.

Meu barco real encabeça a frota. É o mais esplêndido de todos, com suas velas vermelhas entretecidas de fios de prata. Trezentos remadores o impulsionam pela corrente, seus remos prateados faiscando ao luar como fulgores de relâmpagos. Jovens escravas tocam flauta para marcar o ritmo das remadas, e, assim, graças ao esforço dos remadores, somos impelidos pelas águas em uma dança ininterrupta. Sacerdotes queimam incenso, perfumando os ventos que enfunam as velas. O aroma inebriante e os compassos da música flutuam em torno de nós, mesclando-se à brisa. No entanto, com a doce fragrância que inalo, vem junto o fedor penetrante de bosta de vaca, pois meu barco conduz o novo deus mortal, o touro Buchis. Embora ele seja um deus, poderoso e glorioso, seus excrementos terrenos escapam em jorros espessos, cortando o ar perfumado da noite e enxovalhando o convés. Escravos limpam tudo de imediato, mas a sujeira continua vindo, salpicando a cauda do animal-deus e seus flancos imaculadamente brancos. Os escravos lavam-no, esfregando-o sob a direção atenta dos sacerdotes. Mais de duas dezenas destes estão aqui em meu barco, todos cuidando do bezerro. Um véu de seda foi estendido diante dos olhos do animal, para que moscas e mosquitos do rio não o incomodem. Alimentam-no com punhados da grama mais tenra e doce, que se transformam em mais bosta esverdeada com velocidade espantosa.

Apolodoro, o Siciliano, tenta de todos os modos provar seu valor. Ainda não confio nele, mas noto que anda lançando charme sobre Charmian. Ela ri e recua a cabeça quando Apolodoro se inclina em sua direção. Ele sussurra algumas palavras em seu ouvido, mas ela se afasta, erguendo a face para o sol. Algo como uma farpa arranha meu ventre. Respiro fundo; parece que uma abelha acaba de picar meu pé. Charmian nunca olhou para ninguém com tanta desenvoltura e franca alegria. Só para mim.

Apolodoro percebe que estou vendo tudo, e seus olhos encontram os meus por um momento. Mas logo baixa a cabeça. Confio nele cada vez menos. Roubaria minha aia de mim, se pudesse. E eu mandaria matá-lo imediatamente. Ninguém questionaria isso, nem por um momento. Mas não quero matá-lo ou enviá-lo de volta para Roma. Charmian jamais me recriminaria em voz alta; eu, porém, notaria sua angústia e seu ressentimento. O afeto dos outros por mim é comprado; já Charmian me foi presenteada há muito tempo, e não vou perdê-la. Ela logo se cansará desse belo siciliano, digo a mim mesma. É provável que já tenha havido outros rapazes antes, apenas não notei. Contudo, mesmo ao dizer isso, sei que não é verdade.

Afastando-me dos dois e tentando escapar do cheiro do animal, deixo meu pavilhão e vou até a borda do convés. Uma aragem fresca agita meus cabelos, e, lá embaixo, a água rodopia e espuma. Trago minha coroa de plumas, com o disco brilhante do sol fixado aos cabelos e ladeado por um par de chifres adornados de flores. Meu pescoço dói com o peso, mas posso ver o deleite nas faces da multidão aglomerada na margem, quando passamos. Todos estão ali para contemplar a nova deusa sob a nova lua. Navegamos o mais perto possível da margem repleta de gente. As pessoas estendem o braço para nos tocar, para acariciar o barco com as pontas dos dedos. Quando me veem com minha coroa, agitam-se em êxtase, igualmente felizes por contemplar tanto a mim quanto ao deus-touro. Acreditavam que eu existia, mas ver-me em carne e coroa é presenciar uma mágica terrena. Sou sua Cleópatra. Sinto seu entusiasmo e amor, que pousam em minha pele como fina chuva de primavera. Deixando Apolodoro, Charmian vem se juntar a mim, ajoelha-se ao meu lado, e aperto sua mão.

— Posso ouvir o riso dos deuses — digo.

Meu coração bate forte contra as costelas. Os gritos e o entusiasmo do povo são como um trovão. O ar está pejado de música, fogos de artifício fulguram ao longo da margem, e posso ver pessoas dançando. Faço Charmian ficar de pé e dançamos juntas, rindo e acenando para a multidão. Apolodoro permanece a uma curta distância, consciente de minhas suspeitas. Mas, tomada de emoção, aceno para que ele se aproxime. Assim, relatará a Roma como sou amada e reverenciada.

— Os deuses todos estão aqui — grito para superar o barulho. — Ártemis, Bastet e Neith.

São as deusas do poder e da escuridão; seus nomes e suas formas mudam como as águas do rio, mas sua força é eterna e invencível. Apolodoro cambaleia ao balanço do barco, e Charmian o ampara. As faces dele brilham de excitação.

— Os deuses a amam por ter vindo, grande rainha-faraó. O touro Buchis é especialmente abençoado por estar no barco de uma deusa — diz ele.

Sua expressão refulge de prazer. É difícil não gostar desse homem, sobretudo agora que estou alegre, entusiasmada com o amor dos deuses. Meu irmão estúpido adora apenas as divindades gregas. Aceito todas elas. Ptolomeu se mostra condescendente com o panteão egípcio da mesma forma que com o povo. Arrisca-se a atrair a cólera de ambos.

Sou tão jovem quanto essa lua suave, assim como meu reino. Ela navega no próprio navio celeste, no início de sua jornada mensal pelo céu. Celebraremos todas as noites essa viagem, enquanto sua pálida face diminui e depois cresce de novo, em meio a festas e danças. A lua navega lá em cima, e nós, cá embaixo, todos nos dirigindo para a cidade de Mênfis, ela própria encabeçando nossa flotilha e nos arrastando em sua esteira.

Minha cabeça dói. Debruço-me na amurada e vomito na água. Charmian segura meus cabelos, mas seu rosto está tão pálido quanto o meu. Ela cheira a suor azedo de horas. O kajal borrou em suas pálpebras. Só o que quero é me aconchegar na cama. O ritmo do barco sobre as ondas é irritante e contínuo; a cada balanço, outra golfada de náusea sobe à minha garganta. Não quero mais beber, festejar, dançar ou acenar para a multidão esta noite, mas sei que devo. Novos rostos se alinham nas margens a cada tarde enquanto passamos; para eles, a celebração é nova; o espetáculo já se consubstancia numa história que contarão e recontarão aos seus netos. Para mim, no entanto, dias e noites são iguais, acumulando-se uns sobre os outros. As margens exibem novos rostos animados de veneração, e não consigo distingui-los dos antigos; são idênticos, tomados de êxtase. Será que os deuses não se cansam de suas festas e homenagens? Suponho que sim. O tédio os leva a imiscuir-se na vida dos mortais. Quero dormir à noite e acordar com Rá bem alto no céu, uma chapa de ouro polido recortada contra o azul. Não aceno, não rio, não danço; minha cabeça lateja. Consigo dormir ao amanhecer e me levanto ao crepúsculo, o gosto de vômito e vinho amargando minha boca.

Acordo nervosa e banhada em suor. As picadas dos mosquitos irritaram a tenra pele de meus braços e pernas. Charmian suaviza-as com ervas e óleo e começa a me vestir de novo para a celebração da noite. Perdi a conta dos dias. Eles vão caindo das árvores como frutos passados. Apolodoro se aproxima e mantém-se a uma pequena distância, esperando, hesitante, com alguma coisa oculta atrás das costas. Suspiro, impaciente. Estou cansada demais para que espiões romanos venham me aborrecer com seus truques.

— Retire-se. Não preciso de você. Se necessitar de sua presença, mando chamá-lo — digo em tom de censura.

Ele faz profunda reverência, mas, para meu espanto, não vai embora.

— Atreve-se a desobedecer à rainha? Ou ignora minha ordem porque não é egípcio? — pergunto, minha voz trêmula de raiva.

Eu poderia mandar que o atirassem no Nilo para que se afogasse. Apolodoro me estuda atentamente e depois se ajoelha, oferecendo-me um frasco.

— Beba e se recupere, deusa — diz ele.

Seu tom é delicado. Por um instante, temo que o frasco contenha veneno. Mas os romanos não me querem morta — ao menos por enquanto, até que sejam pagos. O líquido é tão frio que me queima a garganta. Ele se espalha por meu corpo como dedos gelados, subindo e arrefecendo a dor na base de meu crânio. Sinto-me um pouco melhor. Não mais cansada, nem irritada. Fico em silêncio, e ele sorri. Pode ver a melhora. Se não fosse por Charmian, eu quase simpatizaria com esse homem. Não tanto quanto ela, é claro. Não desejo seu corpo, seus braços ou seus olhos castanhos.

Gostaria de renunciar à minha natureza divina por uma noite e dormir sem vigilância. Ficaria sentada com Charmian, e talvez até com Apolodoro, falando de trivialidades. Constato que não sei o que vem a ser isso. Sinto uma pontada de tristeza. Apolodoro ainda está ali, esperando. Charmian olha para ele com tamanha doçura que a irritação brota de novo em meu peito e se transforma em cólera.

— Vá! Deixe-me e saia deste navio. Volte para seus verdadeiros mestres — ordeno-lhe. — Não confio em você, romano.

Ele assume expressão triste.

— Não sou romano. Pertenço à senhora, minha deusa. Um dia, aceitará a verdade do que digo. — Ele se levanta e faz menção de partir. — Voltarei para a senhora e, então, não ordenará mais que eu saia de seu lado.

Não replico, mas, pelas pálpebras semicerradas, percebo que Charmian franze os lábios de desgosto. Compreendo que ela esteja gostando muito do siciliano e se irrite por eu mandá-lo embora. Não me lembro de outra vez em que ela tenha ficado brava comigo. Agora, lágrimas cintilam em seus olhos, e ela belisca a carne dos braços, recusando-se a me encarar de frente. Fico dividida entre o ressentimento — Charmian deveria sempre querer apenas a mim — e a culpa. É uma sensação desconhecida e desagradável, mas que cresce como uma bolha que não explode. Não gosto disso.

Na noite seguinte, decido que chegou a hora de empreender outra expedição, mas dessa vez sozinha. Iras me ajuda a vestir Charmian.

É uma de minhas escravas favoritas, uma garota de 15 anos que está comigo desde quando aprendeu a servir uma taça de vinho sem derramá-lo. Pequena e magra, os ossos dos pulsos parecem os de um tordo. Juntas, Iras e eu vestimos Charmian com minhas próprias roupas; a princípio, ela fica insegura, esguia e encurvada sob o peso da coroa, das joias e dos trajes. Iras então pinta seu rosto, e eu a faço me seguir pelo convés, de cabeça erguida, o disco do sol preso à coroa refulgindo em seus cabelos: parece-se tanto comigo que ninguém ousaria negá-lo. Esta noite, ela me substituirá, encarnando minha divindade. As pessoas jamais saberão disso, e espero que os outros deuses me perdoem.

Com o auxílio de Iras, deslizo do barco real para um pequeno bote de madeira. Quase lamento a ausência de Apolodoro, pois é outro escravo que maneja o remo. A travessia está demorando muito, e sei que o siciliano, com sua força colossal, chegaria ao cais na metade do tempo. Visto a túnica de linho simples de Charmian e apenas uma fina serpente de ouro em volta do braço revela que não sou uma escrava qualquer.

Atrás de mim, sobre a água, as celebrações noturnas prosseguem. A lua se afina; estamos quase na metade de sua jornada mensal. O barco real brilha como uma estrela ebúrnea, e um braseiro lança uma coluna de fagulhas na escuridão. Sobre a música de flautas e tambores, posso ouvir os mugidos do pequeno touro. No cais, um sacerdote está à espera. Se sabe quem sou, não diz nada, apenas me ajuda a desembarcar do bote.

É um alívio caminhar em terra firme após semanas a bordo, mas o chão é acidentado e acabo tropeçando. O sacerdote me segura pelo cotovelo para me amparar. Seu toque me surpreende. Nenhum homem faria isso em situação normal, mas esta noite não sou Cleópatra e ignoro o incidente. Abrimos caminho pela turba sem chamar atenção. Atrás de mim, a lua desliza sobre a água e absorve as mostras de adoração do rio como um solo sedento bebe as gotas da chuva.

Distanciamo-nos rapidamente do Nilo. As ruas estão desertas. Há por ali barracas de bugigangas e animais empalhados para turistas e peregrinos. Esta noite, a tal distância do rio, não há comércio a ser feito com os viajantes, pois todos correram para ver a flotilha. Ao me ver passar, o dono de uma barraca se levanta pressuroso, subitamente alerta e farejando um freguês, e me oferece um pequeno sapo mumificado.

— Preço excelente. Vai trazer sorte para sua família.

Faço uma carranca para ele. Não quero sua sorte de liquidação ou sua fortuna com desconto. O homem insiste, agora que vê aparecer uma turista depois de horas, e, decidido a vender alguma coisa, começa a me mostrar outros artigos.

— Um rato? Ou talvez um crocodilo?

O crocodilo deve ser filhote, pois de tão pequeno quase desaparece dentro das bandagens. Não quero nenhuma dessas bugigangas baratas da morte e afasto-as energicamente, enquanto o sacerdote grita para que o homem nos deixe em paz.

Apressamo-nos, pois já é noite, e por fim chegamos ao começo da Via Serápion. É uma estrada larga e reta que se estende em meio às areias solitárias do deserto. Leva aos templos e é ladeada por centenas de estátuas de esfinges, que nos olham com indiferença quando passamos. A noite é fria, pontilhada de estrelas, e o olho sem pálpebra da lua nos observa, curioso. A lua ainda está clara o suficiente para que as esfinges lancem longas sombras sobre a areia. A essa hora, não há outros viajantes, e o silêncio lembra a morte. A estrada marca a transição entre o mundo mortal e o reino dos mortos. Caminhando, rememoro as viagens finais de incontáveis almas alinhadas ao longo da via — o último touro Buchis trazido por sacerdotes, servos e milhares de pranteadores ruidosos sob o olhar silencioso da esfinge.

Sinto-me aliviada ao chegar ao primeiro templo. Há dezenas de templos, lado a lado — uma cidade de deuses. Os maiores — Ísis, Osíris, Rá, Hórus — têm palácios enormes, magníficos, dedicados a eles, esculpidos e pintados, mas mesmo as divindades menores possuem seus santuários exclusivos. Mênfis é uma cidade de templos, e a maior parte dela está sob a terra, não na superfície: uma metrópole subterrânea de mortos. Já próximos, o aroma de incenso se confunde com os fogos que ardem a noite inteira. É tarde, mas o complexo do templo continua movimentado, pois a morte precisa ser assistida e alimentada. O local está lotado de sacerdotes e escravos, o ar ecoa latidos de cães e miados de gatos. Meu sacerdote pega uma tocha, acena para que eu o siga e entra em um vasto templo dedicado a Osíris e Anúbis. Chegamos ao interior, e, olhando para cima, vejo que está provido de esculturas elegantes e uma verdadeira biblioteca de hieróglifos. Ele passa depressa pelos altares cobertos de oferendas de frutas e vinho, pelas estátuas e pelos relevos pintados, e chega à entrada de um túnel, uma bocarra negra e escancarada. Hesito, vendo-o desaparecer na escuridão. Não preciso segui-lo, mas uma voz dentro de mim sussurra que o faça. Respirando fundo, desço atrás dele para um tenebroso labirinto de catacumbas. A única luz é a chama da tocha que o sacerdote empunha, e um assomo de medo me domina. Conseguirei encontrar o caminho de volta para a luz e retornar pela Via Serápion? Lembro a mim mesma de que foi justamente para encontrar meu caminho de volta que empreendi esta jornada.

O cheiro de morte e terra seca vai ficando mais intenso à medida que descemos. O silêncio reverbera à nossa volta. Não dizemos palavra. O único som é o de nossos passos sobre o lajedo de arenito. Não saberia dizer por quanto tempo caminhamos. Escuridão à frente, escuridão atrás — e só. Não existe tempo, apenas a batida de nossos pés e o pequeno círculo de luz que emana da tocha. De súbito, o sacerdote para, de modo tão repentino que quase esbarro nele.

— Chegamos.

Por um instante, não entendo o que isso significa, mas logo, quando ele ergue a tocha, vejo que estamos numa câmara perfurada na rocha. O sacerdote ilumina vários nichos abertos nas paredes. Esticando o pescoço, observo que o teto é alto, escavado por mãos humanas ou parte de uma caverna natural, não sei dizer. As paredes são lisas e sem adornos, mas com estantes que sobem para o alto. Em cada uma delas repousa um pequeno corpo mumificado. Há milhares e milhares deles, cuidadosamente enfaixados e empilhados. O lugar está prenhe de morte; o sacerdote e eu somos as únicas coisas vivas.

— Como a rainha ordenou — diz ele. — Todos à imagem de Anúbis.

Os corpos enfaixados são de cães, chacais e raposas. Presentes para Osíris e Anúbis, o deus-chacal que ronda pelo mundo subterrâneo. Anúbis prefere sacrifícios que se pareçam com ele. Nas fazendas acima de nós, cria-se grande número de cães, destinados a futuras oferendas. Paguei por todos esses corpos — milhares e milhares de vidas caninas em troca da minha. Alguns são filhotes minúsculos, que jamais abriram os olhos e passaram diretamente do nascimento para os braços da morte. O silêncio na câmara é absoluto. Uma vespa gira em torno da chama da tocha, chegando perto a ponto de chamuscar as asas. Estou desesperada para sair. Tenho vida demais para permanecer aqui e sinto o sangue palpitar em minhas veias. O que quero é gritar, bater palmas, dançar e perturbar essa quietude desnaturada. Todos os meus nervos exigem que eu corra para fora e respire um ar puro e fresco. Mas, se eu correr, haverá o risco de me embrenhar ainda mais para dentro e para o fundo, em vez de encontrar a saída. Além disso, preciso permanecer tempo suficiente para minhas preces e encantamentos. Anúbis deve saber que esses sacrifícios são meus e me libertar.

Murmuro minhas preces e tiro das dobras da roupa uma romã. Parto-a e deposito a oferenda em um nicho pequeno e baixo, as sementes cor de sangue saltando e manchando meus dedos. Dispenso o sacerdote e ordeno que volte pelo túnel — não preciso dele como meu intermediário.

— Chamo-o quando for sair — digo.

Sozinha, dirijo-me aos deuses. Rezo, mas não imploro. Exijo seu favor. Esses deuses desprezam suplicantes. Pego uma tocha e hesito. Não há sinal de que tenham me ouvido. Apenas silêncio. Saio da câmara e volto pelo corredor, passo pelo sacerdote que me espera e, ao contrário de Orfeu durante sua subida do inferno, não olho para trás.

Regresso ao barco real quando a aurora começa a tingir o céu. Iras me ajuda a subir a bordo. Vou direto para meu pavilhão, onde a falsa Cleópatra dorme, pequena em suas roupas emprestadas. Não a acordo, mas deito-me a seu lado, abraçando sua cintura esguia. Em poucas horas voltarei a ser eu mesma — mas, por enquanto, não.

Encerramos a última noite de celebrações com alívio. Não consigo mais dançar ou beber. Poderia chorar de alívio quando Charmian e Iras removem o disco de ouro de minha cabeça. Estou leve, sem peso, liberta dos empecilhos da divindade. Até o touro parece cansado, farto de adulações. Amanhã, iniciarei a viagem de volta a Alexandria. Já é tempo de o touro e eu partirmos. Ele prosseguirá para Tebas, onde seu templo está preparado, e lá vai gozar sua porção mortal em ameno deleite. Eu regressarei à corte para assumir meu lugar entre cobras e farsantes. Não senti falta de ninguém, exceto de minha irmã. Não sei como essa jovem se defende em minha ausência: os capangas de meu irmão, sequiosos de um alvo para seu ódio, podem ter voltado os olhos para ela. Talvez tenha sido um erro não trazê-la comigo. Com sentimento de medo e culpa, fico acordada por algum tempo, ouvindo a água vergastar os costados do barco, até que o embalo das ondas me faz adormecer.

Acordo de manhã ao som de gritos. Salto da cama, de mau humor, e corro para a amurada, tentando descobrir a causa do alarido. Minha visão é bloqueada por marinheiros que se empurram e praguejam, enquanto meus guardas pessoais replicam e levam algum tempo para perceber que estou ali, no meio deles. Balbuciando desculpas, afastam-se, e vou até a borda, de onde avisto um pequeno bote pesqueiro flutuando sobre as ondas. Centenas de arqueiros meus o haviam feito de alvo para suas flechas.

— São tão ruins assim de pontaria que nem uma centena de vocês consegue acertá-lo? — pergunto.

Todos os arcos se abaixam, menos um.

O homem no bote ergue as mãos, em cumprimento. Se eu mesma não o tivesse visto, saberia quem era pelo sorriso súbito de Charmian.

— Abaixe o arco — ordeno ao último arqueiro. — Ou transpassará dois corações ao mesmo tempo, e pelo menos um deles eu amo.

Charmian enrubesce e murmura um agradecimento.

— Não agradeça. Ainda posso mandar matá-lo e ferir seu coração.

Rapidamente, Apolodoro encosta o bote em nosso barco e sobe a bordo pela escada de cordas lançada sobre a amurada. Logo está diante de mim, as roupas descoradas pelo sol. Tem a barba por fazer.

— Não vá para Alexandria. Dê a volta. Estão atrás da senhora — diz ele.

Encaro-o.

— Ptolomeu?

Ele faz que sim com um gesto de cabeça.

— Seu irmão e aquelas víboras tomaram a cidade e o palácio. Vêm ao encontro da senhora com uma frota e deixaram um exército à espera na estrada.

Será uma armadilha? Estará Apolodoro tentando me assustar, me convencer a dar meia-volta, me induzir a uma retirada? Ele esgueira o olhar para Charmian, com expressão radiante de afeto. Posso duvidar ainda de sua lealdade para comigo, mas não creio que ele permitiria que algum mal a atingisse. Não sou ingênua a ponto de achar que seu amor por uma mulher supere seu amor por Roma. Chamo meus generais.

— Enviem uma patrulha e descubram se o que este homem diz é verdade. Mantenham-no aqui até que a patrulha volte.

Apolodoro se entrega sem resistência aos meus guardas. Ele sabe: se descobrirmos que mente, será executado. Ou tem certeza de que acharemos suas palavras verdadeiras, ou, então, fez as pazes com seus deuses romanos.

Antes da volta dos patrulheiros, não há nada a fazer, exceto esperar. O sol se levanta. Damos adeus ao touro, que segue viagem. Ordeno que nossos navios se abriguem depois de uma curva, onde estarão mais seguros, mais escondidos e em melhor situação para se defender. Charmian me traz comida, que dispenso. Seu olhar se fixa sempre no lugar onde Apolodoro está sentado, com os pulsos amarrados. Observo-a enquanto o olha, seu rosto contraído de ansiedade. Ele pisca para Charmian, que sorri. Viro-me para o outro lado. Gosto dele e lamentaria sua morte, mas espero que tenha mentido. A alternativa é bem pior. Uma garça pesca, pousada na borda do bote. O sol começa a abismar-se no rio. Os patrulheiros retornam, e vejo, por seus rostos, que Apolodoro falou a verdade.

Meus cortesãos olham atentos para mim, faces pálidas e alarmadas. Todos querem saber o que faremos.

— Vamos sair do rio imediatamente, pois é aqui que esperam nos encontrar. Iremos para o deserto, onde as areias e o calor nos protegerão.

Instruo meus generais a recrutar um exército. Os soldados e a frota que tenho aqui não serão suficientes para uma guerra.

Com uma faca, eu mesma corto as amarras de Apolodoro.

— Devo acompanhá-los, minha rainha? — pergunta ele. — Falarei com eloquência em seu nome e mobilizarei dezenas de homens para defendê-la.

— Não. Ficará comigo. Ao meu lado.

Charmian pega minha mão e a beija. Não retribuo o aperto, pois essa decisão não foi tomada em seu benefício. Apolodoro se mostrou fiel a mim, e é isso que retribuo; não levo em conta a afeição dela.

Desço da capitânia real e entro no primeiro bote, com Charmian e Iras acocoradas ao meu lado. O próprio Apolodoro empunha os remos, em movimentos suaves, mas vigorosos. Em poucas horas, o deserto nos tragará, permitindo que fiquemos escondidos e reunamos os homens. Em seguida, voltarei a Alexandria e removerei o monstro refestelado em meu trono. Ouço as batidas dos remos na água e compreendo que Anúbis me liberou. Caso eu não tivesse ido a seu templo a fim de apaziguá-lo, ele me faria navegar diretamente para a armadilha de meu irmão e os tenros braços da morte.

6

CLEÓPATRA

Detesto ter minhas regras aqui no deserto. O vasto oceano de areia não é lugar para me advertir de que sou mulher, tanto quanto rainha-faraó. Suor e sangue escorrem por minhas coxas. Charmian me lava com água perfumada de rosas, mas um minuto depois estou pegajosa de novo. O aroma da água aromática se mistura ao cheiro de sangue.

Estamos todos úmidos de suor e das gotículas viscosas que as picadas das moscas do deserto deixam em nossa pele. Elas me ferroam através da seda de minhas roupas e na raiz de meus cabelos. Tento esmagá-las com as unhas e não consigo. Estão sempre à espreita. Mas deusas não matam moscas. Pergunto-me como Ísis podia suportar isso — é um detalhe que os sacerdotes nunca explicam. Outra mosca pousa em meu lábio, zumbindo e fazendo cócegas. Espanto-a. Não me incomodaria com as moscas se não fossem as cólicas em meu ventre. Sem dizer palavra, Charmian tenta enxugar minha testa com um lenço úmido, mas afasto-a. Ninguém deve presenciar meu desconforto. Ela me vestiu com trajes pretos, a despeito do calor, de modo que, se o pedaço de pano entre minhas pernas ficar encharcado e porejar, ninguém perceberá a mancha. Rainhas devem esconder suas fraquezas. A dor é tão forte que a náusea me aperta a garganta e faz meus ouvidos latejarem. Sinto vontade de me estender sobre as almofadas e chorar baixinho, para depois dormir; mas não posso. Tenho vidas demais em minhas mãos. Engulo em seco, aspirando o ar escaldante.

A poeira cobre meus olhos, meu nariz, meus cabelos, meus lábios e meus dentes. Só sinto gosto de areia e pó. O sol desce por sobre as dunas, um olho de bordas avermelhadas agora cego pela grande quantidade de areia. Tudo vibra com o calor. O mundo fora da tenda reverbera, inquieto. Cada golfada de ar que inspiro é ardente e seca. Encosto-me nas almofadas, mas até elas estão quentes, como que aquecidas por outro corpo febril. Um escravo me abana, mas só o que consegue é agitar um ar parecido ao que escapa de um caldeirão de sopa, as gotas de seu suor pingando sobre a almofada ao meu lado. Apolodoro o censura em grego, egípcio e latim, ordenando que saia. O escravo obedece.

Charmian se senta a meus pés, com o queixo apoiado nas mãos. Quero me inclinar para ela, secar suas faces, afagar a laca de seus cabelos, mas não posso. Se eu morrer aqui, ela morrerá também. Vencerei essa guerra, pois sou o Egito. Meu sangue é o Nilo: quando seca entre minhas pernas, retorna para seu leito lamacento.

Ali ficamos, no areal, esperando. Esperando. O sol nasce e se põe. As cigarras do deserto zumbem em meus ouvidos sem pausa, invadindo meus pensamentos. Minha tenda pode ser de seda, as cortinas podem me abrigar do sol hostil, mas nada conseguirá apagar a lembrança de que meu irmão e seus generais me exilaram. Preocupo-me com minha irmã e meu irmão menores. Ptolomeu não tem nenhuma afeição por eles. A seu ver, não são seus irmãos, mas, sim, seus rivais. Tão jovens, com crânios ainda tenros, tão fáceis de matar! Eu deveria estar lá para protegê-los. A culpa me assalta como as moscas, e minha cólera palpita como um segundo pulsar do coração. Sou a rainha-faraó legítima, a autêntica herdeira de meu pai. O sofrimento por ele arrefeceu como um hematoma, que só dói quando o toco.

Enquanto eu o observava e aprendia como não governar, meu irmão só se especializava na arte de exigir, trapacear e roubar. Ainda hoje, toma as lisonjas de seus preceptores e conselheiros por verdades. Eles não o amam; amam apenas o poder que seu nome encerra. Ptolomeu é preguiçoso demais para aprender. Por isso, eu vencerei. Posso sangrar, posso ter menos homens em meu exército, mas sei escutar e sou inteligente.

A nossa não é a única guerra suja em curso. Rumores de além-mar sopram pelo deserto e chegam até nós aqui. Diz-se que Roma está em guerra consigo mesma, a cobra mordendo a própria cauda. O velho patrono de meu pai, Pompeu, fugiu pelo mar, com César no encalço de sua frota. Há boatos de que Pompeu vem para Alexandria, pronto a cobrar a dívida de meu pai em forma de soldados e ouro. Só nesse assunto não invejo meu irmão, pois ajudar Pompeu será fazer de César um inimigo, e ainda não está claro a quem os deuses favorecem. Não gosto de Pompeu, mas sei pouca coisa de César. Pelo menos aqui nesse refúgio, com escassez de suprimentos e homens, nenhum general procurará meu auxílio. Não até que eu vença.

Sob as paredes flutuantes de minha tenda, observo os homens no acampamento. Os que me seguem são egípcios comuns, libertos e fazendeiros, mercadores e barqueiros. Falo-lhes em seu próprio idioma e adoro seus deuses. Conquistei sua lealdade e seu amor usando com eles a mesma linguagem, vendo o mundo através de suas palavras. Sou a primeira pessoa, em minha família, a se tornar verdadeiramente egípcia, mas meu irmão é igual a todos os outros reis de nossa linhagem: não se preocupa com o povo, com suas palavras, com seus modos. Indolente, fala apenas grego, pois acredita que os camponeses não tenham valor — para ele, não são melhores que formigas. Ele não entende. Uma colônia de formigas devora um boi até os ossos em questão de horas. Uma única formiga pouco consegue fazer; podemos esmagá-la, sem dificuldade, com a ponta da unha; mas muitas são como uma maré negra.

Meus homens se acocoram, buscando o abrigo de uma nesga de sombra, sem ânimo para falar por causa do calor. Sem ânimo para lutar, por eles mesmos ou por mim. São milhares, um rio de homens inundando o areal. Apenas os camelos se mostram despreocupados, mastigando e tossindo. Não deveríamos estar aqui, no meio do deserto, com toda essa gente. Muitos já começam a morrer. Nosso pior inimigo é o calor, persistente e incansável, mais insidioso que o exército de meu irmão. Cavalos e homens tombam em silêncio na areia. Os corpos são arrastados para longe, a fim de secar ao sol. Farejo a morte no ar, doce e podre. Sei onde os cadáveres jazem pelo trajeto dos abutres. Fendem sobre os mortos com suas asas negras, rastos escuros no céu auguram minha derrota. Temos que sair daqui. Para vencer ou morrer.

— Alguma notícia de nossos espiões? — pergunto a Charmian, embora já saiba a resposta.

— Ainda não, minha rainha.

— Mandarei patrulheiros atrás deles — diz Apolodoro. Aquiesço com um leve aceno de cabeça.

O céu como que nos esmaga. As tendas oferecem apenas um mínimo de proteção contra a inclemência do sol. O tempo se arrasta, retardado pelo calor. Meus conselheiros entram e discutem planos de batalha uns com os outros. É tudo um faz de conta. Parecem meninos brincando com pedrinhas na areia. O exército de meu irmão bloqueia nosso caminho para Alexandria. Um exército desprezível de piratas, ladrões, escravos em desgraça e facínoras. Se os enfrentarmos, nos chocaremos com a morte tal como barquinhos contra rochedos. Todo dia, ao entardecer, alguns de meus homens se esgueiram para fora do acampamento e se confundem com a escuridão do deserto, escapando pelas dunas. Fomos coagidos a nos retirar às pressas, e agora aqui estamos, expectantes e definhando aos poucos. Meu irmão não passa de um fedelho irritante e mimado, um rei-deus cujo elmo grande demais encobre a testa, deixando-o cego. Não tem consigo libertos ou fazendeiros, mas conta com o apoio dos ricos. Recorre a subornos, e isso basta para lhe valer um exército. Nós, presos aqui, não podemos alcançar Alexandria, enquanto ele flana descalço por meu palácio, colhendo frutas de minhas árvores e dormindo em meu quarto real. Mas me recuso a morrer aqui. Sou como a água que busca seu caminho pela face da rocha até encontrar a fissura. Ela está por aí. Sei que está. Posso senti-la quase ao alcance das pontas de meus dedos. Oro a Ísis, que me indicará o caminho. Sou sua criatura.

Os escravos trazem figos e vinho à minha tenda. Não toco neles. Tudo aqui tem gosto de areia; é como ingerir comida do mundo subterrâneo, boa apenas para os mortos.

Quando o véu do crepúsculo começa a baixar, o fogo do sol finalmente arrefece. O acampamento se alvoroça. Os homens saem de sua letargia, põem-se a tagarelar, a beber, a preparar a ceia. Mas o som é mais que apenas conversas ao anoitecer. Alguma coisa se agita.

— Venha — digo a Charmian. Levanto-me e vou até a entrada da tenda. — Os espiões voltaram.

Meus guardas também se levantam e correm para fora, aos gritos. O intruso foi detido a pouca distância de minha tenda. Saio escoltada por soldados e avisto, na semiescuridão, um homem montado num cavalo esquálido e com os olhos enegrecidos de moscas. O cavaleiro espera em silêncio, tentando controlar o animal, que sacode a cabeça e escoiceia a areia. Várias lanças estão apontadas para ele, e uma adaga ameaça a garganta do animal. Protegendo os olhos contra os últimos raios do sol, examino-o bem, mas não consigo reconhecê-lo. Não é um de meus espiões.

Então, à pouca luz restante, noto o símbolo no estandarte dourado que ele empunha. É uma grande águia vermelha de asas abertas. Apolodoro a identifica no mesmo instante e grita para que os soldados baixem as armas. O homem não é um de meus espiões nem um dos partidários de meu irmão. Traz o lábaro de Roma.

— Venho em nome de César — grita o cavaleiro. — Trago uma mensagem para a rainha Cleópatra.

Peço a Apolodoro que ordene aos escravos que não me anunciem e entro na tenda para observar, sem ser vista, o mensageiro estender-se nas almofadas, beber uma taça de vinho doce e depois outra, em tragos desesperados, o líquido escorrendo pelo queixo. O rosto e os cabelos estão sujos da areia do deserto; os olhos, irritados e vermelhos. Parece consumido pelo calor. O vinho torna seus lábios rubros contra a palidez das faces. Pressentindo minha presença, ergue os olhos e me vê. Ele se assusta e, agora nervoso, tenta se levantar, não querendo permanecer sentado na presença de uma rainha. Consegue ficar de pé, mas cambaleia a tal ponto que receio vê-lo cair antes de comunicar sua mensagem. Apolodoro ampara-o, segurando-o pelo braço.

— Já tomou nosso vinho, estranho. Agora fale — ordeno.

O mensageiro inclina a cabeça.

— César deseja a paz. Insiste que a guerra entre a senhora e seu irmão deve cessar de vez. Quer que sua alteza se dirija ao palácio.

— Em Alexandria? — intervém Apolodoro, incrédulo. Flexiona os braços inteiramente tatuados com desenhos em volutas, apenas visíveis contra o tom moreno da pele. Os ossos estalam. O mensageiro confirma, cauteloso.

— Sim. César está ocupando o palácio real agora.

— E Pompeu? — pergunto.

— Morto.

— Por César?

— Assassinado por sua alteza, seu irmão.

Olho-o, espantada. Meu irmão tornou César o homem mais poderoso de Roma. Deve ter achado que, eliminando seu inimigo, obteria seu favor. No entanto, o mensageiro não parece de modo algum agradecido a meu irmão. Não veio até aqui, sozinho, me matar. Preciso, então, entender por que veio. Aparenta ser amigo de César. Tudo mudou num piscar de olhos. Há pouco, César era um dos dois homens que lutavam pelo Império; agora, tem praticamente o mundo inteiro. Seu poder não é tão ilimitado quanto o dos deuses — mas chega perto disso. É ele quem tem força suficiente para restituir a deusa viva Cleópatra ao seu trono.

— Seu irmão pediu a ajuda do grande César para governar o Egito — prossegue o mensageiro.

Não contenho o riso. Meu irmão jamais faria uma coisa dessas. César decidiu que, com o Egito enfraquecido e em conflito interno, ele se insinuaria para pilhar nossas riquezas. Pensa que nomeará a mim ou a meu irmão para gerir o país em seu nome, depois que regressar a Roma. Não sou um fantoche de Roma. Vou convencê-lo de meu valor, mas não daqui, do deserto.

— Não ria, grande soberana. Estou dizendo a verdade. César quer ajudar. Não está de seu lado nem do de seu irmão; é imparcial e procura apenas a paz.

Apolodoro bufa.

— Imparcial? Mas ainda assim pede que a rainha vá a Alexandria? Os espiões de seu irmão vão matá-la de imediato. Essa seria, sem dúvida, uma maneira de pôr fim à guerra.

O mensageiro muda o apoio de um pé para o outro, inseguro, e volta-se de novo para mim.

— Recebi ordem de requisitar a presença de Vossa Majestade.

Apolodoro perde a paciência.

— E onde estão os soldados romanos para protegê-la e garantir-lhe passe livre? Atrás das dunas, esperando?

O mensageiro permanece em silêncio. Não há, é claro, escolta nenhuma. Apolodoro bufa novamente, indignado.

A irritação percorre minha pele. Incrédula e com raiva, dirijo-me ao mensageiro:

— Você vem ao deserto e só oferece morte. Morte é o que não nos falta aqui. Ela espreita na fornalha do céu, por baixo de cada pedra e no zumbido das moscas. Será mesmo essa a oferta de César? Como pretende ele acabar com nossa guerra infeliz?

O mensageiro passa a mão na testa, transformando a sujeira em pasta. Quando fala de novo, sua voz soa como o zumbido interminável das moscas.

— Grande rainha e faraó, César deseja apenas a paz e o fim do conflito. Seu pai declarou que a senhora e seu irmão iriam governar juntos. Uma dupla de faraós. Como amigo do Egito, César fará de tudo para que a vontade de seu pai seja cumprida.

Fico em silêncio por um momento, refletindo. Nenhum desses mensageiros jamais fala a verdade, pois não é a verdade que vêm comunicar. São encarregados de mensagens falsas, repletas de dissimulações e artimanhas. Devo encontrar a verdade por trás da mentira, onde ela se esconde como um rouxinol nos arbustos. César é romano. Todos os romanos cobiçam o cereal e o ouro do Egito. Vão nos apalpando e apertando com seus dedos pegajosos até nossa pele ficar marcada de pisaduras. César deseja a paz, sem dúvida. A guerra custa caro. Procuro não pensar em nossos armazéns se esvaziando como a maré e nunca mais se enchendo novamente. Todavia, não entendo por que César simplesmente não manda me matar. Por que não envia uma legião ao deserto e nos cerca, deixando-nos sangrar na areia? Seria rápido e eficiente, e eu admiraria César como um homem decidido e implacável. Minha morte poria fim à guerra, e sei, melhor que ninguém, a precariedade de minha posição. Contudo, César não declara Ptolomeu o pretendente de sua escolha. Conheço bem meu irmão. Ele é o verme que rói a fruta. Que terá feito para ofender o grande homem de Roma?

Dispenso o mensageiro e ordeno que seja posto a descansar em uma tenda, onde escravos deverão cuidar dele e alimentá-lo. Sento-me por um instante, girando esses pensamentos em minha mente como carne em um espeto. Um escravo aparece e sussurra alguma coisa a Apolodoro, que sai imediatamente da tenda. Não sei o que seria de mim antes de chegada do siciliano. Agora confio inteiramente nesse homem e não me imagino longe dele ou de Charmian. Engulo em seco, lambendo uma camada de sujeira em meus lábios. Olho para Charmian, que está com o queixo pousado em meus joelhos.

— Será um estratagema, querida? Para me atrair ao palácio e deixar que os espiões de Ptolomeu me matem quando eu tentar entrar? Assim, César não levaria a culpa por minha morte.

Charmian me encara com os olhos dilatados pelo medo.

— É um estratagema, com certeza. Não vá.

O medo nunca me impediu de fazer nada. A autopreservação, sim; o medo, por si só, não.

— Duvido que César esteja tomando o partido de meu irmão — digo calmamente. — O garoto é petulante, tolo e cruel, mas, em geral, as pessoas levam algum tempo para odiá-lo. Encobre seus defeitos com um manto de seda. O assassinato de Pompeu, com o qual ele esperava cair nas boas graças de César, parece ter tido o efeito oposto.

— De fato. Um equívoco grotesco. Quer saber como foi? — pergunta Apolodoro, em tom jovial.

Não percebi que ele voltara à tenda, pois, para um homem de seu porte, movimenta-se com notável desenvoltura. Mas, olhando-o, noto que está feliz por alguma coisa, saltitando como um menino apertado para urinar. Chego quase a rir.

Ele se aproxima rapidamente de mim, e só agora vejo que dois de meus espiões estão a seu lado. Voltaram, enfim. Observo-os com interesse. Apolodoro acotovela um deles no flanco, e o homem se inclina como um caniço partido.

— Fale.

O homem pigarreia e se endireita.

— Venho do palácio, onde, de fato, César está residindo. É ele que governa, não seu irmão. Ptolomeu apenas resmunga e se arrasta de cá para lá, em seus aposentos, como um cão maltratado.

Apolodoro o cutuca de novo, agora com mais força.

— Conte logo à rainha como Ptolomeu, o idiota, ofendeu César.

— César veio ao Egito no encalço de seu inimigo, o romano Pompeu. Perseguiu-o até Alexandria, mas os ventos favoreceram os navios de Pompeu, e este chegou primeiro. Mandou aviso a seu irmão, que foi esperá-lo no cais. O rapaz, ardiloso e traiçoeiro, concordou em ajudar Pompeu, prometendo-lhe trigo e ouro para o pagamento de suas tropas, além de um exército para a luta contra César. Era mentira. Enviou um bote para trazer Pompeu de seu navio até o cais, desculpando-se pelo fato de a embarcação ser pequena demais para acomodar seus guardas. Assim que ficaram fora do alcance dos arqueiros do navio de Pompeu, os homens de seu irmão o apunhalaram até a morte, cravando-lhe uma lâmina nas costas que chegou até o coração. As águas ficaram vermelhas com seu sangue.

Fecho os olhos e imagino a cena. Meu irmão, com seu corpo roliço envolto em um manto púrpura agitado pelo vento marinho, a algazarra das gaivotas ecoando os gritos agonizantes do infeliz Pompeu. Os conselheiros devem ter insinuado essa ideia nos ouvidos dele, como gotas de óleo para amolecer a cera. Mas a infâmia e a barbárie da ideia o atraíram. Não precisou de muito para se convencer.

O rosto de Apolodoro está contraído, os lábios cerrados formando uma linha fina. Cutuca de novo o espião, mas agora de leve.

— Prossiga.

O homem engole em seco, o pomo de adão subindo e descendo como a lançadeira no tear.

— Estenderam o grande Pompeu aos pés de seu irmão, morto e dilacerado como um peixe, as feridas abertas como brânquias. Seu sangue enegrecia a areia clara; as vísceras eram tantas que foram necessárias duas marés para levá-las. Dizem que algumas rochas ainda estão manchadas de vermelho.

Consigo imaginar meu irmão na orla, as roupas enegrecidas de água marinha e sangue, a face estuante de satisfação. Cheiro de sal, algas e carne.

Olho para o mensageiro, que limpa a garganta com um som semelhante ao arrastar de uma cadeira.

— Mas fazia muito calor. Sabiam que o corpo logo começaria a apodrecer e a cheirar mal. Além disso, ninguém podia dizer a que distância dali estava César. Assim, seu irmão ordenou que cortassem a cabeça de Pompeu e a mergulhassem em salmoura.

Sei, com absoluta certeza, que uma ordem dessas só podia partir de Ptolomeu. Ele se deleita com a crueldade e a profanação. É bastante criativo em matéria de atos nefandos, se delicia com o sofrimento. Gosto de ler. Ptolomeu prefere arrancar pernas de gafanhotos vivos.

Outra imagem me ocorre. Um rosto de anos atrás: Servília. Sua vingança em prol do filho acaba de se cumprir. Essa morte horrível veio a calhar. Um assassinato pervertido e horrendo. Ela já terá sido informada? Pergunto-me qual dos deuses — romanos ou egípcios — propiciou sua vingança. Não digo isso em voz alta. Apenas indago:

— Terá César gostado desse presente sangrento? Creio que não, do contrário seu mensageiro não estaria enchendo a boca de anchovas e sementes de romã. A essa altura, os abutres já teriam devorado nossa carne, morta pelos homens de César.

O mensageiro se encolhe, agitando-se.

— De fato, minha rainha. Quando César chegou, poucos dias depois, tangido por ventos propícios, foi recebido na praia por seu irmão em pessoa. No próprio lugar onde Pompeu sucumbira. Seu irmão ofereceu-lhe a cabeça de Pompeu em uma bandeja, como se fosse um javali suculento. Pensava lisonjear César com a derrota de seu inimigo. Calculou que o romano exultaria de gratidão e prazer. Mas César chorou.

— Lágrimas sinceras? — pergunto a mim mesma, impressionada com essa mostra de pesar. O assassinato fora covarde e vergonhoso, mas deixara César sem rivais em Roma e no restante do mundo. Compreendo, porém, que homens como César preferem matar eles próprios o inimigo, para ver a vida abandonar os olhos da vítima e saber que são os responsáveis por isso. Estou mais acostumada a ver outros agirem como meu punhal. Só ordeno a morte de alguém por necessidade e não exulto com o ato. Não é que eu seja meiga e de bom coração — sou cuidadosa. A sede de sangue não impele meu braço. No entanto, as lágrimas de César me intrigam. Não o considerava um homem de sentimentos, apenas de ambição e vontade.

— Aparentemente, suas lágrimas eram, de fato, sinceras — diz Apolodoro. Pompeu era inimigo, mas também romano. Foi, outrora, amigo de César. Um adversário de valor, e seu irmão o assassinou covardemente. Uma morte sem honra. Seu irmão desonrou Pompeu e a si mesmo com essa perfídia.

Reflito por um instante, em silêncio. Percebo a fissura na rocha, a possibilidade de vitória. Meus amigos me observam, à espera. Falo em tom comedido:

— Meu irmão insultou Roma. É um louco que arrancou a cabeça de um general romano como quem arranca asas de moscas. Não mediu as consequências. — Faço uma pausa, pensando. Meu olhar pousa em Charmian. — Não acredito que César queira me matar — continuo, devagar. — Mas também não quer me ajudar. Terei de persuadi-lo.

✦ ✦ ✦

Estamos a sós em minha grande tenda. Eu, Apolodoro e Charmian, enquanto um trio de escravos confiáveis toca música lá fora para encobrir, com o som de suas flautas pairando no ar da noite, nossa conversa. Há sempre espiões por toda parte. Peço que minhas escravas, com Iras à frente, vigiem a área ao redor da tenda e observem o deserto à cata de olhos e ouvidos suspeitos. Ninguém distingue minhas garotas na sombra. São mais eficientes nisso que os soldados grandalhões e espalhafatosos, bem fáceis de despistar. Charmian se abrigou nos braços de Apolodoro. Quando estamos só nós três, não me incomodo com sua afeição mútua. Sei que o amor deles por mim está acima de qualquer dúvida. Ele a beija na fronte, mas olha para mim com ar preocupado. Sorrio para os dois, esperando que meu medo esteja oculto como a adaga sob meu manto. Por eles, devo mostrar coragem.

Enquanto Apolodoro acaricia o braço de Charmian, uma ideia toma forma em minha mente. Não é o que quero, mas o que tenho de fazer.

— Sei de outros rumores sobre o poderoso César — digo, forçando um sorriso. — Ele tem uma atração por mulheres de estirpe real. Gosta de conquistá-las. E devo me deixar conquistar. Para depois, quem sabe, conquistá-lo.

Falo isso por bravata, não é o que sinto. Posso ouvir o tremor em minha voz. Charmian afasta Apolodoro e se endireita no assento, com expressão séria. Meus dois amigos sabem que nunca fui para a cama com um homem. Nenhum homem jamais me viu nua ou tocou mais que minha mão ao prestar homenagem. Pego a taça de vinho e dou de ombros, fingindo coragem. Apolodoro franze o cenho e não diz nada, enquanto Charmian cruza os braços com ar preocupado.

— Minha rainha...

— É o único caminho para a paz. Não esperávamos que a roda da fortuna girasse? — Tento fazer com que minha voz soe firme, cheia de certeza. — Precisamos lutar com as armas que temos. César gosta de rainhas do mesmo modo que outros homens gostam de comer ostras ou caçar patos. Meu perverso irmão pode ter Alexandria e um exército maior, mas tenho algo que lhe falta.

Essa guerra talvez não se resolva com espadas, e sim com a doce entrega de meu corpo, do que há de mais resguardado em mim. Tento engolir, mas não consigo; minha boca está seca, como se um punhado de areia me asfixiasse. Meus amigos me olham, inquietos. Charmian e Apolodoro dormem juntos quase todas as noites, mas por consenso. Embora escravos, nisso são livres, na escolha um do outro.

— Devo ser levada até César.

Eles sabem que estou certa e que não há outro meio, mas se preocupam comigo. Agrada-me que temam. Que se aterrorizem em meu lugar, enquanto eu própria finjo não ter medo de nada.

— Sim, minha rainha — diz Apolodoro. Inclina-se e me beija na testa. Ninguém deve me tocar, sobretudo sem minha autorização, mas a ternura de seu gesto me comove. A bola em minha garganta se dilata, meus olhos ardem com as lágrimas represadas. Não posso chorar. Não posso. Cravo as unhas nas palmas das mãos. Sou Cleópatra, filha amorosa, deusa na terra, faraó e rainha das Terras Vermelhas e Negras. Não tenho medo de nada. Nem de César, nem da morte.

✦ ✦ ✦

O problema de como entrar no palácio persiste. Se algum dos comparsas de meu irmão me surpreender, minha morte será rápida e brutal. Só confio em Apolodoro e Charmian. Passamos horas planejando, enquanto a noite se adensa à nossa volta. O céu está crivado de estrelas.

— Nada de guardas ou soldados — decido. — Chamariam muita atenção.

Apolodoro parece descontente, mas não discute. Sabe que estou certa.

— Mas como escondê-la? — pergunta pela centésima vez.

Não tenho resposta. Petiscos são colocados diante de nós, mas ninguém quer comer. Brinco com a casca de um limão, enrolo-a em uma azeitona, desenrolo-a. Uma ideia surge.

— Você conseguiria me carregar? — pergunto. — Apenas por uma curta distância?

Apolodoro ri e contrai os músculos volumosos dos braços, onde as tatuagens se contorcem e dançam.

— É claro.

— Se eu me esconder em uma caixa, conseguiria me levantar? — Aponto para um baú de madeira esculpida, cravejada de prata e ouro. — É grande o bastante para me conter, se eu me encolher.

Apolodoro confirma, mas parece um pouco incerto. O baú é bem grande e, comigo dentro, será um peso considerável para ele. Lá dentro vai estar quente e apertado. Quando eu surgir diante de César, terei de parecer sedutora, não meio atordoada de calor e abafamento. Não, o baú não serve.

— Que mais os escravos costumam carregar?

— Cestos de alimentos, jarros de cerveja — responde Charmian.

— Não posso me enfiar em um jarro. Não sou nenhum espírito da água.

Nesse instante, Iras ergue a aba da tenda e deixa entrar um escravo.

— Deixe isso aí e saia — ordena ela.

O escravo equilibra na cabeça um saco de roupas cheio de lençóis recém-lavados para minha cama. Coloca-o no chão e sai, apressado.

Nós três olhamos para o saco, que é bem grande.

— Servirá? — pergunto.

Charmian é a primeira a se levantar e se aproximar do saco. Tira todas as roupas e o esvazia.

— Minha rainha — diz ela.

Entro. É largo, mas não alto o suficiente para eu ficar de pé. Agacho-me, e Charmian amarra bem a boca do saco com o cordão.

— Posso? — pergunta Apolodoro.

Começo a lhe dizer que, obviamente, ele precisa tentar me levantar, mas minha voz sai abafada, e, de qualquer maneira, logo me vejo içada em seus ombros. Sinto-me desconfortável e um tanto ridícula ali, como que acocorada em um poleiro. Seus ombros são duros, seus ossos machucam meus quadris. Porém, não há escolha. É assim que deverei ser conduzida até César, não em triunfo no dorso de um elefante, não em meu barco de ouro, não em um carro puxado por tigres, mas escondida em um saco de roupas como uma azeitona sob a casca de um limão.

7
CLEÓPATRA

Enveredamos pelo deserto na noite seguinte, quando está mais fresco. Trajamos roupas de viajantes comuns, eu com uma túnica que peguei emprestada de Charmian. A mão de Apolodoro se crispa o tempo todo em volta do cabo da adaga longa e curva, oculta em sua cintura. Ninguém no acampamento nos vê sair; deslizamos para a escuridão e somos tragados por ela como gotas de chuva pelo mar. Iras, vestida com minhas roupas e enfeitada com minhas joias, ficou na tenda em companhia das escravas, dando ordens para ninguém entrar — Cleópatra está ocupada, estudando a resposta que dará a César. Caso haja por ali espiões, o truque não durará muito, mas será suficiente para nos garantir uma boa dianteira no deserto. Avançamos rapidamente, Apolodoro em um camelo, eu e Charmian em outro. Os braços dela estreitam minha cintura, seu rosto descansa em meu ombro.

Rumamos para o Oeste, desviando-nos do vasto acampamento do exército de Ptolomeu. Ele bloqueia o caminho para nossos soldados, como um dique refreia a pressão da água, mas somos apenas umas poucas gotas e conseguiremos nos esgueirar.

A aurora tinge o céu com seus longos dedos rubros. O mar cintila ao longe, liso e cinzento. Depois dele, Alexandria. Nuvens baixas cobrem minha cidade, fazendo-a parecer insubstancial — uma cidade em um sonho. Anseio por parar e descansar, mas não podemos. Cada minuto perdido é um minuto a mais para os rumores sobre nossa vinda provocarem nossa derrota. O siciliano ora adula os camelos, ora grita com eles, golpeando suas ancas com a vara. Nem uma coisa nem outra têm efeito algum sobre os animais, mas parecem acalmar Apolodoro. A última estrela se vai por trás da cortina do céu, velado até agora. O sol cresce, portentoso, acima das dunas, o mundo desperta, e já há um sopro de calor contra minha pele.

O sol flutua no alto, ouro incrustado no lápis-lazúli. Não paramos por um instante sequer, e estou esfolada pelo atrito da sela. Meus braços doem de tanto segurar as rédeas, e a poeira se infiltra em tudo — em meus olhos, em meus ouvidos, em meus cabelos. Sinto uma dor profunda no ventre, pois ainda sangro, e o pano entre minhas pernas está encharcado e incômodo. Apolodoro canta, em latim, sobre os bosques de oliveiras e os mares cristalinos de sua infância na Sicília, com voz profunda e baixa. Charmian sorri um leve sorriso reservado de intenso prazer enquanto murmura os versos. Percebo que Apolodoro já cantou essa mesma canção para ela antes.

Finalmente nos aproximamos da costa, e avisto a extensa curva da baía lá embaixo, as águas de um azul profundo desaparecendo contra o vívido azul do céu. Finas velas pontilham a água como asas de gaivotas. De súbito, descemos para uma depressão, o mar desaparece, e atravessamos um bosque de caniços pantanosos, onde a areia do deserto se liquefaz em lama. Os camelos avançam com dificuldade, tossindo e grunhindo, as patas afundando no lodo. Sinto-me aliviada no frescor da sombra, mas só por pouco tempo, pois o pântano enxameia de mosquitos. Eles me sufocam como fumaça.

Saímos do bosque de juncos para a praia, por fim. A areia é fina, fantasmagoricamente branca. Apolodoro desce do camelo e nos detém, colocando um dedo nos lábios. Vejo-o percorrer a praia para se assegurar de que estamos sós. Volta, satisfeito, e nos ajuda a descer do camelo, primeiro eu, depois Charmian. Beija-a de leve nos lábios antes de pô-la no chão. Por um momento cambaleio, mal conseguindo me manter de pé. Tudo dói. Minhas coxas, minhas costas e minhas pupilas estão avermelhadas; pisco repetidas vezes, e os cílios arranham meus olhos. Anseio por dormir tanto quanto um homem sedento anseia por beber. Sinto também que estou fedendo fortemente a camelo. Ignoro quais sejam os reais desejos de César, mas tenho certeza de que sentir esse cheiro não é um deles.

Apolodoro se afasta alguns passos na praia e, deliberadamente, nos dá as costas, para nos garantir privacidade. Agachado, saca uma adaga curta e começa a aparar um pedaço de madeira. Minha pele está imunda, coberta de terra e areia, e as ondas espumam em volta de meus pés e pernas. Charmian e eu corremos para a arrebentação e nos jogamos nas ondas. A água está surpreendentemente fresca, perco o fôlego por um momento e depois mergulho fundo, deixando que o mar lave o deserto e a impureza de minha pele. Meus cabelos flutuam como algas, e minhas mãos parecem estranhas dentro da água, como se não me pertencessem. O sal irrita meus olhos; mergulho de novo e contenho o fôlego até meus pulmões arderem. Voltarei à tona renascida, livre das mortes que se colam a mim como rebarbas; aqui nas ondas, limpa e purificada pelo sal, sou Ísis e Vênus emergindo da espuma, pronta para subjugar o coração de César.

Fico de pé na praia sobre uma toalha, nua, enquanto Charmian me lava com água doce, retirando o sal de minha pele e de meus cabelos. Tirados de uma bolsa, ela me besunta com óleos; minhas pernas, meu ventre, meus braços e minhas costas. Ela lava minhas partes íntimas com óleos fragrantes infundidos de olíbano e, então, toma uma lâmina e raspa meus pelos por completo. Me passa uma bola de algodão para eu introduzir em mim. Abro as pernas e enfio-a bem no fundo; ela me arranha. César não deve saber que estou sangrando. Sei o que os homens pensam: que nosso fluxo mensal esgota sua energia. Ele precisa acreditar que o sangue é mera evidência de minha virgindade. Se descobrir que são minhas regras, correrei o risco de ganhar sua ira, não sua proteção. Charmian me entrega outra bola de algodão e um frasco fechado.

— Aqui tem mais água. E óleo de rosas para você se lavar antes de ir até ele.

Engulo com dificuldade e não digo nada.

Sento-me nua na toalha enquanto ela entrança e prende meus cabelos, perfumando-os com óleos; seus dedos ágeis puxam e tecem. Aplica kajal sob meus olhos e ocre em meus lábios. Ela já me preparou milhares de vezes, com a assistência de vinte escravas, mas aqui estamos só nós duas. Meus cortesãos são agora os peixes que saltam nas ondas, as garças de pernas esguias e os caranguejos vermelhos que observam timidamente em cima das rochas. Prefiro uma corte de gaivotas. Charmian me veste com um traje branco bordado em ouro e prata, coloca amuletos dourados em meus braços, um par de serpentes com olhos de esmeraldas, pulseiras e, por fim, o diadema branco em minha testa, atando-o na nuca com uma fita clara. Nenhuma outra mulher no mundo pode ostentar esse diadema, pois sou uma rainha tanto grega quanto egípcia. É preciso que César saiba de imediato quem foi introduzida em seus aposentos.

Apolodoro avisa — chegou a hora. Charmian ficará aqui até mandarmos buscá-la. Ele a beija e acaricia seu queixo. Não me despeço dela nem lhe dou um beijo de adeus. Não suporto a ideia de não voltar a vê-la. Se pensar muito nisso, não conseguirei fazer o que deve ser feito. Imagino-a de pé à beira da água, sozinha, enquanto nos afastamos, com os olhos fixos em nós, até desaparecermos.

Atravessamos a baía de Alexandria sob o cortinado do crepúsculo. A vela foi baixada para dificultar a visão do barquinho, e eu me sentei na proa, sobre um rolo de corda, oculta debaixo de um cobertor. Nenhum de nós fala. Minha mente está repleta da tarefa que devo cumprir e suportar. O cais é vasculhado por fiscais aduaneiros que procuram mercadorias de contrabando, não rainhas contrabandeadas, mas o risco para mim é o mesmo caso nosso bote seja vistoriado. Optamos pela escuridão, mas não há escuridão, de fato, no cais, pois a torre maciça do Farol de Alexandria guarda a baía, esse gigantesco monumento branco perfurando o céu, mais alto que as pirâmides de Gizé. As pirâmides coroam o deserto, enquanto o Farol governa as águas com fogo. A rubra fornalha no topo incendeia as ondas, expulsando as trevas. No entanto, esta noite, não sinto orgulho por seu brilho, apenas frustração pelo fato de a luz que ele semeia ser tão intensa que somos obrigados a nos agarrar à fímbria das sombras para não sermos vistos. Minha respiração fica arquejante à medida que nos aproximamos da ilha de Faros. No alto do monumento, avisto a estátua dourada de Alexandre, o Grande, como Hélios fulgurando à luz reflexa do fogo, luz que nunca esmorece.

Quando já estamos perto do cais, entro no saco de roupas, mas o bote balança, e tenho de me agarrar à amurada para não cair. Charmian costurou um saco maior de juta, e me levanto para puxá-lo até cobrir minha cabeça. Depois de fechado, só posso enxergar pouca coisa pela pequena abertura no fecho do pescoço. Meu coração palpita ao ritmo do chicotear das ondas contra o casco de madeira, e minha mente se enche de dúvidas. Espero que a audácia de meu plano chame a atenção de César. Que ele o ache divertido, audaz e nada ridículo. Agora é muito tarde para mudar de rumo. Ouço Apolodoro saltar do barco e puxá-lo para a rampa do cais. Cambaleio e caio, incapaz de manter o equilíbrio.

— No futuro, contarão histórias sobre esta noite e não dirão que hesitamos ou tivemos medo. Eles não saberão — digo, para tranquilizar tanto a mim quanto a ele.

Um instante depois, sou erguida nos ombros de Apolodoro. Isso é indigno e desconfortável. Não quero morrer assim, caso me descubram; não quero a ignomínia de ser apunhalada ou estrangulada em um saco e depois atirada às águas para afundar e apodrecer.

Houve balbúrdia nas docas, lojas e barracas destruídas, carros incendiados. O povo abomina a presença de romanos na cidade, e a guerra civil transformou o cotidiano num caos. Uma camada de poeira e fumaça cobre os edifícios, contaminada pelo fedor de vísceras de peixes e algas putrefatas. Onde estão os soldados romanos para instaurar a ordem por aqui?

Apolodoro caminha depressa, mas não muito — deve dar a impressão de que não está com medo. Ouço estalidos no ar. Espio pela boca do saco, e lá estão elas: as muralhas exteriores de pedra do palácio. Estendem-se por longa distância, lisas e altas, impossíveis de escalar, como a face de um rochedo. Então, pela primeira vez, me deparo com um contingente de soldados romanos. Preocupo-me, pois são em menor número que uma companhia de soldados de meu irmão.

À medida que nos aproximamos do palácio, ouço o rumor de passos apressados e compreendo que aquilo é apenas o ritmo incontrolável de meu próprio coração. Apolodoro evita a entrada principal e se encaminha para os fundos. Aparentemente, ninguém espera que tentemos nos esgueirar para dentro, pois os guardas ali são poucos. Atitude típica de meu irmão e seus conselheiros arrogantes: certos de sua vitória e esperteza, nem sequer consideram a possibilidade de que eu consiga entrar. A estupidez deles me alivia.

Apolodoro para, depois avança. Estamos em uma fila de escravos que vão entrar no palácio. Podemos nos misturar a eles, lobos em uma matilha de cães. Os escravos se impacientam, vergados ao peso dos fardos que carregam, e exigem que os guardas liberem logo a entrada. É tarde, e os guardas, entediados ou cansados, acenam para que entremos. A excitação e o medo me deixam enjoada. Eis-me de volta ao palácio, ao *meu* palácio, ao meu lar. Essa parte, porém, nunca vi e não conheço. O edifício é do tamanho de uma cidade, e estou nos aposentos dos escravos; as cozinhas e as despensas, locais onde uma princesa não põe os pés. Esse labirinto subterrâneo, de túneis de pedra sem janelas, me é tão estranho quanto os subúrbios afastados de Roma.

Após algum tempo, aspiro o conhecido perfume de um delicioso incenso: mirra, cedro e pau-rosa. Estamos perto dos aposentos reais. Legionários se misturam com guardas egípcios. Os soldados romanos se agitam, os gládios retinem em sua cintura. Apolodoro os segue, esperando que o levem até César. Há dezenas de aposentos reais luxuosos, e César pode estar em qualquer um deles — poderíamos procurar a noite inteira, sem encontrá-lo.

Continuamos atrás dos soldados. Falam alto, com a insolência e a confiança dos homens de César. Chegamos à área externa, atravessando os bosques de limoeiros e oliveiras. As cigarras noturnas trilam e o vento agita os galhos, fazendo um acompanhamento melódico à música das fontes. Água perfumada escorre em uma série de regatos e cachoeiras em miniatura. Aspiro profundamente o aroma de limão e ervas de meu lar, de meus jardins. Apolodoro segue os soldados a pouca distância. Ouço seus passos nos cascalhos. Adivinho aonde estamos indo: para a grande vila dos hóspedes, nas dependências do palácio. Uma escolha cuidadosa e estratégica. Um local abrigado dentro das sólidas muralhas do palácio, mas suficientemente afastado para que César possa instalar seus próprios guardas em cada entrada. Suponho que o grande romano esteja aquartelado ali, pois vejo nas imediações mais soldados que em qualquer outra parte de Alexandria, enxameando como abelhas em volta da entrada da colmeia. O pequeno grupo que seguimos marcha rumo a um vasto conjunto de portas cravejadas de prata e rubis, que somos autorizados a atravessar. Apolodoro continua atrás do grupo, tentando se confundir com ele. Um guarda o detém pelo braço.

— Que está fazendo aqui, escravo? — pergunta.

Apolodoro dá uma batida no saco.

— Roupas limpas. Pediram mais.

Percebo que o guarda hesita. Observa Apolodoro, que se curva e encolhe, para se fazer menor. O tempo zumbe em meus ouvidos.

— Está bem, escravo, entre — diz o guarda.

Apolodoro caminha devagar, para não parecer muito ansioso. Ninguém se apressa para entregar trouxas de roupas. Penetra no vasto salão. Ouvem-se barulho e gente cantarolando. Os músicos estão agrupados a um canto. Abro a boca do saco e espio. Depois da poeira e da sujidade do deserto, noto, pela primeira vez, a opulência do recinto. O piso é coberto de tapetes da Pérsia, além de peles de panteras e leopardos, enquanto as paredes ostentam mosaicos incrustados de marfim, carapaças de tartaruga, granada e ouro. O brilho dos metais preciosos é tão intenso que nos sentimos em meio às estrelas. Em meio à multidão, num primeiro momento, não consigo ver César. Mas logo reparo em um homem vestido com uma simples toga branca bordejada de púrpura, sentado em uma cadeira de madeira atrás de uma mesa cheia de papéis. Já vi incontáveis imagens de César; ele inunda o mundo com moedas e estátuas suas. Cunhou todo um exército de sua figura, espalhada pelas terras que conquistou. No entanto, mesmo que eu não houvesse visto sequer uma dessas moedas, saberia que era ele. Abre-se à sua volta um espaço que ninguém ousa penetrar. É o indiscutível senhor de Roma e seus territórios. É o Sol, a encarnação de Hélios ou Rá, e todos os olhos estão fixos nele. Todos os rostos se voltam em sua direção, como um campo de flores se voltando para a luz do céu. Mas, como indivíduo, não é muito notável. Nem bonito, nem alto, nem decepcionantemente baixo. Nem jovem nem velho. Ele é poder, mas, ao mesmo tempo, é um homem completamente comum. O cabelo é penteado para trás, muito além da testa, fino e pintalgado de cinza. Um escravo lhe serve uma bebida — água, não vinho.

Permanecemos no umbral. Ninguém reparou em nós. Não considerei essa possibilidade: que fosse conduzida à presença do grande homem e ignorada. Sempre que entrava em qualquer parte do palácio, havia colunas de guardas, escravos e músicos anunciando a glória de minha presença. No momento, pendurada nos ombros de Apolodoro dentro de um saco, oro para não estar muito suada ou sangrando. Ficaria claro para quem olhasse em nossa direção que Apolodoro não carrega roupas, mas ninguém parece interessado em nós. Um escravo e seu fardo não chamam a atenção.

— Pronta, minha rainha? — pergunta ele, sem precisar baixar a voz em meio a todo aquele burburinho.

— Pronta — respondo.

Apolodoro dá um passo à frente e, para minha surpresa, pega um prato na mesa e atira-o ao chão. É de prata pura, e o som metálico ecoa alto ao rolar pelo piso, sobrepujando a balbúrdia como um trovão. Todos param e silenciam, olhando em volta instintivamente. Sem hesitar, Apolodoro atravessa a sala em direção a César e, ajoelhando-se, coloca o saco no chão diante dele. Os guardas correm a rodeá-lo, de gládio em punho, mas César os detém com um sinal dos dedos, curioso. Meu coração sobe à garganta, mas tenho de permanecer calma. Não sou prisioneira. Sou a rainha do Egito e consegui voltar ao palácio graças à minha coragem e ao meu engenho. Contorço-me toda para sair do saco, primeiro a cabeça e depois os ombros, emergindo como Vênus das ondas ou uma borboleta de seu casulo sedoso, até ficar inteira diante de César. Todos observam. O silêncio vibra.

Não sorrio. Não estremeço. Minha pele está coberta de óleo de rosas e brilha à luz das tochas; algumas gotas mancharam a barra de meu vestido de linho. Os amuletos em forma de serpente nos meus braços e pulsos espelham a luz dos fachos e lançam reflexos oscilantes nas paredes. Na fronte, trago o diadema branco. Eu poderia estar nua e sem joias, mas, ainda assim, César saberia que sou rainha e Cleópatra só por esse adorno preso a meus cabelos.

César me fita, apertando os lábios e franzindo o cenho. Ainda não disse uma palavra. Percebo que está surpreso, até perplexo. É um homem que pode comprar qualquer coisa. Até a mim. Preciso de sua proteção em troca de mim mesma. Ele já viu muito da natureza humana e não há nada que não conheça. Não sou sequer sua primeira rainha estrangeira. A morte, a conquista e o nascer do sol já não significam coisa alguma para ele. No entanto, constato, para minha grande satisfação, que consegui arrancá-lo do tédio, despertá-lo de um sono profundo. Ele me convocou, mas não esperava que eu fosse aparecer assim. O mais provável seria que me levassem a ele aos pedaços, retalhada e sangrenta como uma peça de carne. Mais tarde, lhe mostrarei os tesouros de meus cofres, flautas de ouro, joias, peles de animais, vasos de prata e estátuas pintadas tão realistas que parecerão querer acompanhá-lo a Roma — no momento, porém, a surpresa de minha chegada e o alívio do tédio que lhe ofereço são meu único presente. Encaro-o também, destemida e resoluta. Ele não vai me intimidar. Seus olhos são muito escuros, fundos e inteligentes. César me avalia, intrigado. Isso não é o suficiente; devo fazer com que me queira. Não só para sua cama, mas como rainha e faraó.

8

CLEÓPATRA

As portas do palacete de hóspedes estão fechadas e com sentinelas em cada saída. Ninguém entra ou sai, pois César não quer que a notícia de minha presença chegue aos ouvidos de meu irmão. Diz que essa medida é para me proteger, mas pressinto que ele também deseja tempo para me avaliar, para decidir que dado irá lançar: o meu ou o de Ptolomeu. Declara-se meu amigo, mas, na verdade, ainda não fez sua escolha.

— Sirvam o banquete depressa. Que haja vinho o bastante para brindarmos à saúde de Cleópatra — ordena.

Cálices são enchidos, e os cidadãos romanos, em uníssono, bebem em minha homenagem, mas de novo percebo que César apenas molha os lábios para o brinde e troca seu vinho por água.

Os talheres do banquete são do mais fino ouro e prata. Um cumprimento sarcástico. Os talheres são meus, o alimento cresceu em meus campos, os animais abatidos engordaram em meus pastos, os peixes em meus rios, tudo preparado em minhas cozinhas por escravos que me pertencem. Porém, ele os oferece em minha honra como presente seu. Com amargura, compreendo que, no momento, de fato é um presente, pois nada sou sem sua força. Essa homenagem vazia é um lembrete de minha situação precária. Não sou dona de nada nesse instante, nem sequer de mim mesma. Estou aqui sem uma única serva, apenas com Apolodoro, como hóspede em minha sala de hóspedes. Analisando César, concluo que ele quer deixar bem clara minha vulnerabilidade e exibir seu poder por meio de um cordeiro servido com romã, enguias picantes e arganazes ao mel, não por meio da espada. É tão doloroso quanto um golpe, não oponho objeções. Não me atrevo. Ainda não.

Ele mesmo não come nada, mas parece pronto para me devorar: sou uma iguaria para um monarca. Tenho de me conformar e forço um sorriso. Gostaria de ser mais alta e não precisar olhar para cima a fim de encará-lo. Procuro ficar nas pontas dos pés. É tarde, e, pela janela, vejo a lua esguia e brilhante subindo no céu.

— Rainha Cleópatra, estamos contentes com sua presença aqui — fala em meu grego nativo.

Respondo-lhe em seu latim, com um sorriso.

— Compreendi que César deve ser obedecido. Todavia, se não esperava minha visita, então talvez isso não seja verdade.

Ele sorri.

— Mas é verdade.

— Então deve ser verdade também que eu era esperada, já que ninguém surpreende César.

— Não estou surpreso. Estou satisfeito.

É evidente, por sua expressão, que está, ao mesmo tempo, satisfeito e surpreso. Olha para mim sem piscar. Meu desejo é ficar longe dele. Mas não posso, não devo. Lembro-me dos milhões de gauleses que César se vangloria de ter destruído. Um número que meu irmão admirava, como outros admiram um vaso decorado com primor. Mesmo assim, não temo que ele vá me ferir. É prudente. Isso se vê na exiguidade de seu talhe, embora esteja sempre rodeado de iguarias dignas de Epicuro, e em sua sobriedade perante a tentação do vinho. É um homem que sempre olha por onde anda; para ele, tenho certeza, o assassinato só deve acontecer por conveniência, e ficarei segura enquanto minha vida e meu corpo lhe forem úteis como política e prazer. Sorrio e tento parecer satisfeita, ignorando o ritmo frenético de meu coração.

— É mais bonita pessoalmente do que eu esperava — diz ele.

— Ah, então esperava por mim! — replico, sorrindo.

— E eu? Sou como esperava?

Tenho de ir com cuidado. Não posso lhe dizer que é mais bonito do que imaginei, pois ele saberia que minto, e isso me rebaixaria em sua opinião. Ainda assim, devo lisonjeá-lo. Olho-o através dos cílios que Charmian encurvou cuidadosamente e engrossou com kajal.

— Agora que o vejo, meus medos se foram. Pois é mais gentil e benevolente do que eu poderia sonhar — respondo.

— Sonhou comigo? — pergunta ele, com voz suave.

— César é o príncipe mais nobre do mundo. Qualquer mulher com um pouco de espírito sonharia com tal joia. Se sua alteza não existisse, precisaríamos conjurá-lo em pensamento, senão em carne e osso.

Minhas palavras estão fartamente embebidas de mel, espero que não em excesso para César; ele, porém, parece se divertir e esboça um leve sorriso ao responder:

— César seria uma fera sem coração se não fosse tocado por Cleópatra. Sua situação nos comove. E suas palavras despertam piedade em nosso peito.

— Minha situação, senhor? Sou a nobre rainha do Egito, das Terras Vermelhas e Negras. Não preciso de piedade — replico, em tom indignado.

Ambos sabemos que essa declaração de poder é absurda. Sim, sou uma rainha, mas uma rainha obrigada a se esconder em um saco de roupas. Meus tesouros estão guardados, mas não posso tocar neles. Minhas searas estão maduras, mas não posso colhê-las. Tenho um exército de homens leais, mas acantonados tão longe que não posso comandá-los. Todavia, no jogo dos príncipes, devo fingir que ainda estou no controle e tenho o que desejo. César não ri nem me contradiz, pois em minha posição faria o mesmo. Apenas diz:

— É, de fato, uma grande sorte que sua alteza esteja aqui. E esperamos que essa sorte aumente ainda mais.

O vigor de sua expressão deixa bem claro onde e a que respeito ele quer ver sua sorte aumentar.

Estendo-lhe a palma de minha mão.

— É verdade que sabe ler a sorte? Diga-me, então, por favor, qual será a minha esta noite.

César beija minha mão com lábios secos e segura-a, acariciando os nós de meus dedos. Instintivamente, faço menção de afastá-la, mas me contenho. Sinto como se estivesse pondo voluntariamente a mão no fogo.

— Venha, vamos descobrir qual será nossa sorte esta noite. Chamem a vidente — ordena César. — Ouçamos o que ela tem a dizer sobre o encontro de César e Cleópatra. Juntaremos nossos reinos e nossos corações?

Passam-se alguns minutos até que a vidente seja encontrada e trazida até nós. Ela faz uma reverência primeiro a César e depois a mim. Desagrada-me que cumprimente um simples cônsul antes de uma rainha, embora, a contragosto, eu reconheça que talvez, nessas circunstâncias, ela não possa fazer outra coisa. É uma mulher jovem, não uma sacerdotisa, como estou acostumada a ver. Bem magra, os pulsos ossudos se projetam da túnica como gravetos fáceis de quebrar. Seus olhos negros como castanhas polidas dardejam pela sala, temerosos, como se já estivesse apavorada com o que deve revelar. Agacha-se, tira de sob a túnica um pombo e, com uma lâmina curta, abre-o da garganta até a barriga. A ave morre sem emitir um som.

— Sua alteza deve tirar as entranhas — instrui ela, passando-me o pombo.

Enfio os dedos no ventre quente da ave e puxo as vísceras tépidas e pegajosas.

— Dê-as agora a César, para que ele as jogue no fogo.

Ele pega a massa sangrenta de minhas mãos e vai até a lareira, joga-a sobre as brasas e enxuga os dedos na toalha que um escravo lhe estende.

A vidente examina as entranhas que ardem e se desfazem. Por um momento, o salão se enche com o cheiro e o chiado da carne queimada. Há mal-estar entre os presentes, que esperam, nervosos, para saber que destino as chamas revelarão. Não me querem por companheira, brinquedo ou aliada de César. Faltam-me amigos aqui. Não lamentariam se eu houvesse sucumbido em meu caminho até aqui. Consideram que essa é uma guerra menor entre irmãos, que um único faraó já basta e que as duas opções são igualmente ruins. A guerra romana acabou, César está incólume — agora só o que querem é pilhar e voltar depressa para Roma, de bolsos recheados. Posso ler os pensamentos em seus rostos tão facilmente quanto os livros da grande biblioteca. Ostentam seus ressentimentos e segredos como plumas nos chapéus. Em César, porém, só leio seu desejo por mim. Ele aprendeu a ocultar seus pensamentos por trás de um sorriso plácido e cansado. Se César me preferir a meu irmão, o que pensam os outros pouco importa. Volto-me para a vidente de braços abertos.

— Dê-me boa sorte — peço-lhe.

— Não posso dar, apenas ver — replica ela.

— Então veja boa sorte para mim.

— Será mais bela aos olhos dele do que realmente é.

Sinto-me aliviada, confortada e leve. A afeição de César é que me tornará mais atraente. César me amará ou, pelo menos, me quererá bem. Espero que seu afeto o leve a me emprestar seus exércitos. Os perigos que corri para entrar no palácio serão recompensados. Ele me observa com interesse cada vez maior. A mulher cerra os olhos e inspira profundamente a fumaça acre. Pergunto-me como ela não sufoca.

— Essa união dará fruto. E o fruto sobreviverá à árvore — revela a vidente.

Meu alívio é abalado por uma súbita inquietação. Talvez eu deva me rejubilar ante a perspectiva de dar um filho a César, mas ele ainda é um estranho para mim. Ainda não há vínculo entre nós. E depois que o afeto se for ele me cortará, me eviscerará, como aconteceu ao pombo, caso isso convenha mais a seus interesses que me possuir. Mais que tudo, não quero que a vidente misture sua profecia de nascimento com morte. Os adeptos de César só entenderão que a mulher previu a morte dele e se lembrarão de que eu estava presente no momento, de que fui parte da profecia. Isso me soa arriscado e pouco auspicioso. O próprio César, no entanto, não parece preocupado com a perspectiva de um filho ou da própria morte. Dá de ombros.

— Que os filhos sempre sobrevivam aos pais — diz ele.

Desejo fazer mais perguntas à vidente, mas acho melhor me conter. É perigoso perguntar quando não se está bem certo da resposta. Por ora, devo acreditar no destino e em César. Ele pega de novo minhas mãos. Há ainda traços de sangue sob suas unhas.

— Vejamos, Cleópatra. Somos dois leões, eu o mais velho e o mais terrível. E você, de que tipo é?

Com essa pergunta, ele se inclina, pega meu queixo e me beija. Seus lábios são secos e tépidos, sua língua pressiona meus dentes. Não tenho escolha a não ser abrir a boca. Ele tem o gosto azedo do vinho deixado por muito tempo ao sol.

Por fim ele se afasta, e noto que boa parte dos presentes se recolheu à outra sala, mas uma dezena deles e de escravos continua ali. César nem se dá conta dos espectadores. Está sempre rodeado de pessoas e nem as percebe. Isso é verdadeiro também para mim, mas aqueles homens não são meus amigos nem meus escravos — e, para o que está prestes a acontecer, não quero testemunhas. Não posso, porém, pedir que saiam. Não posso mostrar que estou com medo.

— Egípcia rara — diz ele com voz suave.

Uma escrava se adianta e desata a espada e o cinto de César. Outra se aproxima de mim e espera minha autorização para tirar meu vestido. Hesito apenas por um momento. Dou a autorização e levanto os braços. Ela puxa a veste simples por minha cabeça, e fico diante de César nua e resoluta, apenas com as joias e o diadema na fronte. Ele espera. Olha-me como se minha pele nua fosse um mero documento a ser lido e analisado. Não me toca nem fala; eu não me cubro, pois sou o Egito. Não tenho vergonha. Pelo canto do olho, vejo Apolodoro se virar para a parede. Não quer testemunhar minha degradação. A delicadeza desse gesto me comove, e um nó de lágrimas se atravessa em minha garganta como espinha de peixe. Engulo com força. Não admitirei que César saiba quanto essa entrega me custa.

— Venha — diz ele, não sem gentileza. — Cleópatra me abalou. Venha, minha rainha. Vou lhe mostrar o que é o desejo.

Dou um passo à frente. Espero não estar mais sangrando; ou, se estiver, que ele não se irrite.

César me beija de novo, e eu me obrigo a corresponder. Meus punhos estão cerrados ao lado do corpo, e, fazendo esforço, os descontraio. Meus ombros rígidos não parecem perturbá-lo. Ele ergue as mãos e agarra firme minhas tranças, puxando minha cabeça para trás e expondo minha garganta. Aspira o perfume de minha pele e, aproximando-se mais, sussurra baixo algumas palavras em latim e depois, mais lentamente, em grego. Seu hálito bafeja minha orelha, quente, úmido, azedo. Tento responder, devolver-lhe algumas ternas ninharias, conforme se espera, mas não consigo. Meu corpo e meus lábios não querem obedecer. Então, conjuro a imagem de Charmian. Nós duas na praia. A água fresca sobre minha cabeça. Os golpes das ondas contra minha pele. Não estou aqui. César me ergue e me deposita na cama. Debruça-se sobre mim por um instante, contemplando meu corpo; quero me cobrir com as mãos, mas rainhas não se sentem envergonhadas ou tímidas. Seu rosto denuncia um leve traço de satisfação, e me pergunto se é com esse mesmo semblante que ele supervisiona os destroços de um exército vencido. Minha garganta se aperta novamente. Engulo com dificuldade e, em vez de César, vejo o céu acima da praia, as nuvens redemoinhando contra o azul. Ele abre minhas pernas. Involuntariamente, enrijeço os músculos e resisto. César ri e insiste, dessa vez com mais força. Devo permitir sua invasão. Abro as pernas e decido olhá-lo de frente, com firmeza. Ele sorri. Não lhe devolvo o sorriso. Estou sob a água, exalando bolhas que sobem à superfície. Sinto seus dentes rasparem a pele tenra de meus ombros e pescoço. Não emito nenhum som. Não posso, pois estou sob a água, e aqui nenhum som é possível. Ele me penetra repetidamente, gemendo. Dói, mas só um pouco. Seus gemidos são o fragor das ondas. César pensa que me possui, mas não estou aqui. Ele não pode me alcançar.

Acordo e vejo que César se levantou. Espio pela porta entreaberta: já está sentado à escrivaninha, lendo papéis, enquanto suplicantes enxameiam à sua volta. Mas, quando me viro, descubro que não estou sozinha na cama. Espantada, vejo Charmian ao meu lado, o rosto quase encostado no meu, seu hálito soprando em minha face. Por um momento, penso que é minha imaginação, que eu apenas a conjurei, tamanha é a falta que ela me faz. Estendo a mão e belisco sua bochecha, quente e macia entre meus dedos.

— Por que está aqui? Por que se arriscou a vir? Não dei essa ordem — sussurro, a alegria lutando contra a censura.

— Apolodoro mandou me chamar. Viajei com Iras e uma dezena de seus guardas particulares. César permitiu a entrada deles no palácio.

— Trouxe Iras também?

Charmian ri.

— Achou que ela ficaria para trás? Somos suas.

É um alívio ter Charmian, Iras e minha guarda pessoal aqui. Os soldados de César só me protegerão enquanto nossos interesses forem os mesmos, e estou feliz demais por ver Charmian para continuar censurando-a. Deixo que ela me abrace e aspiro o perfume familiar de seus cabelos, de sua pele. Ela se levanta, dispensa as outras escravas e fecha a porta imensa, de modo a nos proteger do olhar de César e, para meu alívio, nos deixar a sós.

— Como você está? Ele foi gentil? — pergunta ela, a expressão carregada de inquietude.

Percebo que Charmian me interroga não como escrava, mas como amiga e mulher. Tento contar-lhe, mas não consigo. Sei que ela se deita com Apolodoro, mas não é a mesma coisa. Ela escolheu dormir nos braços dele quando não está na minha cama. Dá o corpo a Apolodoro por vontade própria e com entusiasmo — a julgar pelos gemidos e risos que ouço —, mas também com ternura, ou mesmo amor. O presente de meu corpo a César foi dado em troca do dinheiro que ainda não posso lhe oferecer, das joias e cereais que ainda não posso lhe entregar. No entanto, se eu houvesse dado a ele todas as riquezas do Egito, sei que César me quereria também.

Charmian me observa com olhos arregalados de preocupação, e forço um sorriso. Não vou lhe falar sobre quanto aquilo me custou. Não há tempo, agora, para o que sinto. Nem espaço para a mulher Cleópatra. Não devo pensar em César me possuindo, mas encerrar esse pensamento como uma víbora em uma caixa de joias. À noite, devo satisfazê-lo de novo, se ele quiser. E amanhã. Beijo a face de Charmian e não digo nada; ela aperta minha mão.

— Sinto muito.

— Não sinta. E nem mais uma palavra — replico.

Pouco depois, Iras entra, trazendo jarros de água quente. Ajoelha-se a meus pés e pressiona os lábios contra minha mão. Eu já não me sinto tão só no mundo. As duas escravas preparam roupas limpas, eu me levanto e entro no banho. Há sangue espalhado em minhas coxas, e eu o lavo, deixando a água vermelha. Charmian vem em meu auxílio, mas recuso. Quero me limpar sozinha. Ela não deve ver. Esse momento é meu. Esfrego-me com força, pois tenho de tirar César de mim, eliminar seu cheiro de mim, e arranho a pele úmida com as unhas, deixando-a avermelhada. A vidente garantiu que um dia terei um filho dele, mas hoje, nesse instante, quero me ver limpa e livre desse homem. Seu odor persiste em minha pele. Sob o cheiro de seu suor e de seus prazeres, há o fedor incisivo da idade. Ele é robusto, mas sua pele cobre frouxamente os músculos dos braços, sua calva tem manchas e escamas. César me quer não apenas por meu nome, o Egito, e como arma contra meu irmão: minha juventude e meu brilho primaveril são o que o excita, e ele espera que, perto de minha vitalidade, poderá deter o giro e o rangido da terra. Devo fazê-lo crer que isso é possível.

Enfio os dedos em mim e tiro, devagar, o algodão encharcado de sangue. A banheira está salpicada de gotas do líquido escuro que tinge a água.

— Ele percebeu? — sussurra Charmian, olhando por cima de meu ombro, embora apenas Iras esteja presente.

Balanço a cabeça.

Iras pega as toalhas, e as duas escravas me enxugam. Há nódoas vermelhas e negras em meus braços e coxas, provocadas por seus arroubos lúbricos. Irrita-me que César tenha me marcado como se eu fosse uma escrava, não uma rainha. Ele não foi rude, foi até gentil; essas marcas em minha pele se devem ao êxtase da paixão. Eu, porém, não o queria por meu próprio desejo. Só o quero pelo Egito. Senti seu cansaço até enquanto ele se movia dentro de mim; e, quando sussurrava aos meus ouvidos, escutava o eco de antigos e fanados suspiros. Ambos fingimos um para o outro. Mentimos juntos com nossos gemidos. Simulo desejo, e ele, que os prazeres que lhe ofereço são novos.

Um súbito alarido lá fora perturba meu devaneio. Iras corre às janelas e fecha as persianas. Dos jardins, vêm gritos raivosos, e, em seguida, a algazarra de uma escaramuça. Um pote é atirado e se espatifa contra um muro, lançando uma chuva de cacos. Ouço palavrões em uma mistura de latim, grego e egípcio, sujos a ponto de levar uma donzela a enrubescer. Os gritos entram pelas frestas das persianas. Iras está rígida de medo junto à janela, enquanto Charmian desata uma espada ornamental da parede, com punho cravejado de joias, e se posta ao meu lado. Não sei se ela é hábil com uma lâmina, mas não duvido de que a usará, sem hesitação, para me proteger.

Há um estrondo, e Apolodoro escancara a porta, irrompendo no quarto. Faz sinal aos meus guardas pessoais, que correm para onde estou, embrulhada apenas em um lençol, e me cercam, de espadas e escudos em riste. Fico aliviada ao vê-los e concluo que estiveram postados à porta de meu quarto por um bom tempo, pois chegaram muito rápido. Charmian prontamente ajusta o diadema de seda em minha fronte: se eu tiver de morrer, que seja como rainha. Iras vem até nós e, a um aceno de Charmian, se prepara para me vestir, quando reconheço uma voz petulante se destacando na cacofonia: Ptolomeu. Meu irmãozinho. Meu marido. Meu inimigo. Seguro a mão de Charmian. Quero que ele me surpreenda nua, pois há poder em minha nudez, e que veja de quem é a cama da qual acabo de me levantar. A balbúrdia não cessa, e a irritação me invade: os gritos de meu irmão são estridentes e repulsivos. Ele nunca aprendeu a se portar com a dignidade própria de um rei.

— Deixem-me entrar, seus idiotas! Seus merdas! Onde está a puta da minha irmã?

Há batidas nas portas externas.

— Que entre. Seus tutores também. Mas não seus soldados — ordena César do quarto ao lado, agora com voz de general.

Mais ruídos de pés correndo pelo lajedo e mais gritos. Então, as portas de meu quarto se abrem, e, aparentemente sem que esperasse vê-las destrancadas, Ptolomeu cai para dentro, estatelando-se no chão. Levanta-se com a ajuda de seus comandantes, os eunucos Potino e Aquilas. Ambos franzem o nariz quando me veem, como se eu fosse uma coisa morta, já trazida podre para o palácio. Ptolomeu se endireita entre os dois, e noto que sua coroa está torta, como se ele estivesse apenas provando-a — um falso rei fedelho. Permaneço imóvel e nua, enquanto Charmian penteia meus cabelos úmidos. Aquilas me fita com indisfarçável repugnância, os lábios retorcidos. Encaro-o, e ele desvia o olhar. Estou descalça e ainda não pus as joias. Só o diadema me identifica como rainha, mas pouco importa. Ergo os braços e deixo Charmian me enfiar o vestido pela cabeça, depois avanço para saudar Ptolomeu, que recua diante de minha mão estendida, com o ar nauseado de quem acaba de beber leite azedo.

— Olá, rameira — diz ele.

— Querido irmão, meu amor por você é imensurável como o oceano. É sempre uma honra e um prazer estar em sua presença.

— Você se prostituiu a ele. Como ousa? César é meu.

Tenho vontade de rir do absurdo de suas palavras, como se César não passasse de um brinquedo disputado por duas crianças.

César em pessoa se junta a nós, e sua presença cala Ptolomeu. O fedelho se prosterna diante dele e toca seus pés.

— Não dê ouvidos a ela. É uma serpente que saiu rastejando do Nilo.

César o observa com desgosto, enojado com aquela exibição. Enquanto Ptolomeu se humilha diante dele, sua coroa cai e rola aos pés do romano, apenas o diadema continua em sua fronte. César olha aborrecido para aquela coroa, com a mesma expressão, imagino, com que contemplou a cabeça decepada de Pompeu. Espero para ver se o romano devolverá a coroa a meu irmão. Não. Apenas dá a volta nela. Os demônios de Ptolomeu espreitam por trás do fedelho, faces consternadas. Aquilas se abaixa para pegar a coroa e tenta recolocá-la na cabeça de Ptolomeu, mas este se afasta, distraído, de modo que o eunuco é obrigado a tentar de novo, perseguindo-o com a coroa nas mãos, até desistir e ficar com ela segura contra o peito. É um momento de patética ignomínia, mas Ptolomeu não parece perceber isso. Sua voz treme de raiva.

— Convidei-o a meu palácio, grande César, como meu hóspede de honra. Não o tratei com lealdade e respeito? No entanto, você pactua com ela! Fui traído.

Está pálido de cólera e bate o pé em uma exibição de insolência.

— Sou amigo de ambos — responde César, ponderadamente.

— Sim, mas mais amigo dela — sibila Ptolomeu.

César ignora essa insinuação como se viesse de uma criança pirracenta. Não perderá o controle.

— Seu pai quis que os dois governassem juntos. Roma tem o dever de garantir que as vontades dele sejam cumpridas.

Ouvindo essas palavras, concluo que ainda não conquistei César. Posso ter dormido em seus braços, mas até agora ele não tomou de vez meu partido. No entanto, digo a mim mesma, pesarosa, que governar com meu irmão em Alexandria é uma posição mais sólida que aquela em que me encontrava ontem, quando comandava apenas areia e um exército esfarrapado. Já governei com Ptolomeu (e governei Ptolomeu) antes. No fim, terei o que quero.

Ele, contudo, não se contém de fúria. Foi para a cama ontem julgando-se o único faraó, certo de que eu tinha sido expulsa e derrotada. E agora César lhe diz que deve compartilhar a coroa comigo. Meu irmão nunca aceitou dividir brinquedos ou escravos. Preferiria quebrar o pião ou furar a bola, e partir o escravo em dois, a entregá-los.

César também está mentindo — ou, pelo menos, dizendo uma meia-verdade conveniente. Pouco se importa com o que meu pai queria: Roma só deseja o que for bom para Roma. Usa o testamento de meu pai como escudo e artimanha. Devo persuadi-lo de que é melhor para Roma e ele próprio que eu governe sozinha, pois meu irmão é irresponsável e cruel, com conselheiros avessos às ordens dos romanos. Tenho de fazer com que meus desejos sejam os de César. Vejo os eunucos de Ptolomeu grasnando em seus ouvidos. Espero que o estejam aconselhando a fingir moderação e compostura. Não, na verdade, não é isso que espero, mas, sim, que se mostre inepto e perverso, para que César o veja tal como é.

Tenho sorte, pois Ptolomeu é todo fogo, calor e imbecilidade. Afasta os conselheiros e, virando-se, sai do quarto. Atravessa os jardins, espaventando as escravas que cuidam das roseiras como se brincassem com um jogo de tabuleiro, e corre para uma das torres de vigia curvas e abertas que se alteiam sobre a cidade. César faz sinal aos soldados para que o sigam. Vou atrás, preocupada com o que Ptolomeu esteja planejando fazer. Charmian e Apolodoro me acompanham, e

César vem um pouco atrás, seus numerosos guardas no encalço de meu irmão. Quando nos aproximamos, Ptolomeu abre uma das seteiras da torre e se debruça no parapeito. O rugido da turba apinhada embaixo é semelhante ao da arrebentação durante uma tempestade. Meu estômago se revira. Percebo que ele ou seus eunucos planejaram isso desde o instante em que souberam de minha entrada sorrateira no palácio. Tudo está preparado. Viro-me para César, com o coração aos saltos.

— Ordene a seus guardas que se afastem — recomendo-lhe. — Se a turba vir Ptolomeu maltratado por um romano, vai odiar você mais do que já o odeia. E isso provocará o que meu irmão quer: um motim. Uma invasão ao palácio.

César não hesita. Sabe que estou certa e manda que os guardas recuem, ficando fora de vista.

Com sorriso presunçoso, Ptolomeu se aproxima de um banco que, agora concluo, fora ali colocado para a ocasião. Preocupo-me com a integridade do banco, porque meu irmão é como os outros Ptolomeus: obeso como uma perdiz tão recheada que o conteúdo acaba vazando. Ele não sabe refrear nenhum apetite — por comida, sexo ou violência. Não tenho dúvida de que os eunucos convocaram a multidão e a pagaram. Essa massa fervilhante é toda de adeptos de Ptolomeu. César dá ordens a seus homens, que se arrastam na direção de Ptolomeu fora da vista da janela e da multidão. Mas não são rápidos o suficiente, pois, antes de alcançá-lo, o fedelho sobe no banco e passa para o peitoril, a fim de que a turba lá embaixo possa vê-lo.

— Fui traído. O Egito foi traído. O romano escolheu uma rameira para governá-los em lugar do filho de Ptolomeu. Roma pouco liga para vocês.

Dizendo isso, arranca o diadema branco da fronte, para denunciar sua impotência às mãos dos romanos, e atira-o para a multidão. Rugidos e gritos. Tão altos que quase levo as mãos aos ouvidos. Esse é seu povo, seus amigos comprados. Os deuses sabem que ele os pagou com ouro suficiente para ser amado. Ptolomeu levanta os braços e vacila. Então, para meu espanto, salta e cai. Penso por um momento, com aperto no coração, que ele escolheu a morte em lugar da derrota, mas, correndo para a janela e olhando para fora, noto que foi amparado pela multidão. Pergunto-me como ela pode suportar seu peso e, só por um instante, lamento aqueles sobre quem ele desabou. Mas ninguém parece se importar. Não veem um tirano corpulento e mau, mas o protetor de sua própria corrupção. Seguram-no com cuidado, proferindo bênçãos, e, quando me avistam na janela, lançam maldições sobre Cleópatra e Roma. Uma taça é atirada contra minha cabeça. Erra o alvo, espatifando-se na parede atrás de mim, mas logo é seguida de outros objetos imundos. Recuo depressa. Não sou amada aqui. Meus amigos estão longe. Os alexandrinos farão de minha cópula com César uma desculpa para me odiar ainda mais. Os que me são fiéis se sentirão gratos, sabendo que me entreguei a César pelo Egito e por eles, a fim de comprar o favor de Roma. Seu amor por mim aumentará, conscientes de que me entreguei ao romano para continuarmos livres.

— Vão até lá e tragam-no de volta — ordena César. — Esse rapaz quer um banho de sangue.

— É preferível que meus guardas o tragam — pondero. — Ele deve ser capturado por conterrâneos egípcios, ou Roma jamais será perdoada.

César reconhece a verdade dessa sugestão e vira-se para seu comandante:

— Flávio, infiltre-se no meio deles com roupas egípcias. Leve uns dez homens igualmente vestidos e uma companhia dos guardas da rainha. Romanos ou egípcios, estarão sob suas ordens.

Os soldados marcham em ritmo acelerado, e todos ficamos ouvindo os gritos da turba ainda por algum tempo; então, abruptamente, César vira as costas e volta para a ala dos hóspedes. Os eunucos se encolhem, balbuciando desculpas, mas ele não lhes dá a mínima atenção. Se sei que estão por trás da fuga de Ptolomeu, César também sabe. Querem que o populacho invada o palácio, incendeie-o, mate a todos nós. O perigo é que talvez consigam. Estou em Alexandria há menos de um dia e vi poucos soldados romanos por aqui.

César regressa ao palácio, deixando-me sozinha com Charmian e Apolodoro.

— Venham — ordeno-lhes, levando-os em direção ao bosque de oliveiras.

Caminhamos em meio às árvores e à luz prateada da manhã. Permaneço em silêncio por longo minuto, pensando no que devo fazer. Os dois só me olham, esperando.

— César age com cautela. Não mostra sua força usual — observo.

— Precisa de mais legiões. Só tem consigo quatro — explica Apolodoro. — Outras logo virão de Roma. Mas, até que cheguem, ele corre perigo.

— Então precisamos ajudá-lo nessa hora de vulnerabilidade. Vamos lhe demonstrar nossa lealdade, para que, quando sua força for restaurada, sejamos os favorecidos — digo. — Apolodoro, mande chamar nossos homens no deserto. Instrua-os a se aproximarem da cidade tanto quanto os generais acharem conveniente. Tenha-os prontos para quando forem necessários.

Agora que voltei, compreendo que César permanece no palácio para dar descanso a seus homens e assegurar seu domínio sobre o Egito, mas também porque ficará encurralado até que as novas legiões o libertem.

— Pompeu foi derrotado, mas César ainda não consolidou sua vitória — comento. — Os alexandrinos o odeiam mais ainda que me desprezam. Se puderem, matarão a nós dois.

— Jamais permitirei que isso aconteça, minha rainha — assegura Apolodoro.

Beijo sua face e aperto a mão de Charmian. Ela tenta sorrir, mas não consegue. Dou graças por ter meus dois amigos ao meu lado. Mas, mesmo César estando aqui, sinto medo.

9

CLEÓPATRA

Os guardas vasculham a cidade à cata de Ptolomeu, mas seus aliados, Aquilas e Potino, permanecem no palácio. É notável que não saiam, a coberto da noite, para proteger seu príncipe, preferindo ficar aqui e nos vigiar. Somos inimigos enclausurados juntos e tramando mortes. Eu estava mais segura no deserto, onde só precisava temer o calor e as cobras negras que deslizavam fora de minha tenda na escuridão.

No palácio, o ar zumbe com o medo tal qual um enxame de abelhas. Na verdade, até as abelhas parecem inquietas, voando de suas colmeias para os jardins, pendurando-se enoveladas nas grades do portão e afluindo ao templo, enquanto os escravos tentam mandá-las de volta para seu lugar com pilhas de esterco fresco. Todos se espionam e suspeitam de que os outros estão dissimulando. Os eunucos são o veneno do qual a doença escorre como pus de uma ferida. Juram fidelidade a César e alegam que Ptolomeu está inflamando a cidade por decisão própria, mas sabemos que isso é mentira. Encenamos um espetáculo absurdo enquanto eles babujam escusas a César. Fingimos acreditar neles, que zombam e conspiram contra nós pelas costas. Mantêm meu irmão bem escondido na cidade; são o fole para as chamas dos sediciosos e por aqui ficam, ouvindo, observando, tramando e esperando o momento certo para nos assassinar.

Na cama, advirto César de que a crueldade deles é furtiva.

— Foram ao encontro de seu antigo amigo e adversário, Pompeu, de faca em punho, mas os métodos deles nem sempre são tão diretos. Podem envenená-lo com beijos. Já vi as cinzas que enxovalham suas almas. A consciência dos dois foi removida com os testículos.

Ele examina meu rosto demoradamente, mas não replica. Só espero que dê ouvidos às minhas advertências.

— Quando suas legiões chegarão? — pergunto.

— Isso está na vontade dos deuses — responde ele. — Devemos orar por ventos propícios.

— Meus exércitos já se aproximam. Esperarão fora da cidade e depois se juntarão às suas legiões.

Ele leva meus dedos aos lábios.

De manhã, quando acordo, César já se foi. Sento-me na cama sozinha, até que Charmian bata à porta chamando-me pelo nome, e, um instante depois, ela se abre, e duas crianças irrompem no quarto. Minha irmã Arsínoe estaca e dá um passo atrás, subitamente envergonhada. Quase não a reconheço; ela cresceu bastante desde que parti, uma muda que vicejou, alta e fina. Mas logo sorri, o mesmo sorriso arqueado que conheço e amo. Abro os braços, e ela se precipita neles.

Em seguida, o menino salta para minha cama e me abraça. Meu irmão mais novo, Tol. Cheira a mel e sabão. Sinto-me tocada pelo calor de seus cumprimentos. Ele ri para mim, projetando a língua pela falha entre os dentes.

— Perdi um dente — informa ele, orgulhoso. — E não chorei.

— Chorou, sim — diz Arsínoe. — Chorou como o bebê que é.

Ao ouvir isso, Tol salta da cama e agarra a trança de minha irmã, puxando-a até ela gritar e dar-lhe uma bofetada no rosto, deixando ali uma marca carmesim. Seguro os pulsos dela e me interponho entre os dois, desviando-me dos golpes que chovem.

— Parem! Os dois! Temos inimigos o bastante, não precisamos brigar entre nós.

Eles se entreolham com hostilidade, separados pelo campo de batalha da cama. Arsínoe dá de ombros e se estira sobre as almofadas.

— Senti sua falta, Cleo. Estava com medo.

Puxo-a para mais perto, sentindo a leve penugem de sua pele. Não devia tê-la deixado aqui.

— Lamento muito, querida. Mas voltei. Não deixarei que nada ruim lhe aconteça — murmuro por entre seus cabelos.

Gostaria que isso fosse verdade. Mal posso proteger a mim mesma.

— Não preciso de você. Você me deixou — retruca ela, em tom de desafio, me crivando de censuras e me repelindo. — Tenho Toth.

Por um instante, penso que Arsínoe está se referindo ao deus, mas logo ela emite um assobio baixo e ouço o som de asas fendendo o ar; um enorme falcão esvoaça junto ao teto, como se um dos pássaros dos afrescos houvesse ganhado vida, e pousa no braço estendido de Arsínoe, que agora noto estar envolvido por uma grossa pulseira de couro, adornada com rebites dourados. Empoleirado no braço de

Arsínoe, o falcão me sonda com olhar de franca ambivalência, mas generosamente permite que a jovem alise suas penas e lhe dê bocados de carne guardados em uma pequena bolsa que ela traz presa ao peito. Tol se agacha e fica a observá-los, emburrado.

— Quero uma ave para caçar. Sou um menino, não é justo.

— O fato de você ser um menino não tem nada a ver com isso. Para possuir uma ave, precisa mostrar que é homem o suficiente, como sua irmã é mulher o suficiente para possuir a dela. Vou lhe dar um falcão, mas você deve adestrá-lo corretamente, como sua irmã fez.

— Vai mesmo? — Ele me fita com olhos arregalados, radiante de satisfação.

Rindo de sua felicidade, confirmo. Procurarei o melhor treinador de falcões do Egito para ensiná-lo. Eu nunca havia percebido quanta alegria há em agradar a essas crianças.

— Só podemos caçar com ele na área do palácio. Isso é muito chato — reclama Arsínoe. — Costumávamos caçar no deserto e nos campos.

Engraçado: a guerra civil é mera inconveniência para os dois, uma pausa em suas brincadeiras! Sim, estou contente. Minha infância foi breve, como a deles será. Mas farei de tudo para que não seja brutal.

— Ainda bem que a área do palácio é muito grande — digo. — E talvez vocês devam aprender a caçar nos corredores. Soltem um rato para ele pegar e comer.

Arsínoe fica séria.

— Não posso. Ele aterroriza os escravos e os cortesãos quando voa sobre suas cabeças.

Sorrio e dou de ombros.

— Pois que fiquem aterrorizados. Você é uma princesa. Tem de aprender a ser impiedosa.

Arsínoe abre um largo sorriso, encantada. Embora eu deseje permanecer mais tempo com as crianças e me divertir com o falcão de Arsínoe, preciso despachar minhas próprias aves para ouvirem. Mando os dois de volta, com seus escravos, às suas lições, enquanto encarrego Charmian, Iras e Apolodoro de se inteirarem dos boatos que os servos e os criados andam espalhando pelo palácio. Eles captarão rumores com mais eficiência que qualquer romano, e só espero que descubram alguma trama para nos matar.

— Tenho espiões por toda parte. Dos carregadores da cozinha até os escravos dos eunucos — afirma Apolodoro. — Aquilas e Potino são temidos, mas não estimados. Meu melhor espião é o barbeiro do palácio, mudo de nascença, mas capaz de ouvir muita coisa. Os homens de quem ele faz a barba tomam seu silêncio por ingenuidade.

Conheço esse barbeiro. Ele cuida dos corpos dos eunucos diariamente, deixando-os bem lisos. É intrigante. Pensava que os eunucos não tivessem pelos por natureza, mas parece que isso faz parte do serviço do barbeiro. Lamento que tenha essa tarefa — mas espero que, pelo menos, não seja obrigado a raspar suas bolas.

O cereal e as frutas que entram no palácio estão mofados; a carne já chega esverdeada e meio podre. Durante as refeições no salão, em presença dos deuses radiosos, servem-nos comida reles em pratos de ouro. César perde a paciência e confronta Potino.

— Não consegue encontrar alimentos frescos no Egito inteiro? Essa tarefa simples está além de sua capacidade?

Potino faz uma reverência e balbucia, sem esconder um sorriso. Sabemos que ele controla os armazéns de trigo e as rotas para o palácio.

— Ah, grande e valoroso César, temo que precisará se acostumar com isso. É o único alimento de que nós, pobres egípcios, dispomos. E está sendo dado a sua alteza e a seus quatro mil legionários sem custo. Os alexandrinos têm um ditado: quem não paga deve agradecer pelo que recebe.

César ouve calado tanto o insulto quanto a ameaça, pois tem poucos legionários consigo, e o general eunuco sabe disso. Conta com o necessário para proteger sua posição no palácio, não para controlar a riqueza do Egito ou o porto. Refreia a indignação e não responde — indignação que, porém, é fria e notória, indisfarçável como o som de uma trombeta. Mais tarde, Potino há de pagar caro por essas afrontas levianas. César é um animal ferido cuja força voltará com os milhares de soldados que agora vogam da Itália em direção ao Egito.

Para mim, a pergunta é: quem matará quem primeiro? César ou Potino? César, claramente, quer saber a mesma coisa, uma vez que tem dois escravos para testar sua comida e não permite que eu coma os mesmos pratos que ele, pois podem estar envenenados. "Não hão de matar nós dois com uma única bocada". Quanto a mim, receio mais morrer consumindo comida estragada que ingerindo gotas de veneno. Iras experimenta minhas refeições. Observo-a aterrorizada e não comeria nada se isso fosse possível. Nunca tive tão pouco apetite.

César e eu já nem dormimos à noite. Mesmo cercados de guardas, é muito perigoso. Em vez disso, descansamos a qualquer hora, aproveitando algumas nesgas de tempo. Tenho visões de assassinos e degoladores em cada canto; eles escapam do mundo subterrâneo para me perseguir em sonhos. Talvez seja por isso que César parece não dormir nunca, apenas cochilar num divã, sempre com a mão no punho da espada e com as pálpebras vibrando. Esse estranho ciclo extenuante de dormir intermitentemente durante o dia e velar à noite faz com que os dias fluam todos iguais em estado onírico. Às vezes, não sei exatamente se estou dormindo ou acordada. Parece que existo em uma bizarra meia-luz, num espaço limítrofe entre amanhecer e anoitecer. César, no entanto, está acostumado a essa existência peculiar dos militares em campanha e, embora seja muitas coisas — cônsul, senador, general —, é, acima de tudo, soldado. Isso tudo não passa de uma campanha dirigida e travada de dentro de um palácio, não em uma encosta, em uma margem de rio ou em um fosso. Posso imaginá-lo mergulhando em si mesmo e encontrando conforto nesse ritual, onde, para mim, existe apenas estranheza. O incômodo nos mantém unidos. Começo a perceber que ele não me desagrada como companheiro de cama. É inteligente e bem-humorado, sabe esconder sua crueldade por baixo da pele. Sei que ela está aí, mas não demonstro medo por ele. César não quer isso de mim. Os assassinos que pretendem nos matar são meros gatunos a serviço da morte, ladrõezinhos de almas ocasionais, enquanto César é um verdadeiro aliado de Osíris: povoou o mundo subterrâneo com batalhões de almas a serem pesadas na balança dos deuses da morte.

César possui um altar dedicado a Vênus no canto do quarto onde fingimos dormir, mas, contíguo a ele, instalei um dedicado a Ísis e a Osíris, que adorno com flores e oferendas de ouro, mirra e sangue. César não se opôs, de modo que misturamos nossos deuses e nossas bênçãos. Em caráter privado, confio em minhas próprias divindades, pois a Vênus romana é demasiadamente terna, enquanto Ísis é uma feiticeira casada com a morte, a quem ressuscita com o poder da própria magia. Porém, nos altares contíguos, consigo ver Vênus e Ísis como deusas-irmãs. Talvez a bebida que Ísis usa para ressuscitar seu irmão-marido seja infundida de amor.

César e eu estamos ligados pelo perigo comum e, presos aqui no palácio que se tornou uma ilha da qual não podemos sair, voltamo-nos um para o outro. Depois do ato, ficamos estendidos nus lado a lado, ele acariciando com um dedo, devagar, o contorno de meus lábios e do meu queixo. Em vez de murmurar ninharias doces, pergunta-me sobre os armazéns de trigo e o número de navios da frota egípcia, a posição de minhas tropas e a confiabilidade de meus espiões. Conto-lhe tudo que condiz com nossos interesses mútuos, mas permaneço em silêncio ou evasiva quando se trata de detalhes que ele não precisa saber. Percebendo minha reserva, César me estuda com cuidado, mas não pergunta mais nada, consciente do motivo de minha omissão.

Nunca estou segura, nem mesmo nos braços de César. Existem muitos tipos de veneno, e alguns são ministrados em palavras, não em poções. De manhã, um escravo avisa que Aquilas quer conversar conosco, e César acena para que ele entre. Os guardas pessoais do ditador se alinham atrás do eunuco. César e eu estamos sentados juntos no divã, ele me abraçando, eu inclinada despreocupadamente sobre ele, seminua, enquanto discutimos em voz baixa a situação das poucas tropas romanas — algo bem diferente dos sussurros melífluos dos amantes comuns. Silenciamos quando Aquilas aparece na soleira, o rosto contraído por preocupação fingida. A seu lado, uma escrava traz um emplastro em uma bandeja.

— Tomei a liberdade de preparar pessoalmente esta mistura fortificante. Esfregue-a no ventre para nutrir a criança — diz o eunuco, fazendo uma reverência.

César me olha, perplexo, perguntando-se se já estou grávida e não lhe contei nada ainda.

— Meu útero está vazio — digo a César, ignorando o eunuco.

Aquilas simula espanto e consternação.

— Todos ouvimos o que a vidente previu. Mas acontecerá em outra lua.

A escrava se adianta e apresenta a bandeja. Ignoro-a. Aquilas sabe muito bem que eu jamais tocaria em qualquer alimento ou poção que ele preparasse, portanto essa não é uma tentativa de me envenenar pela boca ou pela pele. Mas há aí uma intenção má, não tenho dúvida.

— Talvez o momento não fosse frutífero quando começaram a dormir juntos — diz ele.

Com essas palavras, o eunuco está tomando liberdades e se intrometendo, muito embora o corpo de uma rainha nunca lhe pertença. Entretanto, percebo algo mais em seu tom — uma nota de triunfo. Ele sabe de alguma coisa. Olho de novo para a bandeja da escrava e vejo, ao lado do almofariz que contém o emplastro, pequenos pedaços de tecido dobrados, redondos e bordados de ouro. Estão sujos, apesar de terem sido lavados — mas as manchas não são sujeira, e sim sangue. Meu sangue. Os pedaços de pano são exatamente iguais aos que enfiei em mim para absorver o fluxo mensal, quando, pela primeira vez, me deitei com César. Talvez sejam os mesmos — não sei como Aquilas os encontrou. Isso, no entanto, pouco importa, pois adivinho que sua intenção seja me desconcertar e jogar César contra mim. Disfarço o constrangimento e olho para César, que parece impaciente com a interrupção.

— Sangue demais pode impedir a formação do fruto. Talvez essa seja a causa de o ventre da rainha ainda estar vazio — insinua Aquilas, olhando para mim. — Sua alteza sangrava muito quando se deitou com César?

O sangue que agora flui vai para meu rosto, pois estou colérica e um pouco atemorizada. Antes que eu possa falar, César faz sinal ao eunuco.

— Basta! Para um eunuco, está bem informado sobre como se faz um filho. Mas tudo isso vem da leitura, não da experiência.

— É uma sorte eu saber ler — retruca Aquilas, imperturbável.

Em seguida, deixa o quarto com breve e insolente mesura, acompanhado da escrava, que deixa a bandeja na mesa e sai às pressas atrás dele.

César e eu conversamos por mais algum tempo, discutindo a melhor maneira de proteger o porto e o rápido esvaziamento dos armazéns de trigo do palácio. Porém, ele não volta a me tocar, não enlaça mais meus ombros casualmente, nem acaricia minhas faces com os nós dos dedos. Escravos trazem a refeição, e, após comermos, espero César me beijar e dar a entender que deseja se deitar comigo. Em vez disso, continua sentado no divã, a certa distância de mim — distância que nunca me pareceu tão longa. Fica em silêncio por alguns instantes; o único som é o de seus dedos tamborilando no assento. Por fim, limpa a garganta e diz:

— Em minhas viagens, já ouvi todo tipo de histórias. Do Chipre a Atenas, o mundo está cheio de medos e esperanças. Aprendemos quais histórias são fatos ou magia habilidosa e quais devemos desprezar. Beije uma mula para se curar de um resfriado. César não beija muares.

Forço um sorriso ao ouvir seu gracejo.

Ele prossegue:

— Mas não permitiria que meus soldados marchassem por três dias caso o áugure tenha avistado um bando de pardais voando à nossa esquerda.

— Um mau presságio, com efeito — concordo.

— E, se uma mulher dormir com um homem quando está sangrando, isso pode ser fatal para ele. Ou quando sol e lua entram em conjunção.

Não respondo, nem olho para ele. Estaria César pensando que o pus em perigo quando nos deitamos juntos pela primeira vez? Pelo tom de sua voz, não é possível deduzir se acredita mesmo nisso ou apenas relembra crenças rústicas que na verdade despreza. É inescrutável — um sepulcro entalhado, polido pelo tempo e pela areia. Mas de uma coisa estou certa: Aquilas e suas insinuações são um perigo a mim e à minha relação com César.

Por um dia e uma noite, César se ausenta de minha cama e me deixa inquieta. Minha vida e meu poder dependem de seu favor. Requisito sua parcialidade e, ao mesmo tempo, ressinto-me dela. Mas vou com cuidado. Não devo parecer nem ousada, nem comedida em demasia. Acendo velas para Ísis e — como deferência a ele — para Vênus, sua deusa familiar. A política de Roma e do Egito e os desejos e caprichos de um único homem estão concentrados nesta cama. Enquanto espero, peço que Charmian e Apolodoro me tragam as crianças. Elas vêm ao entardecer e pulam em cima de mim, como sempre fazem, falando ao mesmo tempo, na ânsia de me contar o que aprenderam nas aulas do dia. Começa a escurecer enquanto conversamos, e a porta do quarto se abre. César estaca na soleira. Finjo não vê-lo e apenas ouvir as crianças, embora, na verdade, já nem escute mais o que qualquer delas está dizendo. Vendo-me ocupada, ele entra no quarto, despede os guardas e, em silêncio, senta-se em um divã, observando-nos. Gosta de crianças e olha-nos com indulgência. Não diz nada, apenas assiste enquanto conversamos. Tol corre pelo quarto com um cavalinho de madeira em uma das mãos e um soldadinho na outra. Arsínoe estende o braço para seu falcão, mas ele permanece teimosamente empoleirado no chifre de uma estátua de Ísis e ignora-a por um momento, antes de voltar para a luva da dona.

— Você tem de ensiná-lo a obedecer com mais presteza — digo, enquanto a ave voa de novo e vai se aliviar sem pejo sobre uma estátua de Ártemis.

— Por sorte, a deusa da caça não se ofende com isso. É tolerante com seus caçadores, mesmo os providos de asas. Mas eu seria mais exigente quanto ao treinamento.

— Tem um falcão, Cleo? — pergunta Arsínoe.

— Tive quando era pequena. Presente de Charmian.

Enquanto conversamos, César se recosta, ouvindo. Pego as tranças de Arsínoe e começo a girá-las entre os dedos.

— Charmian o comprou em uma tenda do mercado, trocando-o por um pequeno brinco em forma de víbora, pois não suportava ouvir seus gritos na gaiola. O pássaro clamava ao céu, para onde não podia voar.

— Você gostava dele?

— Desde o momento em que Charmian o trouxe, magro e encapuzado.

— Gosto de Toth — diz Arsínoe, olhando com reverência para seu pássaro.

Lembro-me de quando removi o capuz de meu falcão pela primeira vez e admirei seu bico afiado como uma lâmina, suas garras amarelas brilhantes como o sol e seus olhos negro-avermelhados. Possuí muitas criaturas e pessoas, mas a lealdade dele precisei conquistar. Viro-me para Arsínoe:

— Passei meses ensinando a ele. Tal como você faz com Toth. Treinei-o para voar e voltar à minha luva, enquanto segurava na mão um naco de carne de crocodilo. Com o tempo, tudo que ele caçava vinha para mim.

— Toth não me daria nada — diz Arsínoe. Percebo que está relutantemente impressionada com minha habilidade.

— Ainda. É preciso paciência. E prática.

— Como ele era?

— Menor que Toth. Tinha as penas rajadas como a areia desenhada pelo recuo da maré. Dormia num poleiro de ouro, acima de minha cama. Não precisava de uma gaiola, pois, como vê, nunca me abandonaria. Eu nunca o prendi.

— Nunca?

Sacudo a cabeça, e Arsínoe me fita com olhos perplexos. Até Tol parou de pular e está sentado, ouvindo. César sorri para nós do outro lado do quarto. Essa é uma cena que lembra estranhamente um encontro de família. Continuo:

— O falcão dormia perto de mim com seu capuz. Mandei fazer outro, decorado com a coroa branca e vermelha de Hórus. Ele atacava qualquer pessoa que estendesse a mão para acariciá-lo, exceto eu. E dizem que as aves são estúpidas...

— Estúpidas são as pessoas — pondera Arsínoe, indignada.

— De fato. Pois afirmam que as aves não têm a lealdade dos cães ou a esperteza dos gatos, mas meu falcão era esperto e leal.

— Como o meu.

— É claro. O pequeno Hórus pressentia meu humor. Se eu estava irritada ou deprimida, voava para meu ombro e ali permanecia; se isso não funcionava, saía a caçar um rato ou uma cobra e, em vez de saborear seu prêmio, deixava-o em meu colo.

— Credo! — exclama Tol, torcendo o nariz.

— Um presente é precioso quando significa algo para quem o dá. A pessoa sente sua perda, mas nem por isso deixa de dá-lo. Esse é um presente verdadeiro. E as oferendas sangrentas de meu falcão me eram mais preciosas que quaisquer joias vindas das mãos de suplicantes na corte.

— Você o treinou bem. Seu pássaro era um bom servo — reconhece Arsínoe.

Suspiro e prossigo:

— Eu não o via como meu pássaro, mas como meu amigo. Aonde quer que fosse, o pequeno Hórus ia junto. Até meu pai se encantava com ele e perguntava, em voz alta, se não era a manifestação do próprio Hórus. As pessoas começaram a levar-lhe oferendas de animais miúdos como sacrifício, na esperança de obter boa sorte em troca.

Olho para Charmian e retomo minha história:

— Segundo Charmian, a confusão começou aí, pois Ptolomeu e seus eunucos não podiam tolerar que uma ave fosse tida em maior conta que eles. Seu ódio se inflamou como uma ferida não tratada no calor. O pequeno Hórus também os odiava. Repelia todo bocado que lhe traziam, por mais suculento que fosse. E, quando voltava à minha luva, arranhava de passagem a calva de Potino com as garras, forçando o eunuco a se abaixar bem rápido, do contrário o pequeno Hórus lhe retalharia o escalpo com gritos de triunfo. A corte inteira se divertia ao ver o eunuco se contorcer, praguejar e sangrar.

As duas crianças riem ao imaginar a cena.

— Como eu gostaria de ter visto isso! — exclama Arsínoe. — Devia ser muito engraçado.

— E era. Mas humilhar um inimigo pode ser perigoso.

As crianças se achegam a mim; até o falcão parece alerta e atento.

— Pois bem, passado um ano, acordo certa manhã e, ao olhar para cima, não o vejo. Não vi sua cabeça encapuzada, apenas o poleiro dourado. Saltei da cama e encontrei o pequeno Hórus caído no chão em meio a uma massa sangrenta, o capuz arrancado de sua cabeça.

Arsínoe solta um arquejo de horror e estende, instintivamente, a mão para o próprio pássaro.

— Quando o peguei, ele estertorava em minhas mãos, as garras gloriosas se debatendo no ar. Sangue espumava em seu bico. E, na agonia, havia arrancado o próprio olho com a unha.

As crianças estremecem.

— Segurei-o com força, beijei as penas macias do alto de sua cabeça e torci-lhe o pescoço.

Posso sentir a aprovação de César por não ter hesitado em fazer o que era necessário.

— Ele parou de se mexer. Sentei-me com o pequeno Hórus no colo, seu sangue e seus borrifos de merda respingando em meu vestido. Era surpreendentemente leve na morte, como se Anúbis houvesse extraído sua substância com a vida. Não tinha ferimento visível além do olho arrancado por ele mesmo.

— O que o matou? — perguntou Arsínoe em voz baixa.

— Olhei em volta e vi seu pote de água. Ela estava avermelhada e turva. A princípio, pensei que era com seu sangue. Mas, ao aproximá-la do nariz, senti um cheiro estranho, amargo.

— Você chorou? — quis saber Tol.

— Não, claro que não. Eu era uma princesa.

Arsínoe concorda gravemente com um leve aceno de cabeça. Enquanto eu falava, duas escravas entraram e ficaram paradas, esperando para levar as crianças e dar-lhes de comer. Autorizo as escravas a levá-las.

— Vão, vão comer, vocês dois. Conversaremos mais amanhã.

Resmungando, relutantes, eles saem atrás das escravas. César se aproxima e se senta ao meu lado, mas nossos joelhos não se tocam.

— Não chorou por seu pássaro? Eu chorei por Pompeu. Meu inimigo e meu amigo. Chorar não é fraqueza.

— Você é homem. E não um homem qualquer, mas César. Ambos somos julgados por olhos diferentes. — Tento sorrir, mas não consigo. — Não, não derramei lágrimas. Enterrei meu pássaro e jurei vingança. Sabia que Aquilas e Potino o haviam matado.

Não fizeram isso porque o pássaro os humilhara, nem por ciúme, mas, sim, pura e simplesmente, porque eu o amava e destruí-lo lhes daria prazer.

Charmian me olha fixamente e não diz nada.

César me puxa para junto de si e me beija. Seu afeto me deixa aliviada e, para minha surpresa, com desejo — que ele nota, satisfeito.

— Venha, senhora, vou cobri-la de beijos.

Esta noite, desabrocho como uma folha nova ao calor de sua curiosidade, ao ímpeto de seu interesse. Ainda bem que as insinuações de

Aquilas não me prejudicaram demais aos olhos de César. Ele faz incontáveis perguntas, não sobre a campanha, mas sobre meus tempos de menina. Vejo-me falando sobre minha infância e confidenciando-lhes histórias sobre meu pai, por quem, não ignoro, César tinha o maior desprezo; mas ele não escarnece ao ouvir quanto eu o queria bem. Meus olhos ardem quando falo sobre como fazia meu pai rir, e César aperta minha mão com algo que não está distante da ternura e a leva aos lábios. Quase começo a acreditar em seu desvelo, em sua bondade. César não me ama, pois o que há entre nós não é amor, mas, de certo modo, sinto que já sou algo precioso para ele. Fascino-o como um enigma ou uma nova espécie de cão de caça nunca visto e que reluta em se submeter ao adestrador do canil. Ele me quer por perto e brinca comigo, atordoa-me com vinho doce e perguntas.

Fora do palácio, os rebeldes estão bastante ocupados. O ar da noite está prenhe do cheiro de madeira e reboco em chamas, gritos e fumaça sendo carregados pelo vento em lugar do sal e do perfume do mar. Vivo atemorizada, e, no entanto, aqui, com César ao meu lado, a ameaça da guerra e do caos parece estranhamente distante, como se estivéssemos num navio, vendo da proa o mundo se consumir em fogo.

Ele cobre a pele macia de meus pulsos e minhas orelhas de beijos e carícias, toca com a língua a parte de trás de meus joelhos e sorri ao me ver ofegante.

— Sou sua amiga — murmuro. — Amiga de Roma.

— Sei disso, minha doce rainha — replica ele, passando a mão por meus cabelos. — A própria Vênus coraria ao ver uma noiva tão encantadora.

Não quero ser coberta de elogios ou iludida com lisonjas. Essas palavras vazias são para outras mulheres. Minha sorte está ligada à dele como uma criança à barra do avental de sua ama. Detesto isso, mas por enquanto não tenho saída.

— Sou filha do Egito. Sua única rainha, seu único faraó. Sua única descendente. Diga-me que sou.

— Deusa amabilíssima — murmura César, achegando-se mais e beijando-me de novo, sem perceber o tom cortante de minha voz. Quero afastar sua boca. Não quero beijos, por mais ternos que sejam; quero apenas arrancar de seus lábios promessas e garantias para minha posição. Garantias de que governarei sozinha, de que ele não apoia as pretensões de Ptolomeu — e César apenas insinua a língua em minha boca para interromper minhas perguntas.

Agora sei que gosto muito dele, bem mais do que esperava, mas não me esqueço, nem por um momento, mesmo na voragem de minhas novas alegrias espontâneas, quão importante é que ele me ame e me prefira em detrimento de meu irmão. Tenho de extrair dele sua afeição e seu fascínio do mesmo modo que se extrai sangue de uma ferida. Tudo que possuo depende de sua boa vontade para comigo. Enquanto desço a língua de seus lábios em direção a seu umbigo, para lhe dar prazer, minha pele arde de ressentimento.

Penso em suas outras amantes. Sei que foram muitas. Estamos ligadas, sem saber: escravas, matronas romanas, estrangeiras, esposas de senadores e rainhas. Somos quase companheiras de cama. Elas se sentem como me sinto? Precisam se oferecer em troca do favor de César? Como seria ter opção, poder escolher meu amante, não por interesse ou necessidade, mas apenas por desejo e amor?

10

SERVÍLIA

Quando me encontrei pela primeira vez com a princesa Cleópatra em Roma, obviamente não imaginei que um belo dia dividiríamos um amante. Que César fosse o ponto fulcral entre nós. Sabia que ele estava no Egito, mas, a princípio, não que estava com ela. Ao longo dos anos, quando partia para suas campanhas longe de Roma, César sempre mergulhava no silêncio. Às vezes, eu recebia uma carta com notícias, mas ela praticamente só me informava de que ele estava vivo quando a escrevera. Acostumei-me ao silêncio, que, ao mesmo tempo, detestava. Tantos beijos na despedida! César deixou Roma mais uma vez, agora para perseguir Pompeu pelo mundo. Os meses se fundiram em um ano, e não recebi mais cartas nem notícias. Ignorava se sentia saudades de um morto e se a separação duraria para sempre. Então, por fim, um navio chegou. Não me trouxe César, mas informações que eu havia muito esperava, desde o assassinato de meu primeiro marido. Pompeu estava morto. César vivia.

Marte e Diana podem ter me feito esperar — o tempo dos deuses não é o tempo dos mortais —, mas não deixaram de cumprir minha vingança. Fiz oferendas a eles ao saber dos detalhes do fim macabro de Pompeu. Demorou, mas esse homem teve o que merecia. Deliciei-me com o aspecto sórdido e covarde de sua morte pérfida, brutal e adequada. Décadas podem ter se passado desde que ele assassinou meu primeiro marido, e, ainda assim, meu ódio nunca esmoreceu: alimentei-o com zelo, mantendo-o acerado e cruel.

Talvez a morte de Pompeu é que me tenha levado a recordar os velhos tempos com César — o assassinato de meu marido por Pompeu foi o que me jogou nos braços de César —, ou talvez o fato de César continuar longe de Roma, e eu sentir sua falta. Qualquer que seja o motivo, pensei muito nele e em nossos primeiros dias juntos, minha mente recuando aos meses seguintes à perda de meu marido. Foi um período de luto, confusão e descoberta de outro afeto. A perda apurava o novo amor por César, como o perfume fresco da terra após a chuva.

O navio que trouxe notícias sobre Pompeu trouxe também boatos, insinuações de que César estava vivendo no palácio com a rainha egípcia. Eu já estava acostumada com suas amantes, mas somente uma tola não se alarma quando uma delas é uma rainha. Os mexericos em Roma destilavam puro desdém e maledicência, mas eu não compartilhava do escárnio por Cleópatra. Sabia que ela era astuta, dotada de uma mente mais cativante que sua beleza. E a mente das mulheres é que prendia a atenção de César quando ele se cansava de seus encantos físicos.

César e eu nos encontramos muitas vezes ao longo dos anos, e ele sempre me atraiu. Porém, em vez de nos tornarmos amantes de imediato, tornamo-nos amigos. Minha família costuma me descrever como reservada (embora eu mesma não me considere assim, isso está bem claro em minha mente), e, decerto, nunca tive reservas para com Júlio. Memorizava os pequenos acontecimentos do dia, doces bocados de prazer para diverti-lo no próximo encontro. Em festas e reuniões, César vinha até mim tão logo me avistava, e, antes de aceitar um convite, sei que ele se assegurava de que eu também estaria presente.

Uma vez juntos, não havia espaço para mais ninguém em nossas conversas. Falávamos sobre as obras que havíamos lido e admirado e sobre as de que não gostáramos. Eu recitava trechos dos últimos discursos dos senadores famosos, imitando seus gestos e exagerando sua idade e seu pedantismo. Às vezes, simulava um cochilo no meio da interpretação, até ele se engasgar com a bebida. Eu o achava bem-humorado, embora soubesse que raramente divertia os outros. Em ocasiões sociais, esperava por ele impaciente, faminta por sua presença, e, se ele não aparecia, sentia uma súbita pontada de decepção e não era capaz de participar da conversa geral. Não tinha apetite por mais ninguém. Ignorava, então, que essas eram as sementes do amor.

Gozávamos uma amizade alimentada pela saudade. Depois que meu marido morreu, amenizados o luto e o choque, surpreendi-me pensando de novo em César. Ele veio me ver alguns meses depois da trágica notícia. Meu filho, Bruto, e eu permanecíamos em casa, lamentando, com as máscaras mortuárias de nossos ancestrais cobertas ou voltadas para a parede. Era uma dor profunda e um insulto que a máscara do pai de meu filho não estivesse ali — outra ignomínia que atiramos aos pés de Pompeu. Bruto, agora sem pai, ia todos os dias à casa de meu irmão, Catão, onde este começara a lhe ensinar retórica e política romana. Eu mesma poderia tê-lo ensinado, mas achei melhor que tio e sobrinho estabelecessem um vínculo estreito. Além disso, Bruto parecia aliviado quando se dirigia à residência de Catão na companhia de um ou mais escravos e passava a manhã estudando ali. Sem dúvida, gostava de conviver com o tio — o que, a princípio, me surpreendeu bastante. Bruto, apesar da depressão provocada pela morte recente do pai, tinha caráter jovial, intempestivo — propenso ora à birra, ora ao riso. Não me lembro de ver meu irmão rir alguma vez. Raramente sorria, mal entremostrando os dentes em uma careta. Ficava carrancudo até quando ouvia um gracejo.

No dia em que César veio me visitar, Bruto estava com o tio. Saíra um pouco mais pálido e reservado que de costume, mas as crianças são naturalmente inconstantes, e eu bem via, por sua inquietação, que estava animado por passar algum tempo com o tio. Eu me perguntava sempre se meu irmão não revelara ao sobrinho um aspecto mais ameno de seu caráter. Mas duvidava disso. Enquanto eu refletia sobre tais questões, o escravo anunciou César. Imediatamente meu coração disparou no peito, como uma lebre perseguida por cães de caça. Repreendi-me por tamanha infantilidade. Embora, todas as manhãs, esperasse que aquele seria o dia de sua visita, vê-lo ali postado em pessoa no *tablinum*[2] fazia o sangue refluir para minhas orelhas e o calor avermelhava minhas faces.

No entanto, a pessoa agora diante de mim era diferente da que eu conhecera. A viva mocidade que a elegante toga envolvia se fora, com qualquer sinal de adolescência. Diante de mim havia um homem, maduro e autoconfiante. Estava barbeado, o cabelo cortado bem curto, e logo percebi um início de calvície no alto de sua cabeça. Havia ficado também mais corpulento, os braços que me envolveram eram

---

[2] Recinto nas casas romanas que servia principalmente de sala de visitas e escritório. (N. do T.)

musculosos, a pele raiada de cicatrizes recentes. Olhando para ele, senti-me um pouco tímida, embora, como mulher adulta e viúva, não devesse me permitir essas emoções pueris. César percebeu minha insegurança e sorriu, encantado. Fazia anos que não nos víamos, embora meu interesse por ele jamais houvesse esmorecido. Quando se aproximou devagar e, após um instante de hesitação, pegou minhas mãos e beijou levemente as palmas, concluí que o interesse de César também não. Olhamos um para o outro extasiados, com deleite tácito.

— Lamento por seu marido. Ele não merecia o fim que teve — disse Júlio, por fim.

Percebi que não conseguia falar.

— Você sofre por ele, e eu sofro por você — continuou César.

Com dificuldade, me obriguei a responder:

— Sofro pelo pai de meu filho, que sente mais a perda.

Júlio me puxou para si e me abraçou, sussurrando palavras de consolo e tristeza. Aspirei sua tepidez, sua força, seu fanado aroma de sal e couro. Eu havia esquecido o cheiro de sua pele. Ali ficamos por algum tempo, de pé, nos braços um do outro, seu queixo repousando em minha cabeça. O tempo passava cada vez mais devagar, inflando-se; o espaço entre os zumbidos das cigarras parecia aumentar até se congelar. Eu queria permanecer ali para sempre, aspirando o cheiro dele, sentindo seu calor, o aperto de seus braços em volta de meu corpo, o consolo de suas palavras.

— Fiquei longe por tempo demais — disse ele, deslizando um dedo pelo contorno de meu queixo. — Não somos mais como antes.

— Não. Mas ainda sou Servília, e você, César.

Ele me puxou para mais perto e mordeu o lóbulo de minha orelha, delicadamente, mas mesmo assim me fazendo gritar de dor e desejo — e então, para minha surpresa, se afastou. Olhou-me com ar levemente divertido, como se estivesse decidindo o que fazer em seguida.

— Não vai me beijar? — perguntei, impaciente.

Ele se inclinou e depositou um tênue beijo em minha face esquerda.

— Isso basta? — perguntou.

— Não — repliquei. — Mais.

Ele me beijou de novo na fronte, agora deixando que seus lábios permanecessem ali por mais tempo.

— Basta?

— Não — respondi, com sinceridade.

Dessa vez, ele me beijou nos lábios, recuando após alguns segundos.

— Ainda não é suficiente — reclamei. — Vou mostrar como se faz, garoto.

César riu de minha provocação. Puxei-o para mim, impaciente, e beijei-o como se deve. Um beijo que exigia resposta, e seus braços me estreitaram com força. Após um minuto, um beijo já não nos satisfazia. Ele me ergueu e me levou para um dos divãs; depositando-me ali, começou a despir-me, puxando minha túnica por cima da cabeça. Em nossa impaciência, eu me alvoroçava e ria, enquanto ele me deixava nua.

— Está zombando de César? — perguntou ele, sorrindo.

— Estou.

Estendi a mão para seu cinto e desatei-o. Por que havíamos esperado tanto? Não pensei nos escravos ocupados na vila nem em Bruto na casa do tio. Só pensava naquele homem, no contato de seus dedos com minha pele nua, em seus lábios beijando minha garganta e meus seios, em seus gemidos de amor e desejo. Eu me sentia embriagada pela maneira como me olhava, as pupilas esgazeadas de prazer. César não reparou nas marcas em meu corpo, decorrentes do parto de Bruto, nas estrias pouco aparentes, na leve flacidez de meu ventre — ou, se o fez, aceitou-as como parte de minha história, como eu aceitava as dele, acariciando-as em seus antebraços. Afastou-se por um instante, apenas para me admirar.

— Por que esperamos tanto? — sussurrou ele, ecoando minha própria pergunta.

— Não sei.

Mudando de posição no divã, César me colocou no colo, cobrindo-me de carícias e murmurando palavras de amor.

— Eu o escolhi — declarei. — Não importa o que venha a acontecer, a escolha está feita.

Era assim que eu queria ser, concluí. Uma mulher ébria de desejo que, por sua vez, era desejada e amada.

11

CLEÓPATRA

Encontraram Ptolomeu justo quando Rá terminava sua jornada noturna pelo mundo subterrâneo e surgia de novo ao leste, qual escaravelho flamejante, para aquecer a terra. Os guardas o reconduziram, preso, ao palácio. Posso ouvi-lo me amaldiçoando e invocando a cólera dos deuses contra mim. Meu coração se agita. Ptolomeu precisava ser detido, mas, agora que está aqui, pergunto-me o que César pretende fazer com ele. Logo discutirá o assunto com seus portentosos conselheiros, que usam o mesmo estilo de barba e são igualmente fatalistas: acho impossível distingui-los. Todavia, César, muitas vezes, quer saber o que penso dos conselhos dessa gente. Ouve-me com atenção, jamais me interrompe, e já percebo que começa a valorizar minhas opiniões tanto quanto as de qualquer romano.

César se levanta da cama e sai do quarto. Minhas escravas me lavam e me preparam em sua ausência. Enquanto elas me enxaguam com água quente, permaneço com os braços erguidos acima da cabeça, observando, em silêncio, a luz matinal que penetra pelas persianas. Não me agrada que Ptolomeu esteja agora alojado no palácio como um verme na polpa de uma maçã. Algo mudou de novo. Os fogos queimavam lá fora, agora queimam aqui dentro. Charmian me veste para a companhia de César, adornando-me com tanto ouro e joias que todas as partes de mim resplandecem. O amuleto de serpente aperta a carne de meu braço como a mão de um amante muito ardoroso. A porta se abre, e César retorna assim que termino de me preparar. Olha-me como se eu fosse um prato de azeitonas suculentas posto diante dele. Pega meu pulso, puxa-me para perto e morde meu lábio. Charmian e as outras escravas se retiram.

— Seu irmão pode esperar — diz ele. — Deve permanecer sentado, em silêncio, por algum tempo e definhar até que lhe concedamos audiência.

— Porque, agora que você o tem, não sabe o que fazer com ele — observo.

César ri e se inclina sobre mim, envolvendo meu queixo com a mão. Gostaria de me afastar, impaciente por saber de suas intenções, mas não posso fazer isso, seria uma indelicadeza. Seus beijos se transformam em algo mais cálido, e, quando ele me penetra, exagero as mostras de prazer. Não o quero agora; quero apenas saber o que ele planeja. Quando terminamos e ficamos deitados, resfolegantes, um ao lado do outro, ouço um burburinho fora do quarto.

— Entrem sem mais ruídos e lamúrias — ordena César.

Os anciões entram, fingindo não perceber que estamos nus na cama, e comportando-se como se nos vissem sentados discretamente em um dos divãs ao lado. Charmian voltou com os conselheiros; aceno para que se aproxime e me vista. Quero deixá-los ocupados com suas discussões, mas César me detém, murmurando em grego: "Fique e ouça".

Os anciões se encolhem, aborrecidos. Odeiam que César durma comigo e, pior ainda, que me leve a sério; sou mulher, uma egípcia licenciosa e uma rainha. Não sei o que detestam mais nesse triunvirato de aversões. Charmian coloca um xale em meus ombros, e, envolvendo-me nele, sento-me sem me preocupar por estar com o restante do corpo nu e respondo a César em latim, em uma troca fácil de línguas.

— Gostaria muito de ficar e oferecer-lhes minhas ideias. — Sorrio e aceno para os conselheiros. — Mas você, poderoso César, sabe bem o que andam dizendo a seu respeito, não?

— Quer que eu diga "não", certo? Pois, então, não. O que andam dizendo a meu respeito?

— Que, com Cleópatra, conjuga em vez de declinar, como na gramática.

César ri com gosto dessa velha pilhéria amplamente disseminada. Há verdade nela. Nenhum dos homens à nossa volta aceita que eu esteja em seus braços. Eles não riem.

— E, então, que devemos fazer com o prisioneiro? — pergunta ele, agora sério e se levantando da cama para ser vestido.

Um dos velhotes franze o cenho e pigarreia:

— Sua alteza não pode matá-lo, mas, enquanto ele viver, será um problema.

— Problema vivo, problema morto — diz César. — Quando nossas legiões chegarão a Alexandria?

— Em semanas. Ou meses... Os ventos não são favoráveis.

A força de César reside na reputação, mas também nos exércitos. Sem eles, é um corpo sem punhos. Já que posso reconhecer sua atual vulnerabilidade, seus inimigos também podem. Caso estivesse protegido pelo número usual de legionários, os eunucos abutres jamais ousariam insultá-lo e ameaçá-lo como o fazem. Agarram-se à fraqueza de César como a um fio solto, e temo que acabem por desemaranhar os últimos vestígios de seu poder. Nunca orei tanto aos deuses para que apressem a chegada das legiões romanas ao Egito.

A prisão de Ptolomeu atiçou as multidões nas ruas, e posso ouvir sua algazarra lá fora como se fosse o rugido do mar. Mesmo aqui no palácio, com as janelas fechadas, o ar está saturado de fumaça. Isolados de nossos exércitos, vemos a cidade arder em chamas. Nossa posição aqui é precária, estamos à beira do abismo.

— O que acha que devo fazer? — pergunta César, virando-se para mim.

Os conselheiros recuam, horrorizados. Já é suficientemente ruim que ele durma comigo e ainda comete a abominação de me ouvir? Hesito. O conselho que desejo dar não precisa de espectadores. César percebe minha hesitação e despede os velhotes com um estalar de dedos, dizendo "Vão, rápido".

Levo um instante para pôr meus pensamentos em palavras. Fico aliviada por ele incluir a mim e meus interesses em suas decisões. Reflito por um momento. Devo lisonjear César ao mesmo tempo que ofereço minha solução.

— Você deve se dirigir, em pessoa, ao povo. Ouvi dizer que é o maior de todos os oradores.

— Isso é um exagero — replica César com um aceno de mão, mas percebo que não ficou descontente.

— Diga-lhe que está mantendo Ptolomeu aqui para a própria segurança dele. Que ele não está preso, mas sob sua proteção. Afinal, cabe a você e a Roma acabar com a balbúrdia e desarmar as facções em luta. Declare, de uma vez por todas, que eu sou a rainha. Que governo sozinha, com o apoio de Roma.

César parece se divertir com minha audácia, mas sei que não esperaria de mim outra coisa.

— E seu irmão? Que faremos com Ptolomeu?

— Por enquanto, mantenha-o aqui. Assim, não será acusado de assassinato. Mas os eunucos devem ser executados. Ninguém possui uma víbora como bicho de estimação. Eles o picarão a qualquer momento. É o que fazem, e não conseguem evitar fazê-lo, tanto quanto a chuva não pode evitar cair do céu.

César ergue os olhos para mim, apoiado nos cotovelos, com expressão interrogativa.

— Você gosta de mim não apenas por eu ser mulher, mas também por ser rainha. Então, ouça a rainha, não a mulher.

— Em Roma, reis e rainhas não gozam de simpatia.

— Você não está em Roma.

— Não, não estou.

— E também não é apenas um homem, é César. Pois, neste momento, peço-lhe que seja César. Jure que fará isso. Que derramará o sangue deles. Ou dê-me permissão para que eu mesma aja em seu nome.

Ele me olha espantado, pasmo diante de minha firme determinação.

— Se nenhum homem ousa tocar os eunucos, uma mulher o fará.

Minhas mãos tremem. Escondo-as nas costas, como se já estivessem respingando sangue. Não desejo matar. Entretanto, para o bem do Egito, matarei e porei fim a essa guerra. César me observa com expressão inescrutável.

— Primeiro, você deve me declarar a única e legítima rainha perante os alexandrinos. Mas não só isso.

— Há mais? — pergunta César, divertido com minha presunção.

— Sim. Pois, embora sua retórica seja sem igual, como acredito, você não conhece os alexandrinos. Lisonjeie-os, como se lhes desse vinho doce, mas dê-lhes também algo que desejam.

César me examina com ar cada vez mais sério. Já não sorri.

— É você quem deve dar algo a Roma.

Gostaria de dizer-lhe que já dei muita coisa a Roma, e isso deve ser suficiente, mas não consigo. Forço um sorriso.

— É dando que se recebe. Você quer paz. Parece generoso. Pois nos devolva Chipre.

— A ilha que seu pai perdeu a fim de pagar sua dívida com Roma?

— Sim. E ele a perdeu com o amor de seu povo. Devolva-a e, se não o amarem por isso, pelo menos o odiarão menos.

— É um preço alto por um mísero afeto.

Não respondo. Ele é romano, acostumado a cobrar preços altos, não a pagá-los. Entregamos muita coisa a Roma em escravos, ouro, cereais e sangue. Ele pode ou não decidir nos devolver a ilha de Chipre, e minha tentativa de persuadi-o talvez pareça fraqueza. Sinto que César está irritado, não sei se comigo ou com sua posição desvantajosa. Levanta-se e sai do quarto sem se despedir. Adivinho o que vai fazer: falar com meu irmão. Não me pede que o acompanhe. Minha boca fica subitamente seca, como se eu houvesse ingerido areia — César não me confiou seus pensamentos ou suas intenções.

Estou ao lado de César na sacada do grande palácio. É uma plataforma saliente, de modo que podemos ver as ruas sinuosas lá embaixo e ser vistos pela turba ali reunida. Ostentando a púrpura real, meu traje pesa no calor, e o diadema em minha fronte detém as gotas de suor que teimam em escorrer para meus olhos. Contemplo a multidão, e o barulho que ela faz é tão alto quanto o das ondas vergastando a costa. Levo as mãos aos ouvidos, e meu desejo é voltar para dentro do palácio. Posso sentir seu ódio por mim e por César, ódio que gruda em minha pele como uma cusparada. Charmian se ajoelha aos meus pés, e vejo fios de suor descendo por seu pescoço. Olho para ela e penso em todos os meus seguidores, e sei que estou aqui por eles, fingindo não ter medo.

Mesmo assim, sinto-me aliviada por estar fora do alcance das coisas imundas que atiram em nossa direção: esterco de vaca e outros excrementos, além de peixes podres, batem na parede abaixo e escorrem de volta para a multidão. O rosto de César não demonstra repulsa, preocupação ou pistas de suas intenções, e ele ainda não esboça nenhum movimento para falar. Ficamos parados ouvindo e esperando enquanto o barulho continua à nossa volta, ecoando pelas paredes de pedra. O calor é forte e desagradável. Charmian oscila sobre os joelhos, e me pergunto se não vai desmaiar. Não posso ajudá-la. Uma rainha não se preocupa com sua escrava, ainda que ela seja uma amiga. Então, vejo soldados, escravos e membros da corte se reunindo em nossa sacada e começando a fazer reverências; para meu espanto, eis que Ptolomeu se aproxima e se junta a nós. Não se parece em nada com um prisioneiro, e sim com um príncipe afetado, exibindo roupas púrpuras exatamente iguais às minhas. Seu rosto redondo está brilhante de satisfação e suor, seus olhos miúdos parecem seixos incrustados na face. Não olha para mim, mas sorri para César, que lhe faz sinal de agradecimento. O tom do populacho muda de raiva para excitação, pois aqueles são seus amigos, não meus: as almas que ficaram na cidade lhe pertencem. Penso em meus seguidores fora das muralhas, que a morte cerca com suas asas negras, e uma cólera fria me invade.

Por fim, César se adianta, puxando-me pela mão com tanta força que devo segui-lo ou ter meu braço arrancado. Não quero obedecer-lhe. Mas, então, para minha total perplexidade, constato que seu outro braço está envolvendo meu irmão. César limpa a garganta e começa a falar.

— Roma lhes traz boas-novas, grandes e valorosos alexandrinos. Cá está Ptolomeu, sob nossa proteção. Devolvo-lhes, como prova da generosidade e da liberalidade de Roma, a ilha de Chipre.

Viro-me para César, tentando encontrar seu olhar, grata por ele ter seguido meu conselho. Ele não olha para mim, e isso me aborrece. Quer convencer o público de que a ideia de devolver Chipre é só sua, não uma resposta à minha sugestão.

— E, como amigo do Egito e dos alexandrinos, estou aqui para ajudar a restaurar a ordem — continua César. — Vocês são a prole abençoada do Egito, pois têm dois deuses vivos e dois faraós. Cleópatra, a filha amorosa, governa ao lado de seu irmão-marido, Ptolomeu.

Não estou mais aborrecida, e sim consternada. Olho de novo para César, tomada de fúria, mas ele não olha para mim. Isso é traição. Não há nada que eu possa fazer no momento. Não posso protestar ou contradizê-lo, mas sua deslealdade se aloja em meu peito. Ele pega minha mão. Quero repeli-lo e não consigo. César dá minha mão a Ptolomeu, que hesita apenas por um instante e a segura, tocando meus dedos como se estivessem banhados em veneno e um simples contato pudesse matá-lo. Irritada, volto-me para César. Charmian se vira a fim de me observar, surpresa e receosa. Estou tonta de raiva e mágoa. Fui tola ao pensar que César era meu amigo. Ele pertence apenas a Roma.

Nesta noite, estou deitada num divã em meu quarto, fingindo compostura. Quero andar, expor minha raiva, atirar jarros nas paredes. Mas, em vez disso, fico imóvel, sentindo a brisa marinha no rosto. Charmian e Apolodoro me observam, preocupados.

— Não posso governar com Ptolomeu. Isso acabaria em morte — digo, com voz lenta.

E aqui em Alexandria, sem meu exército e meus amigos, essa morte seria, provavelmente, a minha. Tento esquecer a raiva insuflada pelo discurso de César.

— Ele deu sua palavra de que sua alteza governaria sozinha? — pergunta Apolodoro.

— Pensava que sim. Inúmeras vezes. Mas ele não jurava nem quando eu pedia.

Quer César tenha prometido ou não, sinto-me traída. Paguei-lhe o preço de minha carne para que me escolhesse. Ultrajada, ainda assim tento me acalmar e descobrir por que César fez aquela proclamação. Sei que ele não gosta de Ptolomeu. Decidiu agir daquele modo por fraqueza. Estamos cercados pelos apoiadores de meu irmão; seu exército é um laço em torno de Alexandria, e esse palácio parece uma ilha afundando em mares hostis. A fala de César foi para acalmar esses mares e dar-nos tempo até que suas legiões desembarquem. Eu, porém, tenho de sobreviver enquanto elas não chegam. Quando estiverem aqui, abrirão caminho para que meu próprio exército se junte a elas, e então estarei protegida. Até lá, somos dois deuses em solo mortal, sem seus raios.

As palavras de César só conseguiram me deixar mais vulnerável. Embora seja meu amante, teve o cuidado de não externar sua fidelidade absoluta, uma aparente ambivalência que Potino e Aquilas interpretarão como um convite para tentarem me matar com mais afinco. Se César não agir nem fizer o que é necessário, eu o farei.

— Ponha-me a par dos boatos — peço a Apolodoro.

— Continuo atento. Mas até agora não ouvi nada importante.

— Pois procure ouvir mais.

O medo me torna ríspida. Todos me observam; os olhos de Charmian estão dilatados de medo, e isso me incomoda.

— Como sou a rainha do Egito, estejam vigilantes. Lembremos a César de nosso brilho e deixemos que ele presencie nosso feitiço. Esta é uma noite propícia às maravilhas.

Apolodoro e os outros continuam me observando, receosos, ao mesmo tempo, de mim e por mim. Forço um sorriso na esperança de comunicar-lhes uma confiança que não sinto.

— Escutem a mim, e os deuses tornarão este um dia feliz para Cleópatra.

Ísis é a deusa dos feitiços e da magia. Subjuga a própria Morte, deixando-a inebriada de amor. Sou sua criatura neste mundo, e ela me ajudará quando eu pedir. Ordeno que se depositem oferendas e presentes em seu santuário, e faço com que os sacerdotes orem para ela em meu nome. Preciso que Ísis me empreste seu poder e sua magia para que todos saibam quem sou e o que posso fazer.

Nesta noite, César oferece um banquete, não na ala de hóspedes, mas nos aposentos reais do palácio, a fim de celebrar o entendimento entre mim e meu irmão. Está ocupando a parte principal do edifício, em uma exibição de força e bravata. Este é meu antigo domínio; estes são os corredores dourados por onde eu corria quando criança. Fui eu que escolhi os desenhos dos mosaicos decorados de ouro, cinza e azul, cravejados de esmeraldas, rubis, ágatas róseas e brancas, com engastes de marfim de hipopótamo. Selecionei os tapetes de pele de pantera e os chifres de pontas amarelas de íbis, como também as grandes portas tauxiadas de joias e com figuras entalhadas de deuses brincalhões.

Tochas pendem das vigas do telhado, sua luz reverberando no teto coberto de ouro e na superfície dos fios de água que correm pelo palácio. O sussurro da água se mescla aos doces acordes das liras, e, por toda parte, pequenos lagos de luz cintilam, tremeluzentes. O próprio ar parece dourado e revestido de joias rodopiantes. A noite está saturada com o perfume de jasmim e flores de pau-rosa. Lá fora, nos jardins, dez mil tochas ardem na escuridão, tão brilhantes que vencem a noite, parecendo que o próprio deus do sol, Rá, foi induzido a se erguer mais cedo. Se os deuses se introduziram em meu palácio, então nem perceberam que haviam deixado o monte Olimpo ou o Campo de Juncos celeste.

Meus truques com a luz são apenas uma amostra do que está por vir, pois, esta noite, meu poder tem o aroma do divino. Ptolomeu me chama de serpente do Nilo e acha que isso é um insulto — mas não é.

A deusa-serpente tem muitos nomes, e conheço todos eles. Ela é caos, poder, beleza. Sei disso, pois falo a língua dos deuses e de meu povo. Em contrapartida, os deuses falam comigo. Se César não entende quem realmente sou, então deve ser forçado a entender.

Por esta noite, Potino permite que frutas, carne e trigo não mofados entrem no palácio, alardeando, assim, que pode reter, mas também liberar. Essa é sua demonstração de poder terrena e insignificante. A minha deve brilhar. Visto um manto de seda púrpura, com rubis enormes e sanguíneos nas orelhas, braceletes de ouro em forma de víboras com olhos de esmeralda nos braços, tão pesados que mal consigo erguer os pulsos. César enviou os brincos de rubi aos meus aposentos, pedindo-me que os usasse: um presente e uma ordem ao mesmo tempo. Obedeço com fúria silenciosa. As joias nem sequer são dele; vieram de meu próprio tesouro, e César não tem o direito de dá-las. Anseio pelo fim dessa guerra para poder lembrar ao romano de que as riquezas e os bens que ele pilha como os piratas de suas histórias são meus, não dele. Apesar de todo seu encanto e seus beijos, César não passa de um ladrão. Quero ser paga, e meu preço é um reino.

Todos os outros convidados estão reunidos e aguardando. São os bajuladores da corte de meu irmão. Ostentam os favores de Ptolomeu em forma de esmeraldas e ouro rutilante nos dedos gordos. Murmuram seus mexericos em grego, para não conspurcar a língua com palavras egípcias nativas. Quando chego ao banquete com meu cortejo de escravos, eles não conseguem deixar de olhar com relutante admiração. Tenho vontade de rir desses patifes, que escolheram o lado errado da contenda. Logo estarão implorando meu perdão, tirando os anéis dos dedos e depositando-os a meus pés, enquanto gaguejam desculpas abjetas. Talvez eu os perdoe. Por enquanto, brilho como Ísis e empunho meu cetro em forma de serpente. Meu séquito está vestido como ninfas e semideuses. César me recebe com um beijo.

— Mais bela que uma manhã primaveril — cumprimenta ele. — A própria Perséfone se sentiria rebaixada diante de sua beleza.

Aceito essa lisonja sorrindo, fingindo que nada mudou, quando, na verdade, me sinto como se ele tivesse pisado na barra de meu vestido e eu quisesse puxá-la. Percebo Charmian se encolhendo atrás de mim ao ouvir a observação de César — às vezes, ela é mais Cleópatra que eu mesma. Vejo Ptolomeu a um canto da mesa, levando punhados de azeitonas e ostras à boca, com o queixo besuntado de gordura.

— Venha, amigo — chama César, acenando para ele. — Fique com sua irmã-esposa. Celebremos a paz e a nova prosperidade.

Olho para César. Mesmo me declarando esposa de outro homem, acaricia meu rosto com o polegar e beija meu pulso, enquanto Ptolomeu se aproxima com expressão fechada e relutante. Pelo menos em uma coisa meu irmão e eu concordamos: essa situação não pode continuar. É demais até para nós. Ele está aqui como o outro faraó e meu marido, em uma ocasião presidida por meu amante. César não para de me tocar, como uma criança incapaz de resistir à vontade de cutucar uma ferida. Nem chega a fingir que me reconhece como esposa de meu irmão. Está enganado se acredita que esse comportamento absurdo o poupará da luta ou do perigo. Observo cuidadosamente quais pratos meu irmão está comendo e consumo as mesmas coisas. A despeito da glória do palácio e da suntuosidade do banquete, os recipientes são todos de terracota.

— Por que não ouro? Procura insultar nosso hóspede, eunuco? — pergunto, virando-me para Potino.

O eunuco sorri e se inclina, simulando uma desculpa.

— Grande rainha, honrado cônsul e ditador, as peças de ouro precisaram ser fundidas e vendidas para atender à justa demanda por dinheiro de César. Só sobrou a cerâmica.

Eu riria se isso não fosse absurdo. Os pratos de ouro devem estar, sem dúvida, nos próprios aposentos de Potino. De novo, César finge não notar o insulto. Mas os eunucos são simplórios. César vê tudo e apenas espera. Pego sua mão e o levo até uma fonte que parece ter sido estancada, e peço que uma escrava lhe traga uma taça.

— Não estou com sede. E a fonte não tem água.

— Não? Pois vou servi-lo já.

Coloco minha taça sob a bica, e imediatamente, como por encanto, ela lança um jorro de vinho tinto. Logo a taça transborda. César ri, impressionado, e pega outra taça das mãos da escrava. Enche-a, de olhos fixos na fonte rubra que se abre e se fecha, com expressão radiante e rejuvenescida.

— Funciona para mim também, portanto esse feitiço não é só seu — diz César.

— Ah, mas eu ainda o controlo — replico, com um sorriso. É um alívio constatar que Apolodoro e Charmian cumpriram ao pé da letra minhas instruções. Ptolomeu, no entanto, continua amuado em seu canto, sem tirar os olhos de nós. Os convidados nos cercam, somos a chama que os atrai. As iguarias e bebidas que nos servem são só para nós, ninguém mais as toca. São ungidas com nosso favor.

Ouve-se um gorjeio de pássaros, e o ar se enche de aves coloridas, voando lá em cima em formações irregulares. Um dos mosaicos traz imagens de pássaros exóticos, e, quando os de verdade passam diante de sua superfície brilhante, parece que saem da pintura, vivificados por um sopro repentino e miraculoso. César ri e bate palmas, num gesto de deleite quase infantil. Os outros convidados aplaudem, mas Ptolomeu se inclina para a mesa, carrancudo, e leva outro pedaço de salsicha à boca.

A música das liras e das flautas paira à nossa volta, enquanto escravas desfilam com seus vestidos frisados, e os oficiais romanos observam-nas, suarentos e de olhos vitrificados de desejo. Sei que os romanos nos consideram fáceis e corruptas, mas vêm ao Egito sedentos de dissolução e libertinagem. Estão ávidos para deixar claro que me desaprovam; e, esta noite, vou lhes dar o que querem, embora em uma encenação que vai espelhar seus próprios desejos. Os guardas de César, afogueados por causa da bebida e do calor, contemplam os desenhos mutáveis que a luz vai tecendo na pele das bailarinas; os romanos não são mais soldados, e sim uma legião de Ecos hipnotizados pela dança de meus Narcisos. Seus sonhos os impelem para Alexandria como se fossem moscas atraídas pela lua — sua curiosidade por encantos exóticos é tão poderosa quanto sua cobiça por ouro e trigo. Devo mandá-los logo de volta a Roma cheios de histórias picantes para contar. As bailarinas se pintaram com desenhos bizarros em ouro e prata e, ao som ondulante das flautas, despem-se de seus trajes frisados e ficam nuas, exceto pelo ouro que unta sua pele. O efeito é contagiante, e todos olham como que num sonho. O aroma de mirra, alecrim e cedro é tão forte que posso degustar as ervas amargas no fundo da língua.

De súbito, com um ruído ensurdecedor, as maciças portas esculpidas que dão para o saguão se abrem devagar, a madeira rangendo contra a pedra. São necessários quatro escravos para mover essas portas talhadas em sicômoro e cravejadas de ouro, pois têm a altura de dez homens. No entanto, nenhum escravo as toca; elas se abrem sozinhas.

Os convidados saem do transe para descobrir quem ou o que tem força suficiente para movê-las, mas, quando elas se abrem por completo, a entrada está vazia. Não há ninguém ali. Nenhum monstro aparece na soleira; só se veem as tochas no jardim ao fundo.

O silêncio cai sobre a sala como o apagador sobre a vela. Até as bailarinas se imobilizam.

— Não há ninguém! Abriram-se por obra de uma força invisível. Ou, talvez, do sopro de um deus — sugiro, em tom suave.

— De um deus? Ou, quem sabe, de uma sombra do além — diz Apolodoro. — E que notícias ou presságios ela nos traz?

— Você está usando o ar para confundir meus olhos — afirma César, virando-se para mim.

Mas continua me examinando atentamente.

— Não, meu senhor. Você viu os sinais. É o cortejo da noite negra.

O cheiro de incenso e ervas é vencido pelo da fumaça. Ela satura o ar, a ponto de os escravos começarem a correr para descobrir onde é o incêndio, temendo que o palácio esteja em chamas. Após um ou dois minutos, a fumaça se dissipa sozinha e deixa entrever uma figura na penumbra, em meio aos últimos vestígios de fumo. Seus olhos vermelhos fulguram. Os escravos gritam e fogem. Os legionários sacam as espadas e avançam, ainda meio embriagados de vinho e luxúria, proferindo maldições.

— Pompeu — murmura César, em pânico, ao reconhecer a figura.

A figura se adianta, segurando algo em uma bandeja.

Dou um passo à frente, e César me acompanha — não pode parecer relutante ou amedrontado, sobretudo perto de uma mulher e uma egípcia. A figura é uma estátua, mas tão bem esculpida, tão realistas as rugas em volta dos olhos e a pele frouxa sob a garganta, que parece mais um homem congelado em pedra por uma górgona. Enquanto a olho, quase tenho certeza de que tem o sopro da vida nas faces. No entanto, quando estendo a mão e a toco, sinto o mármore duro e frio. Há também algo terrível na escultura; sua expressão é, ao mesmo tempo, melancólica e colérica. Os olhos ardem em chamas, como vindas de dentro.

Vejo agora que esse Pompeu traz uma segunda cabeça, a dele mesmo, na bandeja, apresentando-a a César outra vez. É Pompeu ressuscitado e íntegro, mas segurando a própria morte diante de si, como censura e oferenda. Olho para César e vejo que está perturbado e inquieto, embora tente não mostrar fraqueza. As bailarinas se aglomeram, trêmulas, e os músicos se esquecem de tocar.

— Quem fez isso? Ou será obra dos deuses? — indaga César.

Ninguém responde.

— É terrivelmente assustador — murmura ele, quase para si mesmo.

Ptolomeu permanece no canto da sala, o rosto pálido e assustado. Diante dele está o homem que matou, o grande general apunhalado e eviscerado como um ladrão de rua por ordem sua. Aquilas e Potino, seus asseclas, parecem menos amedrontados que furiosos, como se, antes de a estátua ter sido conjurada da fumaça, César houvesse esquecido tal crime. Eles se agitam, franzindo o cenho. Afasto-me da estátua. César hesita e faz o mesmo. Imediatamente, as portas começam a se mover, sem ser empurradas por escravos ou homens livres. Os músicos pararam de tocar, e o único som é o rangido da madeira e o estrondo das portas maciças se fechando. O barulho rola pela sala como um trovão nas montanhas e depois cessa. O silêncio é pesado como uma camada de cinzas.

— Vamos para a cama. Precisamos descansar — diz César, por fim.

Pega minha mão, e Ptolomeu nos vê saindo, incapaz de disfarçar a contrariedade e o desprazer. César me deixa só em meu quarto, de modo que Charmian pode me preparar para lhe fazer companhia. Tantas joias pesam bastante, meu vestido é complicado demais para que ele sinta prazer em me despir. Charmian se entrega à tarefa depois de dispensar Iras e as outras escravas, para ficarmos sozinhas enquanto ela me liberta dos amuletos de ouro e dos colares de contas.

— Você se saiu bem — digo-lhe em voz baixa. — O espetáculo foi perfeito. Quando as portas se abriram, até eu acreditei que fosse magia.

— Sim, parecia mesmo uma magia terrível. Não entendo como, sem essa maravilha perversa, a estátua de Pompeu ganharia vida — replica ela.

Rio com gosto. Ela espiou por trás da cortina, sabe como o truque foi feito; viu o mecânico instalar as polias no subsolo e instruir os escravos a aquecerem os tubos para gerar vapor; e pagou em ouro o artista que esculpiu a máscara mortuária de Pompeu. Ainda assim, continua amedrontada.

— A genialidade do homem parece mesmo magia, um dom dos deuses — pondero, tentando tranquilizá-la.

— Em que puder ajudá-la, eu o farei. Magia ou não — diz ela.

Apolodoro abre a porta, e César entra. As escravas saem, deixando-nos a sós.

12

CLEÓPATRA

De manhã, Charmian me sacode, para me acordar. Vejo que César, conforme seu costume, já se levantou e saiu — será que chegou a dormir? Charmian leva um dedo aos lábios e pede que eu a siga. As outras escravas a olham com curiosidade. Apolodoro espera do lado de fora do quarto com uma companhia de guardas que me cercam por todos os lados. Sigo Apolodoro e Charmian em silêncio, meu coração ruflando no peito como asas. Refazemos o caminho que seguimos para as festividades de ontem. Escravos e servos se ajoelham à minha passagem, surpresos ao me ver naqueles corredores. Não lhes dou mais atenção que às folhas de relva quando passeio pelos jardins. Tão logo entramos no salão, Apolodoro me leva até a fonte que tanto encantou César na noite passada. O líquido vermelho já não jorra profusamente da bica, mas secou em manchas espessas ao longo do canal, na base de cada nível — a cor de sangue velho. Noto que as bordas da fonte estão cobertas de passarinhos, suas asas coloridas pesadas e sem a iridescência natural na morte. Alguns de seus corpos caíram dentro do líquido residual e jazem de costas, as pernas finas estiradas para o alto, as penas e os bicos tintos de vermelho.

Inclino-me e farejo a borra do líquido. Tem cheiro amargo desagradável. Apolodoro acena, e um homem se aproxima de nós, trêmulo e curvado.

— Este é o barbeiro do palácio, Amun — informa Apolodoro.

— Sim, o homem que não fala, apenas ouve. Bom seria se mais pessoas fossem sábias o suficiente para concluir que não têm nada importante a dizer.

— Mas gostamos que alguns falem quando deveriam se calar — replica Apolodoro. — Amun ouviu os eunucos conspirando enquanto os barbeava ontem.

O barbeiro confirma com um vigoroso aceno de cabeça. Tem a pele moreno-clara, pintalgada de uma infinidade de sardas. Soam passos, e César entra com sua guarda pretoriana e seus generais. Flávio se inclina sobre a fonte e pega um pássaro entre o indicador e o polegar, para, em seguida, soltá-lo com repugnância.

— Algum dos convidados passou mal? — pergunta César.

Apolodoro sacode a cabeça.

— Não, meu senhor. Este feitiço era para sua alteza e a rainha.

César permanece em silêncio por um momento, refletindo. Depois, vira-se para mim:

— E o falcão que você tinha quando criança?

— Encontrei-o assim — respondo, apontando para os pássaros mortos.

— Veneno é expediente de mulher, mas eunucos não são homens. São femininos com suas artimanhas — raciocina Apolodoro.

César não diz nada por um instante. Sua expressão é séria e triste; e, quando fala, sua voz vem repleta de emoção.

— Antes de ser meu inimigo, Pompeu era meu amigo. Sua aparição ontem à noite foi um presságio. Ele atravessou de volta o rio Estige para me alertar desse perigo.

Os homens de sua guarda resmungam, meio inquietos, e fazem o sinal de proteção contra o mau-olhado.

— Potino e Aquilas quiseram matá-los com o vinho — diz Flávio, em voz baixa e colérica. — Esta fonte é o brinquedo da rainha, e os eunucos sabiam que ela desejaria mostrá-la a César. Depois que Cleópatra a tocasse, ninguém mais poderia beber dela.

O barbeiro concorda novamente, gesticulando de maneira extravagante. Apolodoro observa-o e, em seguida, traduz:

— Amun afirma que os ouviu tramar isso enquanto os barbeava. Os eunucos pensam que ele é estúpido, além de mudo.

César e seus generais recuam para um canto da sala, onde conferenciam em voz baixa. César murmura alguma coisa ao ouvido de um deles, que escuta atentamente e depois sai. O olho do sol está se abrindo e nos observa pela janela. O calor aumenta, e eu gostaria de tirar minhas sandálias para pôr os pés na água fresca que jorra pelos canais ao longo dos corredores.

Potino entra na sala muito depressa, suado e ofegante. Ptolomeu o segue, acompanhado de uma turba de escravos. Nesta manhã, são uma horda de pobretões, sem a pompa usual. O eunuco estaca abruptamente, ao ver o cemitério de pássaros. Encara-me. Sua pele lustrosa goteja como uma vela acesa. Pela primeira vez, parece estar com medo.

— Descobrimos sua trama — digo.

Ele sacode a cabeça e pisca.

— Não fui eu quem fez isso.

— Então está feliz por nos ver com boa saúde? — pergunto, tentando não parecer incrédula.

— Sempre, minha rainha.

— Onde está Aquilas?

Potino não responde. Ptolomeu alterna o apoio de um pé ao outro, fitando seu mentor, como se também quisesse saber do paradeiro de seu outro general.

— Com efeito, onde está Aquilas? — pergunta César a Potino, aproximando-se de nós. — Vocês dois são uma coisinha só, um par de sombras sem o homem que as lança.

Se Potino se sente insultado pela alusão à sua falta de masculinidade, mostra-se ao menos uma vez suficientemente contido para não demonstrá-lo. Lambe os lábios secos, a língua mais parecendo um lagarto em fuga. Estuda-me com atenção por um segundo e diz, devagar:

— César nunca bebe vinho. Se eu quisesse lhe fazer mal, esse seria um método muito ineficaz. Juramos, com todo nosso amor, que não somos responsáveis pelo acontecido.

Vira-se para mim, com olhar frio e colérico.

— E a senhora? Bebeu da fonte? Ou sabia que não deveria beber?

— A corte viu quando enchi a taça e bebi.

Ouve-se um murmúrio generalizado, pois é verdade — eles se lembram de ter me visto. Mostrei a fonte para César e depois bebi.

— Temos de dar graças à fortuna e a Zeus. Cleópatra foi protegida pelos deuses. Eles intervieram e a salvaram dessa manobra perversa — declara César, pegando minha mão e beijando-a com alívio. — Meu parente Pompeu saiu do túmulo para nos alertar da trama.

— Outra pessoa fez essa maldade. Procurem por aí — insiste Potino.

— Toda vez que você abre a boca, expele ervas daninhas e malícia — digo.

— Não sei nada a respeito disso — intervém Ptolomeu, falando pela primeira vez. Sua voz é um gemido suplicante. — Se alguém perpetrou esse ato horrível, não foi por ordem minha.

Tenta se distanciar do crime, mas, se seus generais agiram sem sua ordem expressa, isso o faz parecer fraco.

César o ignora.

Flávio volta com alguns membros da guarda de César, corados e ofegantes.

— Procuramos por todo o palácio, mas Aquilas fugiu.

— Os culpados fogem — pondera César, virando-se para fitar Potino de novo.

O eunuco passeia o olhar pela sala, acuado pelos próprios desmandos. O branco de seus olhos é como o de um cão que sabe estar prestes a receber pontapés. Agora, meu irmão parece realmente amedrontado, olhando ora para mim, ora para Potino, que cai aos pés de César e começa a implorar.

— Juro que não fiz isso! Não é obra minha!

César estuda-o atentamente e diz:

— Foi um ato traiçoeiro e maldoso. Como convidar um homem a desembarcar, oferecendo-lhe hospitalidade, e massacrá-lo antes que ponha os pés em terra firme. — A voz de César sobe de tom, com uma raiva que não lhe é comum. — O sangue de Pompeu mancha suas mãos e não pode ser lavado.

Potino se prostra no lajedo.

— Um erro pelo qual lhe pedi perdão e aos deuses. Mas isso aqui eu não fiz.

— Vergonhoso o modo como luta por sua vida! No entanto, se suas más ações fossem peixes, sua pele seria a rede esticada até arrebentar.

Potino se senta nos calcanhares e abre a boca para implorar novamente, mas César faz sinal com os dedos. O general Flávio dá um passo à frente, saca da espada, agarra a cabeça do eunuco e empurra-a para trás, passando a lâmina por sua garganta em um movimento fluido. Potino arregala os olhos de surpresa e leva a mão ao corte, começando a se afogar em sangue. Ouve-se um som gorgolejante enquanto bolhas vermelhas se formam em seus lábios, detendo as últimas palavras que ele jamais proferirá. Elas estouram e desaparecem. Aos nossos olhos, o eunuco não é mais que uma truta estrebuchando na areia da praia; ninguém diz nada nem se aproxima dele. Já não é um homem, apenas um grotesco espetáculo que nos repugna. Sua morte se arrasta, o sangue jorra da garganta como cascata rubra, ensopando sua túnica e se espalhando pelo chão, até nos obrigar a recuar para não molhar os sapatos. Os únicos sons são o gorgolejar e o bater de suas mãos no piso de mármore, como se estivesse chamando Osíris, deus da morte, para vir buscar sua alma. Então, finalmente, o eunuco se imobiliza e mergulha o rosto na poça cada vez mais extensa do próprio sangue.

Examino aquela figura encolhida. Atormentou-me por anos a fio e agora teve seu fim de maneira rápida e silenciosa. Foi arrancado deste mundo e lançado às trevas; não chorarei por ele. Quis minha morte como outros homens anseiam pela criatura amada.

— Interditem o palácio e procurem Aquilas — ordena César.

Flávio corre para fora do salão com uma companhia de soldados. Contemplo o cadáver, fascinada, incapaz de desviar o olhar. Vários escravos acorrem com baldes e panos para limpar a sujeira e as vísceras, mas um deles calcula mal a extensão do rio de sangue no mármore escuro e liso, escorrega e cai pesadamente sobre o corpo. Os outros escravos ajudam-no a se levantar. Varrem a imundície para os canais, onde as águas claras se tornam vermelhas e depois rosadas.

— Querida rainha, é uma felicidade que você não tenha sido tirada de mim por esse maldito veneno — diz César.

Beija-me no rosto e, virando-se, sai com seus guardas.

Os escravos arrastam o cadáver, deixando no mármore um rastro de vísceras. O recinto cheira a carne. Olho para aquela trilha úmida e sangrenta. Charmian e Apolodoro se postam ao meu lado. Tudo está imóvel e silencioso, o único som é o da água escorrendo por entre as pedras nos canais abertos. Charmian procura minha mão. Deixo que a pegue.

— Seu falcão morreu velho, com as penas cinzentas — diz ela, em tom suave. — Nós o sepultamos debaixo dos limoeiros.

Não replico.

— César sabe a verdade? — pergunta Apolodoro. — O barbeiro interpretou muito bem seu papel.

Dou de ombros. Não sei. O veneno foi acrescentado depois da festa; os pássaros quiseram beber por causa do açúcar e do mel misturados ao vinho.

— Não importa — asseguro. — César necessitava de um pretexto para matá-lo. Dei-lhe esse pretexto como se oferecesse uma lâmina afiada. Um presente sangrento, bem mais valioso que todos os rubis que ele me deu.

13

CLEÓPATRA

Aquilas se foi. Fugiu para a cidade, arrebanhando todos os mercenários e ladrões que encontrou. É possível sentir a calmaria. Não sabemos onde ele se esconde. A cidade está estranhamente quieta — as pessoas se ocultam, na expectativa, como animais buscando abrigo antes da tormenta. Passam-se dias. Depois semanas. O ar é um fôlego contido. E então a tempestade desaba: vinte mil homens se reúnem fora dos muros como moscas em torno de uma ferida, comandados por Aquilas, que é a pústula. Milhares de mercenários marcham pelas ruas, sedentos de sangue. César observa, perplexo, enquanto as torres de cerco mais altas que uma dúzia de homens são trazidas e encostadas às muralhas do palácio. Não sabia que os alexandrinos eram tão engenhosos. De fato, são espertos e cheios de recursos, embora, neste momento, eu preferiria que usassem suas habilidades para me defender, não para me matar.

As legiões romanas, auxiliadas por minha guarda pessoal, trabalham a noite inteira para elevar as muralhas, enquanto arqueiros disparam uma chuva de flechas sobre os malfeitores apinhados lá embaixo. As torres são abandonadas. Nós, dentro do palácio, estamos agora sitiados, sem acesso à comida. Mas não somos tolos: os regatos profundos que correm no palácio, vindos de fontes subterrâneas, nos dão água fresca e peixes. Podemos suportar o bloqueio até as legiões de César chegarem. Paciência é o que não nos falta. César escreve suas memórias nos momentos de calma — sempre pedindo papel e tinta. Sei que ele está redigindo a história de sua vida, de sua infância, da época em que foi sequestrado por piratas, de sua rivalidade com Pompeu — mas, embora esteja falando do passado, não me deixa ler o texto. Também não peço isso. Estou sentada diante dele escrevendo minhas próprias memórias, duas versões do mesmo cerco. Nem ele nem eu pedimos para ler ou ouvir o relato do outro, apesar de nosso afeto mútuo. Escrevemos como dois alunos ciosos de suas tarefas, mantendo-as escondidas. Pergunto-me o que César diz de mim; e não tenho nenhuma vontade de que ele descubra o que digo dele.

Então acordamos, após uma semana, para descobrir que os canais estão cheirando mal e repletos de peixes mortos, flutuando de barriga para cima. Os homens do eunuco desceram até os poços subterrâneos e os envenenaram, contaminando-os com água do mar, de modo que os regatos e as fontes que fluem para o palácio ficaram saturados de sal. A atmosfera, aqui dentro, estala de pânico como o ar antes do golpe de um relâmpago. Escravos e homens livres choram, com os lábios gretados de sede.

Ptolomeu, em seus aposentos, reclama que não tem comida nem água e teme que o deixemos morrer de fome. Que pensará ele agora do eunuco que o condenou a sofrer com o restante de nós? Aquilas acredita que vamos lhe entregar meu irmão em troca de nossa vida. Não pode deixá-lo morrer aqui, pois só por intermédio dele é que tem poder. Essa guerra dispendiosa é travada em nome de meu irmão. Mas não libertamos Ptolomeu para comprar a paz; ao contrário, ele é mantido em seus aposentos sob guarda rígida, enchendo a boca de polenta crocante e enviando-nos mensageiros para se queixar de fome e sede.

César dispensa seus pomposos conselheiros e dá preferência aos meus. Nós dois nos sentamos nos salões cintilantes, discutindo calmamente o que vamos fazer. Não estamos nem temerosos, nem tomados de pânico — o único par, no palácio, que não tem medo. Algumas batalhas foram vencidas com a força; outras, com a reflexão cuidadosa. Sentamo-nos no quarto de César, onde as persianas nos mantêm protegidos do sol, que só nos espia pelas frestas. Os peixes mortos foram tirados dos canais e estão queimando em fogueiras lá fora, empestando o ar com seu cheiro e fumaça. Bebemos cerveja vinda da adega, pois não há água potável.

Levo César à grande biblioteca e peço ao bibliotecário todos os mapas e pergaminhos que descrevem os cursos de água. À sombra fresca de suas salas, o ar rescende ao aroma seco de rolos e manuscritos. Os eruditos trabalham, escrevem e leem debruçados sobre as mesas, como se fora dos muros do palácio a cidade não estivesse se contorcendo e devorando a si mesma como um oroboro. César percorre as salas, pasmo ante a elegância da biblioteca, a vasta escala do conhecimento que ela encerra.

— Um dia, teremos aqui uma cópia do volume que você está escrevendo — digo com leve sorriso, enquanto esperamos.

— Sem dúvida. Mas onde ele vai ficar? — pergunta César, desejoso de saber o lugar que seu tomo ainda inacabado ocupará, tal como um moribundo ansioso por inspecionar a tumba que o espera.

— Ah, aqui não há mais lugar para ele. Como vê, as estantes estão cheias. Vou guardá-lo nas docas, com os outros rolos para os quais não temos espaço — provoco-o.

— Em um armazém, com as traças e os historiadores de segunda classe? — pergunta ele, fingindo-se ofendido.

Rio.

— Ah, muitas de nossas obras mais preciosas estão lá! É necessário um bom tempo para avaliá-las e escolhê-las com cuidado. Anos viram décadas.

O bibliotecário volta, e César e eu nos sentamos a uma mesa no setor egípcio. Os eruditos continuam estudando, como se não estivessem no meio de uma guerra e pudessem afastá-la lendo. No entanto, sua intuição talvez seja correta: os livros e os mapas que estudei aqui podem mesmo nos salvar. Desenrolo os pergaminhos, e César me observa em silêncio, enquanto deslizo o dedo sobre os veios azuis que mostram os cursos de água pela ilha de Faros e ao longo do cabo Lóquias. Há uma série complexa de reservatórios que filtram e purificam as águas do lago Mereótis, levadas por canais dali até a cidade. Sempre admirei a disposição engenhosa do sistema e explico seus segredos a César.

Ele beija meu pescoço enquanto falo, e sou obrigada a repeli-lo.

— Estou ocupada. Escute.

— Você tem a memória e o temperamento de um soldado. Não, de um general.

Há em sua voz a doçura da admiração e do desejo.

— Sou maior que um general, pois comando o Egito. E, às vezes, Roma — acrescento, permitindo que ele deposite um único beijo no lóbulo de minha orelha.

Ao terminar, ajusto os pesos sobre os mapas, para que cubram toda a superfície da mesa.

— Estamos perto do mar, e as rochas subterrâneas têm veios de correntes que fluem para a baía. Se escavarmos, encontraremos água doce.

César examina de novo os mapas, reflete por alguns instantes e coloca o dedo em um ponto.

— Aqui. É aqui que devemos escavar.

Por sua ordem, soldados e escravos começam a perfurar um poço através da lama e da rocha. Vão descendo cada vez mais. O sol se ergue, se põe e se ergue de novo. Medimos o tempo pelo esvaziamento de jarros de cerveja, não pelas clepsidras e pela narração de histórias. Se César está preocupado, não o demonstra. Voltamos a seus aposentos no palácio, e ambos anotamos nossas reflexões e lembranças por algumas horas; em seguida, cansados dessa tarefa, conversamos. Ele é boa companhia, e o tempo passa depressa, enquanto, a fim de me distrair, conta histórias de suas campanhas, de seu sequestro por piratas. Eu já ouvira rumores e ecos dessas histórias antes, mas é outra coisa ouvi-las dos lábios de César, que lhes dá o próprio contorno. Escuto, sedenta e ansiosa. Devo memorizar esses relatos para me recordar deles mais tarde, várias vezes. São nesses momentos que César se torna ele mesmo, deixando de lado o general e o ditador, permitindo que eu tenha um vislumbre do homem, com seu meio-sorriso semelhante ao sol se escondendo atrás de uma nuvem. Permanece a meu lado, nu e à vontade, apoiado no cotovelo. Corre o dedo por minha espinha, do mesmo modo que o desliza pela linha de um manuscrito enquanto lê. Seria eu um texto que César está tentando decifrar?

— Quando me sequestraram, eu era pouco mais que um garoto — diz ele.

— Como meu irmão? — pergunto, com leve sorriso.

— De modo algum. Mais velho e mais maduro. Passei algum tempo com o rei Nicomedes da Bitínia e estava voltando para casa.

Corriam boatos sobre César e o rei Nicomedes. Dizia-se que César ficara meses com ele, porque estava apaixonado, e que os dois eram amantes. Ainda hoje seus inimigos entoam "César, rainha de Nicomedes".

— Passou algum tempo? — pergunto, maliciosamente. — Fazendo o quê?

— O rei possui vinhas excelentes.

— Mas você não bebe.

César ignora minha insinuação.

— Na viagem de volta, fui capturado pelos piratas ao largo da ilha de Fármaco.

— Ficou com medo?

— Aborrecido. Era um contratempo. Então, eles me insultaram: pediram de resgate apenas vinte talentos.

— Não sabiam quem era você? — pergunto, divertida.

— Não. Ri deles e disse a seu chefe que tinham de pedir, pelo menos, cinquenta talentos.

— Só cinquenta?

— Quer contar você mesma essa história, Cleópatra? — zanga-se César.

Peço desculpas e me acomodo.

— Em seguida, enviei meus camaradas à procura do dinheiro, ficando sozinho com os sequestradores. Os piratas eram profundamente irritantes. Sanguinários, sim, mas também barulhentos. Eu até gostava um pouco deles. Por trinta e oito dias, participei de seus esportes e jogos. Escrevi poemas e rascunhei discursos que pretendia fazer no Senado, e lia-os para a quadrilha, a fim de observar sua reação. Senadores e piratas não são muito diferentes.

Rio, embora não saiba ao certo se ele está brincando.

— Então, prometi enforcar e crucificar todos eles.

— Promessa que tomaram por bravata de criança e bom humor?

— Exatamente.

Faz uma pausa, bebe um longo trago e prossegue:

— Uma vez pago o resgate, me libertaram. Pareciam até tristes ao me ver partir.

— Pobres tolos!

— De pobres não tinham nada. Estavam abarrotados de ouro, em grande parte meu. No instante em que pus pé em terra, contratei navios e me fiz ao mar para prender os ladrões. Encontramo-los ainda ancorados perto da ilha.

César não esquecera a ofensa à sua dignidade, e há uma nota de triunfo no modo como relata sua vingança. E isso ocorrera há vinte e cinco anos!

— Levei os homens para a prisão em Pérgamo. Fui ter com o governador e disse-lhe que era meu direito puni-los. Todo o dinheiro, todo o tesouro deles me pertencia como espólio. Mas o governador era ganancioso e não tirava os olhos daquela riqueza.

— Você, porém, não deixou por menos.

— Não deixei. Tirei os ladrões da prisão, sendo por eles saudado como um velho amigo que viera ajudá-los a escapar. E mandei crucificá-los ao longo da costa.

Imaginei a fileira de piratas crucificados na praia, como uma horripilante variedade de palmeira. Lembrei-me de Potino, do modo como insultava César, e quase senti piedade do morto. Ele se esquecera de quem era César. Tenho certeza de que o Nilo ainda correrá com mais sangue.

— Você é meu prisioneiro agora. Que resgate devo estipular? — pergunto, beijando-o.

— Todo o ouro e beleza do Egito — responde ele, sorrindo.

Afasto-me. César está dando o preço de sua amizade, o valor que deseja para me fazer ganhar essa guerra, e é um preço típico dos romanos: maior do que jamais poderei pagar.

Nenhum dos dois fala por algum tempo. Ele me puxa para si e corre o dedo por meu braço. Penso em suas outras mulheres: terá César lhes contado as mesmas histórias? Terão elas calculado o preço daquela amizade? Não tenho outro amante com quem possa compará-lo.

— Está com saudade de sua esposa? — pergunto.

Ele me olha, surpreso, e logo se recompõe.

— De minha esposa? Não.

Noto a pausa antes da resposta.

— Mas está com saudade de outra pessoa, sem dúvida — continuo, agora compreendendo.

De novo, ele não responde de imediato e, quando fala, é com cuidado:

— Saudade é uma palavra forte. Apenas sinto falta. Conhecemo--nos há muito tempo. Éramos amigos antes de você nascer.

Sinto uma pontada de algo. Não é ciúme, mas a percepção de quão pouco César me pertence. Esse tempo entre nós é apenas um verso em um poema épico de milhares de linhas.

— Posso saber o nome dela?

César hesita e diz, por fim:

— Servília.

14

SERVÍLIA

Minha vida com César sempre foi uma sequência de despedidas. Algumas ternas, cheias de angústia; outras, inflamadas de raiva. Sempre nos reconciliávamos. Mesmo após a morte de Pompeu, ele não voltou para Roma ou para mim. Embora corressem boatos de que encontrara consolo nos braços da rainha egípcia, eu não tinha motivo para pensar que essa ligação fosse diferente das outras — passageira como a maré. Não senti o punhal dilacerante do ciúme; meu desgosto era mais silencioso e mais simples. Tinha saudade dele.

Como sempre acontecia quando a saudade me visitava, lembranças de nossas horas juntos se revolviam sem parar em minha mente. A perda me fazia evocar o passado. Ele nunca me pertencera inteiramente. Era casado, e eu, por muito tempo, fui casada também. Houve um curto e delicioso período — antes que eu me visse obrigada a desposar meu segundo marido — em que éramos apenas Júlio, Bruto e eu. Foi um dos períodos mais felizes de minha vida. Não constituíamos uma família, pois César tinha a dele. E, para minha vergonha, não pensava que o caso talvez pudesse afetar sua esposa, Cornélia: estava contente demais por tê-lo junto a nós.

Eu amava nossas horas juntos. Existíamos como uma pequena companhia de três. Em certas ocasiões, em vez de voltar para casa, César ficava e comia conosco. Contava a Bruto episódios de suas campanhas na Gália e na Itália, e Bruto ouvia, pasmo, de olhos arregalados, como se o próprio Odisseu estivesse sentado à mesa narrando suas batalhas em Troia e suas lutas ferrenhas com os deuses. Quando chegava a hora de as escravas levá-lo para a cama, Bruto implorava para ficar e ouvir mais, só se retirando, com relutância, depois de obter de César a promessa de voltar no dia seguinte e retomar a narrativa. Eu era feliz. E, embora soubesse que aquilo não duraria para sempre, procurava viver o momento. Tentava não pensar muito na precariedade da situação, pois o vidro poderia se romper, e tudo acabaria, com a felicidade se desvanecendo. Sabia estar jogando um jogo de faz de conta, o que, porém, não o tornava menos precioso. Era uma ilusão de algo que eu jamais teria com Júlio, mas uma ilusão tão bela, tão desejada! Que eu ansiasse tanto por aquilo, e ele não, era uma mágoa que não deveria estragar nosso tempo juntos. Júlio estava satisfeito com me amar, me possuir, gozar de minha companhia e da de Bruto — não queria mais nada. Tinha outras obrigações e ambições.

César, embora garantisse me amar, nunca sugeriu que pretendia abandonar Cornélia nem permitiu que eu acreditasse nisso sequer por um momento. E fui tola em esperar que nosso relacionamento continuaria apenas por meu desejo. Inevitavelmente, quando passei a ter cada vez mais esperanças de que as coisas seriam sempre como foram — César com uma família de sangue e outra de amor —, tudo mudou de novo. Um dia, Bruto voltou mais cedo da casa de meu irmão. César estava ali, acabáramos de nos levantar e conversávamos no jardim, eu certa de que ele ficaria para almoçar conosco. Quando Bruto se juntou a nós perto da fonte do *viridarium*, notei, para meu espanto, que não estava só. Vinha com meu irmão, Catão. Este, com seu rosto pálido e gordo, parecia deslocado no jardim, em meio aos arbustos e à rede de canais. Mantinha os braços apertados contra o corpo. Era um homem que pertencia ao interior de sua casa, entre pilhas de papéis. Fiquei atemorizada com sua presença. Não queria que me visse aqui na companhia de César. Perguntei-me, com ressentimento nada usual, se Bruto havia falado ao tio das visitas de Júlio. Corriam boatos de nosso caso em Roma. Mas não me importava com eles. Roma estava sempre cheia de rumores carregados pelo vento. Catão, em geral, nunca lhes dava ouvidos, mas percebi, cada vez mais inquieta, que ele tentaria descobrir se nesse havia alguma verdade. E a presença fortuita de César em meu jardim, mergulhando despreocupadamente a mão nas águas frescas dos canais, mais que confirmava a realidade de nosso relacionamento.

Catão permanecia de pé, tão rígido quanto a estátua de Netuno no lago atrás dele, o rosto ainda mais carrancudo depois que César, desenvolto, o cumprimentou efusivamente. Não, César não iria almoçar conosco, disse em resposta ao convite de Catão; voltaria para comer com a esposa. Irritei-me ao ver que meu irmão assumia o papel de anfitrião em minha casa e entristeci-me com a recusa de César, com sua inesperada alusão a Cornélia. Tive uma sensação de perda quando ele se foi. Vendo-o partir, concluí, abatida, que aqueles dias tranquilos acabaram ali. Quis chamá-lo de volta e dispensar meu irmão. Mas não podia fazer isso, é claro.

Catão e eu fomos para o *tablinum* e nos sentamos, enquanto as escravas nos serviam o almoço destinado a Júlio, com seus pratos favoritos — simples, mas preparados com esmero. Quase não comemos; talvez ele sentisse que estava provando as escolhas culinárias de outro homem. Além disso, Catão era muito moderado e raramente bebia vinho — isso ele tinha em comum com Júlio. Bruto era o único que mostrava apetite e não parecia perturbado pelo silêncio constrangedor, mas olhava para o tio com reverência e terna admiração.

Findo o almoço tedioso, Bruto foi para a cama, e eu gostaria muito de acompanhá-lo, antevendo o que viria a seguir. Catão pediu vinho. Encheu uma taça para mim e, atravessando lentamente a sala, colocou-a em minhas mãos, dizendo:

— Beba, irmã.

Não fez o mesmo para si. Em seguida, sentou-se novamente de cabeça pendida, quase tocando o peito, e ficou assim por tanto tempo que parecia ter adormecido. De repente, ergueu os olhos e fitou-me, dizendo:

— Já é tempo. Está viúva há quase um ano. É uma mulher jovem, fértil, e tem o dever de se casar de novo. Além disso, vejo que se recuperou bem da perda.

Ignorei essa alusão maliciosa a César. Tentei escolher palavras que meu irmão entenderia para exprimir meu amor por aquele homem, minha necessidade dele. Queria lhe mostrar que César era imprescindível à minha existência, que eu estivera dormindo até ele me acordar. As palavras morreram em minha boca. Não consegui dizer nada. Meu irmão não entenderia essas coisas.

— Os apetites que descobriu serão satisfeitos de novo no casamento — continuou ele, como a perceber parte de minha relutância, mas não conseguindo compreender tudo. Eu desejava César, não qualquer outro homem.

A seu ver, era só isso que César representava para mim; era só isso que caracterizava um relacionamento fora do matrimônio — desejo carnal e imoral. Naquele instante, odiei Catão. Odiei Roma inteira pelo que agora era exigido de mim. E eu não podia contrariá-los. Seria como gritar para a lua não desaparecer ou à maré que não recuasse. Minha única escapatória seria desposar César. Mas ele não abandonaria Cornélia. Por um segundo, quase o odiei também.

Eu entendia o que se esperava de mim. Não podia desafiar meu irmão e o restante de minha família. Ainda era membro dos Servílios, um dos clãs mais antigos e respeitados de Roma. Como mulher, não me era permitido entrar para o Senado, ser pretor ou ganhar batalhas contra nossos inimigos, mas podia parir filhos e unir nossa família, pelo casamento, a outras casas nobres de Roma. Meu dever era claro e indiscutível; desafiá-lo seria desafiar Roma e seus deuses. Ouvi, obediente e deprimida, meu irmão sugerir diversos partidos. Sentia-me tonta, e Catão ordenou que eu bebesse mais um pouco de vinho. Não ajudou. Meu coração já tinha dono. E notei que aqueles homens não eram os melhores de Roma; eram, antes, as maçãs podres. Eu quase não tinha escolha. A despeito da proeminência do nome de minha própria família, eu continuava sendo a viúva de um rebelde.

César veio me ver de novo uma semana após a primeira visita de meu irmão. Fomos para a cama, mas nosso encontro foi melancólico; o sol se afastara de nós, e agora estávamos na sombra. Ele me beijou, e eu o repeli; saciado meu desejo, a cólera irrompeu dentro de mim como uma golfada de vapor. Com desgosto, desfiei a lista de homens que meu irmão sugerira, esperando que falar de um futuro marido fosse pôr meu amante em ação; que ouvindo a exiguidade de minhas escolhas ele finalmente concordasse em se casar comigo, apiedando-se de minha situação. Para minha infelicidade, ele não deixou entrever nenhuma mostra de ciúme enquanto eu recitava a lista de outros homens; ouviu com muito interesse, oferecendo suas opiniões, mas nunca sua mão. Ferida e humilhada, as lágrimas afluíram a meus olhos. César as viu, tomou minha mão e beijou-a.

— Não posso me casar com você, Servília — murmurou.

Retirei a mão e me recusei a olhar para ele.

— Pode. Mas não quer.

— Já tenho uma esposa.

— Homens se divorciam todos os dias em Roma.

— Eu, não.

A dor era aguda. Ele me amava, mas seu amor tinha limites. César não se divorciaria de Cornélia. Não o faria sob pena de morte e confisco de sua propriedade; não a abandonaria por mim. Não apenas por amor. Minha escolha de pretendentes estava comprometida, porque o que podia oferecer a um marido potencial era politicamente limitado. Minha família e as relações eram boas, mas eu estava maculada. No casamento, César sempre agira tendo em vista vantagens e conveniências políticas, e tudo que eu tinha a lhe oferecer era a minha pessoa. Isso simplesmente não bastava. Eu era tudo que ele queria como amante, mas não como esposa. Sua rejeição significava que eu podia desposar outro homem, pensamento que parecia não o perturbar. Bom seria se ele trocasse o pragmatismo pelo afeto; mas um rio pode inverter o curso e fluir para cima? César me amava; mas sua ambição era brutal e absoluta.

Não lhe dirigi mais a palavra naquela tarde, e, após algumas frases vazias de conforto, ele partiu, deixando-me a sós com minha infelicidade. Por algum tempo, tentei evitá-lo. Quando ele pedia para me ver, os escravos eram instruídos a informar que eu não estava em casa. César sabia que era mentira, mas não insistia, fingindo que acreditava no que lhe diziam. No entanto, ao ouvi-lo se afastar, eu chorava, desejosa de sua companhia e quase chamando-o de volta. Catão aparecia duas vezes por semana, trazendo um pretendente. Eu lhes servia vinho e escutava polidamente a conversa sem nenhum interesse. Só exigia que meu marido fosse um bom e carinhoso padrasto para meu filho.

Os pretendentes eram todos iguais. Eu sabia que tinha de escolher um, mas como fazer isso quando era indiferente a todos eles? Então, Décio Júnio Silano veio me visitar, ao final de uma manhã. Político sem destaque, era alguns anos mais velho que eu. Aparentemente, tínhamos nos visto várias vezes antes, embora eu não me lembrasse dele. Veio sozinho, sem meu irmão, que se recuperava de outro resfriado. Servi-lhe vinho, e ele se acomodou no divã. Trocamos amenidades e mergulhamos num silêncio que não fiz questão de quebrar. Ele pôs a taça na mesa e me olhou, pensativo.

— Você não vai me amar, sei disso. Admiro César e não posso competir com ele. E sei o que há entre vocês dois. Se concordar em ser minha esposa, não pedirei que pare, apenas que dê uma pausa. Preciso ter certeza de que meus filhos serão realmente meus. Depois de tê-los, não exigirei mais nada de você. E não me divorciarei, a menos que me peça.

Surpresa, olhei para ele e o vi realmente pela primeira vez, arrancada de minha indiferença por sua amabilidade. Seus olhos eram cinzentos, ternos. Percebi que Silano era um bom homem. Não me pediria mais do que eu poderia lhe dar. Aceitei.

Mandei chamar César, e ele veio imediatamente. Servi-lhe uma refeição sob as vinhas. Seus pratos favoritos, como nos velhos tempos. Discutimos poesia, a nova ameaça de guerra e a educação de Bruto, mas não o que estava por vir. Quando terminamos de comer, ele me despiu com grande ternura, e, depois de fazer amor, ficamos deitados nus, ao ar livre, um ao lado do outro. Minha pele se arrepiava, pois o sol estava fraco. Ele tocou minhas costas, correndo o dedo pelas ondulações da espinha, e eu lhe falei de minha escolha.

— Silano? Escolha razoável. Um homem sensível — disse César.

Comuniquei-lhe, então, que devíamos nos separar, ao menos por algum tempo. Para minha surpresa, ele pareceu incomodado. Beijou cada pedacinho de meu corpo, meus lábios, meus seios, as solas de meus pés, como se estivesse dando adeus a mim por inteiro.

Assegurei-me de sangrar antes de meu casamento com Silano. Depois, Bruto e eu nos mudamos para sua vila, alugando minha casa a uma família rica vinda de Chipre. Eu herdara propriedades de meu pai e de meu primeiro marido, e aprendera a administrá-las com lucro. Meu novo marido aceitou que me pertenciam e não integravam meu dote; quando ele necessitava de dinheiro extra para jogar ou aplicar em uma próxima eleição, me pedia, explicando que era um investimento em benefício de nossa família. Eu sempre o atendia, mas fazendo perguntas cuidadosas sobre como o dinheiro seria gasto.

Meu tempo era dividido entre cuidar de meus próprios assuntos financeiros e servir a meu novo esposo. Percebendo que eu me tornara proficiente em questões financeiras, ele logo me pediu que cuidasse também de suas propriedades e escravos. Tratava-me com afeto e carinho, interessando-se pela educação de Bruto. Eu promovia recepções sofisticadas para ajudá-lo na carreira; servia grandes carpas dentuças, ostras, úberes de porcos recheados e os vinhos mais doces a senadores, pretores e sumos sacerdotes de Roma. Contratava os melhores músicos e os mais refinados cantores da Macedônia e da Trácia. Nossa casa logo conquistou fama pela hospitalidade cordial e pela companhia agradável. O tempo todo, eu sentia saudade de César. Sua ausência era uma fome que não conseguia saciar. Ouvia a conversa interessante e bem-humorada de meus convidados, mas apenas fingia me divertir, pois, como uma túnica lavada muitas vezes, a cor havia desaparecido do mundo. Via Júlio no grupo, mas não lhe falava. Ele evitava as reuniões em minha casa, só aceitando o convite quando sua ausência pudesse ser notada. Vê-lo só reabria a ferida.

Hoje, graças ao distanciamento, devo reconhecer que não ficamos separados por muito tempo, embora, para mim, os dias parecessem mais longos, tediosos e vazios. Em um ano, senti o filho de Silano se mexer em meu ventre. Minha alegria foi dupla. Primeiro, por causa desse júbilo instintivo, reflexo, que a maternidade próxima sempre traz — caso os deuses sejam benevolentes —; segundo, pelo fato de, já tendo um filho no útero, não havia perigo de conceber outro. Podia ver César de novo.

Dei a Silano a boa notícia, da qual ele já suspeitava, e pouco depois mandei uma mensagem a César. Ele veio sem demora, diretamente do Senado, ainda com minha carta guardada na manga. Desejou-me felicidade e, após breve hesitação, tomou-me nos braços e me beijou. Nosso encontro foi pleno de alegria. Agora, sabíamos o que era ficar separados. Enquanto o levava para o quarto, perguntei-me, inquieta, se ele não estranharia meu corpo mais volumoso, meu ventre já levemente dilatado, alojando o filho de outro homem. Meus seios, em geral pequenos, estavam túrgidos e estriados de veias. Mas não havia motivo de preocupação. César só via a mim. A gravidez significava que ele podia ficar comigo, sendo, então, fonte de prazer e alívio. Achou-me bonita, não lhe importando o tamanho de meu ventre, e tratou-me com a mais absoluta ternura. Silano devia estar inteirado das visitas de César — não subornei os escravos em troca de segredo; esse subterfúgio estava abaixo de minha dignidade —, mas não me fez perguntas nem exigiu meu corpo para si, permanecendo vários dias ausente.

À medida que meu desejo aumentava com o progresso da gravidez, aumentava também a frequência das visitas de Júlio. Silano não se opunha. Quando fiquei gorda como a lua cheia, ele massageava meus pés inchados e me abraçava com força, enquanto eu chorava com medo do parto iminente. Com Júlio, eu não fingia coragem. Ambos sabíamos que eu poderia morrer quando a criança nascesse. Não queria deixar nem a ele, nem a Bruto. E tinha medo da morte. Tinha medo de que doesse. Júlio, que encarara a morte muitas vezes em combate, jamais me censurou por meus terrores. Ambos já ouvíramos os gritos desvairados de mulheres que sucumbiram ao dar à luz após horas ou dias de agonia, seus pobres corpos ensanguentados e mutilados como os de um legionário no campo de batalha. Eu via meu próprio terror refletido em seu rosto. Às vezes exausta, adormecia em seus braços; e, ao acordar, surpreendia-o me olhando com expressão não de amor, mas de medo. Preocupava-se mais comigo que com ele próprio antes de uma batalha. Não queria que eu sofresse nem ficar sem mim.

Quando as dores do parto começaram, mandei avisar Silano. Poupei Júlio da preocupação e do terror. O parto não foi tão difícil quanto o de Bruto. Na época, eu tinha apenas 14 anos e pensei realmente que ia morrer. Dessa vez, esperava o sangue, a água e a dor excruciante enquanto meu corpo virasse do avesso para expelir uma nova vida. Os homens foram afastados da casa, e as parteiras chegaram com as mulheres da família. O mundo se reduziu ao quarto. À cama. À dor. Ao barulho. O barulho era eu; meus gritos vinham de outra parte de mim. Gritei com minhas pernas, minha boca e meus olhos, fui fendida e não morri. Então, a tomei nos braços, escorregadia e ainda envolta docemente em sua membrana. Seus vagidos substituíram meus gritos. Era rosada, manchada e raivosa. Segurei-a. Sentia-me plena e vazia ao mesmo tempo. Sangrei a ponto de encharcar os lençóis e o colchão, que precisaram ser queimados.

Olhamos uma para a outra, encantadas, minha menina e eu. Estávamos juntas e sozinhas. Eu sobrevivera. Tinha uma filha. Adormeci. Quando despertei, procurei por ela em pânico, até vê-la adormecida no berço ao meu lado. O quarto estava quente, cheio de mulheres. Elas nos alimentaram. Aquele quarto era o mundo inteiro. Minha filha e eu não pertencíamos à esfera mortal — não ainda. Tínhamos pela frente algumas horas, alguns dias. O tempo passou. Quanto, não sei. Ficamos mais fortes. Abriram-se as persianas, e piscamos, ofuscadas pela luz. Escolhemos ficar no mundo, viver.

Enquanto me recuperava, sentei-me com a menina no colo e examinei-a. O arco perfeito dos lábios. Os olhos negros. Os lábios carnudos e rosados, procurando sugar meu dedo como um peixe. Vi-a abocanhar o peito da ama, meus próprios seios inchados e porejando leite até meu vestido ficar encharcado. César enviou-me uma mensagem de amor e boa sorte. Meu ventre se contraiu com um espasmo final ao ler seu bilhete. Devíamos nos separar de novo. Eu não podia vê-lo antes que meu ventre voltasse ao normal.

Nossas vidas seriam uma série de separações. Passei a entendê-las melhor. Eram apenas pausas, não términos. Sempre haveríamos de reatar. No entanto, com César em Alexandria, eu me perguntava quando nos reuniríamos novamente. Escrevi-lhe cartas, mas deixei-as guardadas em meu armário.

15
CLEÓPATRA

No terceiro dia, César e eu ouvimos os gritos de triunfo, quando nossos homens chegaram à água doce. Não morreremos de sede. Brindamos à nossa pequena vitória com taças de cristal de água fria e limpa. A astúcia nos salvou de Aquilas. Riachos e canais se enchem novamente com água doce jorrando dos novos poços, mas é tarde demais para salvar os peixes. Precisamos sobreviver com os suprimentos do palácio, que já estão quase esgotados. Peço que os escravos me tragam Arsínoe e Tol todas as manhãs. Passo o tempo discutindo vários tópicos com eles. Arsínoe escuta, absorta, com seu falcão observando tudo empoleirado no chifre cor de prata de um íbis, do outro lado da sala. Tol luta para se concentrar. Logo fica entediado e inquieto, olhando para os jardins lá fora, com o anseio de um amante. Sinto pena dele e dispenso-o. Não demora, e seus gritos reverberam pela tarde. Um escravo traz, para mim e para Arsínoe, água de rosas gelada adoçada com mel. Arsínoe me observa atentamente.

— Você vai matar nosso irmão Ptolomeu? — pergunta ela, em tom agudo e acusatório.

— Não — respondo, surpresa. — Por que me pergunta uma coisa dessas?

Ela franze o cenho, contraindo as sobrancelhas, e esfrega uma pequena cicatriz no joelho.

— Ele está assustado. Pensa que você quer matá-lo. Agora, passa a maior parte do dia bêbado. Isso ameniza seu medo. Ele sabe que você induziu César a matar seu eunuco.

— Assassinato é o hábito dele, não meu, Arsínoe.

Suas faces se ruborizam. Ela nunca falou assim comigo antes, e eu a olho com espanto, só agora reconhecendo que não é mais a criança de antes. Talvez já não o seja há algum tempo, mas, distraída pela guerra, não percebi.

— E quando você o vê? Quem a leva até ele, pequena? — pergunto.

— Sou prisioneira? Não posso ver quem amo? Ele é meu irmão também — responde Arsínoe.

— Ele mente com a naturalidade com que respira, minha querida. Isso me preocupa.

— Ele não está mentindo. Só me disse que tem medo. E esse medo não é mentira.

Não digo nada por um instante. Imagino que Ptolomeu esteja realmente com medo. E compartilhará seu terror com qualquer um que queira ouvi-lo. Em parte, é seu caráter — ele não tem autocontrole ou vergonha —, mas também é sensato. Se espalhar essa história de que pretendo matá-lo, então, caso alguma coisa lhe aconteça, todos os olhares se voltarão para mim. Seus apoiadores já me odeiam e estão travando uma guerra em seu nome; isso os deixará ainda mais indispostos contra mim e tornará difícil governá-los, mesmo que eu vença. Arsínoe e eu conversamos por mais um tempo, mas suas respostas são vagas. Por fim, eu a dispenso, prometendo que nos veremos amanhã de novo. Arsínoe está deixando a infância para trás, e preciso me preparar para ela. Não gosto dessa distância entre nós, do antagonismo de suas perguntas. Imagino que seja algo esperado de uma princesa adolescente, mas me sinto desanimada e cansada.

Charmian e eu caminhamos pelos jardins no final da tarde, com o céu tingido de azul. O sol vai baixando, moeda de ouro polido presa a um fio, faltando apenas a minha efígie ou a de César estampada em seu face. Charmian colhe uma folha de limão, inala seu aroma forte e a coloca atrás de minha orelha. De repente, estende o braço e me impede de dar mais um passo à frente. Em silêncio, aponta para uma víbora na poeira, bem diante de meus pés. Ela desliza pelo chão, sua pele é metal derretido. Um lagarto gordo estaca na base de uma árvore, ofuscado pela luz do sol, e a cobra se aproxima cada vez mais em curvas fluidas, nunca em linha reta. Quando está a uma distância suficiente para dar o bote, dispara como uma flecha. Agora não há mais lagarto, apenas cobra.

Examino o rosto de minha amiga mais antiga. Olhos castanhos, cabelo preto trançado. Ela não sorri, seus lábios são uma linha fina. Deseja que eu sobreviva. Sei o que quer que eu faça. Quer que eu seja a víbora e engula meu irmão inteiro. Apesar de tudo que ele fez e de tudo que fiz, esse é um tabu mortal. Minha família não se parece com nenhuma outra na Terra, e, enquanto Ptolomeu viver, a adaga pairará sobre meu peito, riscando minha pele. Mesmo que, como deusa, eu reine na outra vida, quero governar por um pouco mais de tempo nesta.

Não durmo. Penso somente no problema de Ptolomeu. Esse pensamento é como uma farpa presa entre meus dentes, e nenhum esforço consegue tirá-la. Minha mente já está manchada de vermelho; minhas ideias, escorregadias de sangue. Há uma batida à porta de meu quarto ao raiar do dia. Charmian vai atender, e Apolodoro a segue, com expressão de pânico e o cinto da espada mal ajustado.

— Ela se foi — diz Apolodoro.

— Quem? — pergunto.

— Sua irmã. Arsínoe fugiu do palácio e se juntou às tropas inimigas fora da cidade.

— Ah, não! — exclamo. Balanço a cabeça. Se eu negar o suficiente, não será verdade.

— Ela se foi. Para Aquilas e seus inimigos. Declarou-se rainha e afirma que, depois de matá-la, se casará com Ptolomeu, e eles governarão juntos. Irmão e irmã faraós.

A bile sobe à minha garganta. O sangue desaparece de minhas faces. Penso na adolescente. Seus braços esguios. O falcão no pulso, que parece fino demais para segurá-lo. E, antes disso, o bebê que dormia em meus braços e sugava meu dedo para se confortar.

— Não minha irmã — repito, confusa. — Ela não me deixaria.

Mas eu a deixei primeiro, ressoa uma voz em minha cabeça. Deixei-a sozinha no palácio com meu irmão e seus assassinos enquanto descia o Nilo. Vendo-me fora, os eunucos devem ter instilado seu doce veneno no ouvido dela, virando-a contra mim. Não tolerariam que Arsínoe me fosse leal. Não a mataram, mas mataram seu amor por mim. Não posso culpá-los, pois a culpa é minha por abandoná-la. Mereço essa traição. Como não percebi que o amor dela por mim tinha acabado?

✦ ✦ ✦

O céu nunca fica escuro. Incêndios se alastram além dos muros a noite toda. A presença de Arsínoe renovou o entusiasmo de meus inimigos, e seus navios impedem que os nossos cheguem com novos suprimentos. Os estoques do palácio diminuem mais rápido do que esperávamos. Os homens livres culpam os escravos por roubar provisões e os espancam, até que Apolodoro ordena que parem — sem comida, os escravos não têm energia suficiente para curar suas feridas, e precisamos que trabalhem. Além dos muros do palácio, o exército de Arsínoe e Aquilas se transforma em um mar de homens. O meu está preso fora da cidade, isolado dos homens de César. Será dizimado caso tente se juntar a eles, e, dividida em duas, nossa força está reduzida. Rezo aos deuses por ventos favoráveis que tragam as novas legiões de César para rompermos o cerco, mas fico cada vez mais inquieta. Quero agir, não só rezar.

Converso em particular com Charmian e Apolodoro.

— Não podemos lutar contra eles até termos mais legiões. Então, nosso exército se juntará ao de César, e revidaremos de forma adequada — repete Apolodoro.

— Há outras formas de combate. Precisamos esperar por mais soldados, mas, até lá, devemos ser espertos.

Charmian olha para mim, a expressão esperançosa pela primeira vez em semanas.

— Leve-me até César — peço. — Preciso de uma audiência com o cônsul.

César está ocupado com seus comandantes, mas os dispensa quando entro.

— Você precisa libertar Ptolomeu. Mande-o para Aquilas e Arsínoe — sugiro.

— Para acabar com o som de seus lamentos? — pergunta César, procurando fazer graça. — Eu poderia simplesmente chamar os músicos para abafá-lo.

Tento rir, mas não consigo.

— Se permitir que Ptolomeu vá para o acampamento inimigo, ele e Arsínoe se desentenderão. Aquilas não saberá que partido tomar e, enredado na ambição dos dois, será incapaz de comandar as tropas de maneira adequada.

César se recosta, suando, e fecha os olhos enquanto pensa. Suspiro e insisto em meu argumento.

— Meus irmãos não conseguem ficar juntos por uma hora sem tentar se matar. O ódio deles dividirá o inimigo, causará disputas e divergências. Um deles morrerá sem que precisemos empunhar a faca.

Sei que tenho razão, mas conspirar contra minha irmã me faz sofrer, embora ela planeje me ferir. Sinto como se estivesse colocando um cão de estimação muito querido em uma arena com outro, mesmo que esse cão tivesse acabado de morder meu tornozelo.

— Vou dizer a ele que o envio para negociar a paz. E com dois emissários romanos que o ajudarão a pleitear nossa causa — diz César.

Fico em silêncio. Ele não quer ouvir minha advertência, mas estou certa de que logo haverá mais duas viúvas em Roma. Apenas digo:

— Você não deve contar a Ptolomeu que essa sugestão foi minha, do contrário ele recusará. Garanta-lhe, em vez disso, que sou contra a ideia, e, então, ele se sentirá tentado a ir. Mas saiba de uma coisa: ele o trairá quando surgir a oportunidade.

César sorri, indulgente.

— Inspiro devoção. Há uma chance de que seu amor por mim baste para que ele defenda nossa proposta de paz.

Olho-o diretamente nos olhos.

— Não há chance alguma de isso acontecer.

✦ ✦ ✦

Claro que ele nos traiu. Como o fluxo e o refluxo das marés, a constância da natureza de meu irmão é, de certa forma, reconfortante. Mandou matar os dois enviados de César assim que chegou ao acampamento inimigo. Seus guardas esfaquearam os romanos tantas vezes que eles sangraram como odres perfurados. O primeiro homem morreu imediatamente, mas eles permitiram que o outro se arrastasse de volta ao palácio, onde sucumbiu em decorrência dos ferimentos, deixando um rastro de sangue por todo o chão e empapando os rejuntes entre os ladrilhos. A mensagem da perfídia de meu irmão foi escrita com punhaladas no corpo do romano. Se César está surpreso com as ações de Ptolomeu, não diz nada. Lamento a morte dos homens, mas eu lhe avisei. Ele me ouviu como Menelau ouviu Cassandra, não acreditando na verdade.

Tento imaginar o reencontro entre meus irmãos, a fingida alegria de Arsínoe com a chegada repentina de Ptolomeu. Somente o eunuco ficaria genuinamente satisfeito em vê-lo. Com a ajuda de Apolodoro, envio meus espiões ao acampamento deles. Voltam com histórias de brigas, mas não de divisão total. Estou frustrada, pois nunca os vi manterem a paz um com o outro por mais de algumas horas. O ódio que sentem por mim os uniu. Apolodoro aconselha paciência até que eu perca a minha.

Nas semanas seguintes, os navios de meu irmão atacam os nossos, causando inconveniência e irritação, mas não desastre, com nenhum dos lados obtendo vitória real. Os navios de Pompeu estão atracados no porto. Não pertencem a ninguém. Seus homens odeiam meu irmão por assassinar seu general, mas também odeiam César, o inimigo mortal. Os navios não fazem nada além de balançar ao sabor da maré. Não retornam a Roma nem entram na luta. Eu os observo da janela alta da torre do palácio enquanto se sacodem ao vento, forçando as amarras conforme os marinheiros festejam e não se declaram a favor de ninguém. A imobilidade dos navios no porto simboliza nossa própria estagnação. Será que estamos paralisados pelo destino, condenados a esperar indefinidamente, sem nada mudar?

A guerra continua em um impasse, mesmo com a mudança de estação. O inverno traz tempestades de areia quentes que atravessam a cidade. Ao contrário de nós, confinados no palácio, a areia é livre, assolando o exército inimigo e as legiões de César. Fechamos todas as portas e persianas do palácio, mas, ainda assim, a areia se infiltra, formando finas pilhas sob cada peitoril, como se o deserto estivesse apenas esperando para reclamar a cidade: ele será o vencedor final, que sobreviverá a todos nós. O palácio e o Portão da Lua são nossos, mas o inimigo ainda controla as outras partes da cidade. O grande porto não pertence a ninguém, e quem o dominar vencerá essa guerra. Observamos seus navios vogando em direção às nossas linhas marítimas, próximos, mas não ao alcance das flechas.

Então, finalmente, algo muda. Notícias chegam; boas e ruins. Apolodoro corre para me encontrar no alto da torre, onde costumo ficar sentada por horas a fio, observando o porto. Charmian está estendida em uma almofada ao meu lado. Apolodoro vem afogueado não só pela corrida, mas também pela excitação.

— Você quer que os marinheiros de Pompeu fiquem de seu lado no conflito. Seu irmão e sua irmã os querem do lado deles.

— Sim, nós todos queremos aqueles navios. E tentei obtê-los. Mas nenhum argumento ou suborno convence os homens de Pompeu. Eles não se importam comigo, de qualquer maneira, mas seu ódio a César é profundo.

— E sua irmã quer conquistar os navios e os homens de Pompeu para seu lado tanto quanto você — continua Apolodoro.

— Claro que sim. Esses cinquenta navios, se passarem para o lado deles, poderão cortar nosso acesso ao mar. Quando as legiões chegarem para nos socorrer, não conseguirão desembarcar — respondo, impaciente. Apolodoro não me conta nada de novo.

— Mas Arsínoe tem um problema. Muito parecido com o seu. Embora os homens de Pompeu não sintam tanto ódio por sua irmã, desprezam seu irmão. Especialmente o eunuco de Ptolomeu, Aquilas.

— Sim. É por isso que estamos presos. Acuados nesse impasse sem fim.

— Ah, mas sua irmã, aranha que é, encontrou uma solução. Arsínoe matou o eunuco. Envenenou-o.

Olho fixamente para Apolodoro.

— E meu irmão está indignado, rosnando, por causa da traição?

— Sim. Há divisões amargas no acampamento, que ferve de ódio.

Meu triunfo é momentâneo. Olho para Apolodoro, entendendo tudo.

— Mas Arsínoe assassinou o eunuco para apaziguar os homens de Pompeu.

— Ou, pelo menos, é o que afirma. Não havia afeto nenhum entre sua irmã e o eunuco. Mas ela certamente disse à tripulação de Pompeu que executou a vingança por eles, em nome de Pompeu.

— Então, aqueles cinquenta navios agora são meus inimigos — reconheço, levantando-me. — Venha. Precisamos avisara César.

Encontro César sentado à mesa em um dos aposentos da suíte real. Paredes e tetos exibem afrescos com cenas do Livro dos Mortos, os olhos dos deuses realçados em ônix, todos parecendo brilhar para mim quando entro. César escuta em silêncio, sem interrupção, enquanto Apolodoro lhe conta as novidades. Faz algumas perguntas e, em seguida, põe-se a refletir.

— Tentarão tomar o porto — diz, após um momento.

— Esta noite — acrescento. — Não esperarão. Atacarão imediatamente.

Meu coração bate forte no peito, mesmo sabendo que esse momento chegaria. Não podemos perder o porto, do contrário os navios de socorro de César, ao chegar, não poderão desembarcar — e, então, o único fim para esse cerco será a morte.

— Precisamos queimar os navios de Pompeu — digo. — Incendiar o porto antes que tentem tomá-lo.

César me estuda por um momento. Vira-se para um escravo:

— Traga os comandantes aqui — ordena.

Enquanto esperamos que eles cheguem, nenhum de nós fala, mas consigo ouvir o zumbido e o estalar de sua mente em alvoroço.

— Depois de queimar os navios no porto, tomarei a ilha de Faros — diz ele, devagar. — Precisamos defender o ponto onde os reforços podem desembarcar.

Concordo com um leve aceno de cabeça. Seu plano exige o dobro dos soldados e dos navios que temos, mas não lhe digo isso em voz alta. Ele sabe do perigo, e não temos escolha.

— Vou com você e comandarei meus navios nessa luta. Tenho poucos em Alexandria, mas, os que tenho, comado — digo.

César ri, mas, ao ver minha expressão, para.

— Não, boa rainha. Uma mulher não tem lugar em meio a uma batalha. Luto em seu nome e pelo Egito.

— Então me juntarei a você. Você não é meu representante.

Ele se cala por um momento, escolhendo as palavras com cuidado.

— Quando o caminho estiver livre para seu exército se juntar ao meu, então comande-o com meus agradecimentos e minhas orações. Não arrisque sua vida em uma batalha para tomar um punhado de navios. Não dou valor tão irrisório à sua vida. E, como Faraó, Rainha das Terras Vermelhas e Negras, você também não deveria dar.

Franzo o cenho e tento pensar em outro motivo para lutar ao lado dele, mas, enquanto reflito, César se vira e se afasta, já concentrado no que nos espera. Fico parada na câmara silenciosa, com os punhos cerrados ao lado do corpo.

Charmian dá um passo à frente, com expressão tensa.

— Não vá — pede ela. — Por favor.

— Não quero que lutem por mim em minha ausência. Não sou covarde.

— Certamente que não, minha rainha. E se César vencer essa luta em seu nome, mas sua alteza morrer no combate? Então, tudo terá sido em vão — raciocina Apolodoro. — Tem apenas alguns navios.

Quando o inimigo descobrir que está aqui, atacará com todo seu poder, e sua alteza ficará exposta.

Estou furiosa, mas sei que eles têm razão. Se César atingir seu objetivo, queimando os navios de Pompeu e tomando a ilha de Faros, mas eu estiver morta, então qual será o propósito? César não teria nenhuma escolha a não ser convidar meu irmão para assumir meu trono. A frustração diante de tamanha impotência lateja em meus ouvidos.

Um silêncio se apossou do palácio, e todas as atividades habituais foram interrompidas. Ainda há soldados para guardar o palácio, mas são uma fração do número habitual. Os demais marcham com César até o porto. Se a batalha for perdida, não restarão homens suficientes para proteger o palácio da turba de meu irmão. Sinto a energia pulsar pela cidade. Todos esperam. Charmian anda de um lado para o outro, roendo as unhas, até que pego sua mão e a puxo para perto de mim. Coloco uma mecha de cabelo atrás de sua pequena orelha em forma de concha e digo:

— Vá imediatamente ao boticário e me traga veneno. Se César morrer e eles tomarem o porto, a morte virá ao meu encontro esta noite. Mas não morrerei nas mãos deles, assassinada e cortada em pedaços. Não lhes darei o prazer de minha morte e morrerei no momento e da maneira que eu escolher.

Charmian pisca e empalidece, mas não tenta discutir comigo. Ela sabe que tenho razão.

— Trarei o veneno, minha rainha. O suficiente para silenciar dois corações. Aonde quer que vá, eu a acompanharei.

Abraço-a e aspiro os jasmins trançados em seus cabelos.

— Se morrermos esta noite, será lado a lado, entre os limoeiros; desceremos silenciosamente para o mundo subterrâneo.

Depois que ela se vai, não me resta mais nada a fazer além de rezar e falar com os deuses, pedir seu favor. Ordeno que todos os sacerdotes realizem um cortejo em sua homenagem pelos jardins do palácio. Os sacerdotes chegam ao anoitecer, com suas vestes de linho branco, empunhando os emblemas adornados com suas estrelas douradas, enquanto os acólitos carregam pequenas palmeiras douradas e varinhas em forma de serpentes. O sumo sacerdote os conduz, segurando uma lamparina brilhante em uma das mãos e, na outra, um vaso de ouro em forma de seio de mulher, de onde jorra leite que cai na terra. Seguindo os sacerdotes vêm as divindades, Anúbis com sua cabeça de chacal e dentes luzidios, pronto para levar mensagens aos mortos. Ele estará ocupado esta noite.

Com as orações continuando lá embaixo, subo para a torre de vigia, o ponto mais alto do palácio, com vista para o porto e para o leste, em direção à ilha de Faros. Meus pés rangem na pedra, e, quando chego ao último andar, vejo que o céu já está rubro de chamas, o porto cheio de navios incendiados, até a água parece queimar. Daqui, não consigo ouvir o barulho da guerra, então assisto a tudo como se fosse um espetáculo inocente, um baile de máscaras encenado por atores da corte para nos divertir, navios de brinquedo afundando em um lago e soldadinhos de chumbo no lugar de homens. Logo, a fumaça é soprada em nossa direção, envolvendo a procissão dos sacerdotes nos jardins lá embaixo, e eu só consigo ouvir o som de seus passos e de seus tambores. Charmian sobe os degraus depressa e fica parada ao meu lado, sem fôlego, deslizando sua mão na minha. Olho para ela e vejo, pendurados em seu pescoço, dois pequenos frascos contendo a morte que, em breve, poderemos buscar.

Assistimos a tudo juntas, enquanto o mar arde em chamas. Minha boca fica amarga de medo enquanto observo. Bem abaixo, marinheiros se afogam e sangram. Não posso fazer nada além de orar pela passagem segura de suas almas. Apolodoro sobe apressadamente as escadas até a torre, seguido de um mensageiro ofegante. O homem se posta diante de mim, sem fôlego e suado.

— Fale rápido — ordeno. — Suas notícias ficam velhas a cada segundo que passa.

Ele engole em seco e limpa a sujeira do rosto.

— Fale — repito, impaciente.

— César queimou os navios de Pompeu, mas foi forçado a incendiar grande parte da própria frota para impedir que caísse em mãos inimigas.

Nem tudo está perdido. Não conseguimos tomar Faros, mas, ainda assim, desferimos um golpe no inimigo. Absorvo a notícia.

— Então ele voltará para nós agora?

— Não. Pediu para lhe comunicar que, com os navios restantes, tentará chegar a Faros.

Balanço a cabeça. Não sei se César é corajoso ou louco. Não se contenta com sua pequena vitória e aposta em uma maior, contra todas as probabilidades.

— É possível que ele tome Faros — digo, virando-me para Apolodoro e Charmian, desejando que isso seja verdade.

— Claro que é possível, pois é César quem vai tentar — confirma Apolodoro.

Sinto o gosto do medo na boca.

— Pague o escravo em ouro pelas notícias — peço a Charmian, voltando a observar o porto.

O mensageiro desce as escadas correndo para retornar à batalha e obter mais informações. Apolodoro permanece comigo e com Charmian, e nós três esperamos e observamos juntos, em silêncio, tentando encontrar significado no torvelinho de fumaça e navios lá embaixo. Rodopiamos como flocos de cinzas ao vento, sem saber nada, à deriva nas correntes do destino.

Odeio não fazer parte dessa luta e ficar aqui esperando para viver ou morrer. Juro a mim mesma que, caso sobreviva, participarei da próxima batalha. Não sou apenas uma mulher; sou também uma rainha. Não deixarei César me dar ordens novamente.

Meus olhos lacrimejam por causa da fumaça. Mesmo aqui em cima o ar é denso. A ilha de Faros está escondida pela fumaça, e quase não se vê a luz do farol. E, ainda assim, há uma luminosidade estranha lançada sobre a cidade por causa dos incêndios, poças vermelhas brilhantes que piscam através da névoa da fumaça. Minha cidade queima. Coloco meu xale em volta dos ombros enquanto o vento levanta meu cabelo. O vento do deserto, quente como a respiração e seco como as dunas.

— O fogo está se espalhando — digo baixinho.

As chamas certamente irromperão pelas construções de madeira que margeiam o porto. Só posso esperar que não subam até o palácio e consumam o restante da cidade. A maior parte das construções em Alexandria é de alvenaria, para evitar esse desastre, mas os armazéns mais antigos ao redor das docas ainda são de madeira, secos como gravetos e roídos pelo apodrecimento e por cupins. Estão abarrotados de mercadorias, cereais e sedas. Mordendo os lábios, penso na meia dúzia de construções repletas de pergaminhos que não puderam ser guardados na biblioteca do Museu, por falta de espaço. Murmuro uma prece: que sejam poupados — os cereais podem ser semeados e cultivados de novo, novas sedas podem ser tecidas. Mas os autores dos textos se foram há muito tempo, seus pensamentos se esfumaram, sobrevivendo apenas nas palavras rabiscadas nesses pergaminhos. Os textos contêm centenas de anos de conhecimentos e segredos; se forem consumidos pelas chamas, as ideias também desaparecerão.

Tento lembrar precisamente quais obras estão ali. Mas não sei, e isso me assusta. Não posso sequer calcular as riquezas que perderemos. Não as obras de Platão, Aristóteles ou Homero, mas tesouros espalhados por mãos desconhecidas e não menos valiosos por serem menos renomados. Talvez um novo Platão esteja escondido ali, ainda aguardando ser descoberto, e agora desaparecerá antes de ser lido. Olho para baixo, na direção do enorme edifício do Museu e da Biblioteca, ambos ainda visíveis através da fumaça. A grande biblioteca queimará um dia também? Sempre acreditei que suas ideias perdurariam para sempre, que os pergaminhos seriam transcritos repetidamente de uma geração de estudiosos para outra, que as traças e o tempo seriam derrotados. Mas esse pensamento agora parece frágil como a penugem do cardo.

O que sobrevive à nossa morte são nossas ideias. Transpostas em arte, palavras e pedra, são um pedaço de nós que permanece. Mas e se elas desaparecerem em uma única noite, devoradas pelas chamas? O que dizer, então, da imortalidade? O céu está vermelho, e a fumaça extingue as estrelas. Prometeu anda entre nós; ele nos deu o grande presente com uma das mãos e o retoma com a outra.

Viro-me para Apolodoro.

— Mande metade dos soldados que guardam o palácio para o cais. Não devem se juntar à luta, mas apagar as chamas. Que salvem os depósitos da biblioteca. Que recuperem os pergaminhos e encharquem com água do mar todas as construções ainda ilesas.

Apolodoro me encara, consternado.

— Minha rainha, não há soldados suficientes aqui.

— Não. São muito poucos. Se os homens de meu irmão abrirem caminho do porto até o palácio, estaremos mortos de qualquer maneira.

— Mas, minha rainha e faraó...

— Faça o que digo — repito. — É uma ordem, não uma discussão.

Ele se curva e sai, apressado.

O próximo mensageiro chega, mas não sei a que horas, pois não há relógio de água aqui na torre, e as estrelas estão encobertas. Ele se aproxima, com o rosto enegrecido de fuligem e banhado de suor. O sangue de um ferimento escorre pela sua face. Inclina a cabeça e não fala por um momento, enquanto segura um fardo de trapos nos braços.

— Fale — ordeno, exasperada.

Ele se ajoelha.

— Minha rainha, nossos soldados viram o grande César saltar na água perto da ilha de Faros. Sua própria galé foi afundada, e ele teve que nadar passando pelas linhas inimigas. É impossível que tenha sobrevivido.

— É impossível? Ele é César — contesto, tentando parecer resoluta, mas minha voz falha.

O mensageiro me estende um pano encharcado. Recuo, enojada, e não o pego, mas ele o coloca em minhas mãos — e, olhando aquela massa molhada, percebo que é o manto púrpura de César embebido de água e sangue.

— Atacaram-no com pedras e flechas, pois seu manto púrpura o tornava um bom alvo. E algum tempo depois esse manto foi retirado das águas.

Viro-me para Charmian, ainda segurando a veste molhada em minhas mãos.

— Então é verdade. Ele está morto.

Não tenho tempo para lamentar sua morte, embora sinta um aperto no coração. Se César estiver morto, os inimigos virão atrás de nós. Minha morte não ocorrerá muito depois da de César. Olho para Charmian.

— Paguem o homem por suas palavras. Deem-lhe ouro, pois ele nos trouxe notícias de César, e é em ouro que o nome de César deve ser pago.

Depois que o mensageiro sai, de volta à batalha — embora eu não saiba para quê —, desço da torre e caminho lentamente em direção ao bosque de limoeiros. Ouço Charmian atrás de mim, correndo para me alcançar, e me viro para ela.

— Não precisa ficar comigo. Não neste momento — digo. — Pode tentar fugir com Apolodoro. Por você, ele irá.

Ela sacode a cabeça.

— Não há escolha, não para nós.

Suspiro, pois é verdade. Nossos inimigos sabem que ela é minha e, quando a encontrarem, vão matá-la também. É melhor que Charmian venha comigo e escolha uma morte fácil. Enquanto caminhamos em meio à poeira e à fumaça, ela soluça silenciosamente, com os ombros tremendo e os olhos marejados de lágrimas, dois canais translúcidos atravessando seu rosto coberto de fuligem. Não dizemos nada, pois não há mais nada a dizer.

Escolho o local onde o arvoredo é mais denso, o lugar onde costumávamos nos sentar quando crianças, pondo nossos escorpiões a apostar corrida ou brincando com ossinhos. Assustada, não me sinto pronta para a morte. Vai doer? Há muitas coisas mais que quero realizar, que quero ser. Tenho sede de vida e estou tomada de indignação por ser coagida a me entregar, a contragosto, aos deuses da morte, a quem ofereci tantos sacrifícios. Eles me libertaram, mas agora estão me chamando de novo. Fui enganada.

A neve começa a cair em flocos grossos. Eu nunca tinha visto neve antes. Mas, quando pego um floco, percebo que não é neve, mas cinzas. Alguns flocos são grandes, coloco um na palma da mão. É um pedacinho de papiro. As palavras se enrolam, e eu as observo se desintegrando em pó na minha mão, as letras se dissolvendo em nada antes que eu possa decifrar uma única palavra. Então é isso o que está por vir? A fragilidade das palavras e das histórias que elas formam me assusta. Mesmo que eu morra esta noite, quero que minha história — por mais curta que seja — e a do Egito perdurem. A biblioteca precisa sobreviver, para sempre. Sem ela, os últimos resquícios de mim e de minha história desaparecerão em espirais de poeira, perdidos na areia.

Meu coração bate no mesmo ritmo dos sacerdotes que tamborilam do outro lado do jardim. Charmian tira os frascos do pescoço e coloca um em minha mão. É perfeitamente translúcido, puro como água; nada nele sugere o veneno que contém. Espero que a morte por ele prometida seja tão imaculada quanto o líquido. Abro a tampa e levo o frasco aos lábios, mas Charmian segura minha mão.

— Ainda não, por favor — implora ela. — Espere que venham nos buscar. Temos tempo.

— Tempo para quê? — pergunto.

— Para um beijo. Uma canção.

Beijamo-nos, e ela tenta cantar uma música, mas sua voz falha de medo e de tristeza, então sou eu que canto — a canção de ninar que nossa ama costumava entoar quando éramos bebês. Charmian e eu nascemos quase na mesma hora; é justo que morramos na mesma hora, em nosso lugar, sob os limoeiros. Canto a canção de ninar duas vezes. Não posso cantar para sempre, tenho de fazer o que precisa ser feito. Quando termino a canção pela segunda vez, erguemos os frascos em direção aos lábios, prontas para apressar as asas negras da morte; mas, antes que possamos beber, ouço uma explosão de gritos. Meu coração dispara. Eles já estão aqui para nos matar? Charmian treme de medo e se agarra a mim.

— Vamos, beba! — encorajo-a.

E, então, percebo que a voz é de Apolodoro. Hesitamos, com os frascos destampados, prontos.

— Espere, minha rainha, não beba! — pede Charmian.

Mais gritos, e o som de muitas pessoas entrando no bosque.

— Este é o lugar para onde elas sempre vêm — diz Apolodoro.

Ouvimos o estalar de galhos sendo afastados, passos sobre as folhas caídas. Por que ele os está trazendo até nós?

— Deixem-me passar!

Conheço essa voz. César. Ele entra no bosque de limoeiros, onde estamos, e vem sentar-se no chão ao nosso lado. Está molhado, ferido e sangrando. Olho para ele, maravilhada.

— Você caiu na água. Está morto — balbucio.

— Estou diante de seus olhos — replica ele. Tem um corte no rosto, um olho inchado e fechado, mas sorri. — César é difícil de matar.

Meus ouvidos latejam, o alvoroço de meu próprio coração.

Eu o abraço, apertando-o com força, e ele me segura firme, surpreso e satisfeito com o calor de minha resposta. Não quero largá-lo, para que ele não desapareça como as cinzas flutuantes ao nosso redor.

César sorri ao ver minha expressão de alívio, e ainda estou chocada demais para ficar feliz. Ele passa o polegar pela minha face. Seguro sua mão ali, beijo-a, e ele olha para mim, ambos surpresos pela força de meu afeto, uma brisa suave que se transformou em rajada constante sem que eu percebesse.

— Tirei meu manto e consegui nadar por certa distância até um bote. Subi a bordo — conta ele, como se estivesse um pouco perplexo com a audácia da própria fuga.

— E a ilha de Faros? — pergunto.

— É nossa. Sua. Vencemos. Por enquanto.

Beijo-o.

— E os armazéns da biblioteca?

Apolodoro dá um passo à frente.

— A maioria deles queimou. Chegamos tarde demais. Mas salvamos um.

Ele estende um maço para mim. Baixo os olhos e vejo que me passou um pacote de papéis ligeiramente encharcados, carimbados com o selo da grande biblioteca.

— Os homens de César nos ajudaram a salvar o que pudéssemos — diz ele.

César passa a mão na testa, manchando-a de preto.

— Quando vi Apolodoro tentando salvar os armazéns da biblioteca, ordenei aos meus homens que parassem de saquear e o ajudassem. Só lamento não termos conseguido salvar mais.

César é um soldado brutal, mas capaz de entender o valor das palavras e o que elas significam para mim. Esse é um presente de conhecimento por si só, mas também revela que ele me compreende. Beijo-o. Ele sorri, surpreso com meu carinho.

✦ ✦ ✦

O inimigo está ferido, mas ainda não derrotado. Bate em retirada, enfurecido, para a orla da cidade e o deserto ao longe. Precisamos acabar com ele, mas nos faltam forças para o golpe final. Os dias passam como nuvens em movimento. Sentada na torre, olho para a extensão das águas, acetinadas e com saliências azuis e brancas. As ondas estão altas, mas há somente uma brisa leve. Eu me levanto e vou até a borda do parapeito, inclinando-me sobre ela o máximo que posso, protegendo os olhos do sol. As saliências brancas não são espumas ou cristas, mas velas.

— A frota romana chegou! — anuncio.

Meus gritos são ouvidos lá embaixo, a notícia é passada de boca em boca, até que o palácio inteiro vibra com ela. Em menos de uma hora, todas as ruas de Alexandria ficam apinhadas de legionários, e o ar ressoa com o latim em vez do grego, mais ruidoso que o coro do amanhecer. Depois de meses em menor número, agora temos muito mais homens que o inimigo, mais bem armados e treinados. À noite, observo a luz do farol cruzar o porto, iluminando as velas de centenas de galeras semelhantes a gaivotas de asas brancas.

Por fim, dou a ordem que esperei meses para dar: que meu exército se junte ao de César. Meus homens ficaram presos fora da cidade por muito tempo e, ainda assim, permaneceram leais a mim, esperando, certos de que a ordem para lutar chegaria. Observo-os fluindo para a cidade, enchendo as ruas estreitas. Em menor número, os soldados de meu irmão fogem, evacuando a cidade e desaparecendo no deserto, para se reagrupar ali, sob o comando dele e de Arsínoe.

Ordeno que suprimentos sejam trazidos do porto para o palácio. Tudo que não conseguia chegar até nós durante meses: cereais, frutas, linho, sedas coloridas, vinho, azeitonas, óleos, perfumes, cerveja, peixe salgado, madeiras raras e pigmentos. Organizo um banquete, mas, enquanto a corte se empanturra, bebe e vomita na alegria e no excesso, César e eu conversamos, comendo apenas pão e frutas e bebendo taças de vinho adocicado.

— Meu irmão e minha irmã fugiram com seus navios e exércitos. Mas precisamos persegui-los. E acabar com isso — digo.

— Preparei todos os navios. Amanhã, zarpamos.

— Ótimo. E desta vez vou com você.

Ele abre a boca como se fosse protestar, mas, sabiamente, não diz nada.

Meu irmão e minha irmã estão acampados perto de Pelúsio. Os soldados assumiram o controle das aldeias vizinhas, fortificando-as, enquanto os navios que restaram de sua frota estão atracados no Nilo, a poucos quilômetros de distância. Navegamos para encontrá-los. O rio está calmo e largo, as garças pescam, e o vento agita os juncos. Acima, milhafres se deixam levar pelas lufadas de ar quente. A paz quase me engana quanto ao que nos espera além da curva do rio. César e eu nos recostamos em almofadas de seda, observando as margens. Poderia ser quase um cruzeiro de prazer, não fosse a discussão sobre a batalha e nossas táticas. Decidimos encontrá-los em terra, pois eles esperam uma batalha naval.

Pelo restante do dia, nos preparamos para o ataque. Durante a noite inteira, reunimos os homens. Temos milhares de soldados, todos ansiosos pela guerra. Na outra extremidade do barco, vejo Charmian andando de um lado para o outro, inquieta e ansiosa. Fico feliz com seu nervosismo e medo, pois é como se ela absorvesse os meus, então posso ficar calma enquanto debato com César a melhor maneira de atacar. Conversamos por horas, discutindo táticas, até que finalmente chegamos a um consenso. Tomaremos o acampamento inimigo pouco antes do amanhecer.

César olha para mim.

— Liderarei os homens na batalha. Você esperará aqui com a frota.

— Havíamos combinado. Esta é a *minha* guerra — respondo.

— E por isso está aqui. Precisamos de você no comando da frota. Se formos empurrados de volta para o rio, deve estar esperando com pelo menos mil homens e nossos navios, prontos para a ação. Caso necessário, termine a batalha no rio. Você conhece bem essas águas.

Sim. Conheço-as melhor que César. Concordo.

Ainda faltam algumas horas para o amanhecer, e estou suada e zonza. Charmian me dá água de rosas fria e me aplica um cataplasma de ervas. Agradeço-lhe, bebo a água e depois vomito. César aparece na porta de nossa tenda.

— Você está assustada — diz ele. Sua voz é gentil, mas percebo nela uma nota de decepção. Ele esperava mais de mim, apenas para descobrir que, afinal, sou feminina.

— Não estou com medo — replico em tom ríspido. Isso é apenas meia mentira. Estou com medo porque não sou tola, mas não foi o medo que me deixou doente.

Ele olha para mim de novo, mais de perto, começando a entender.

— Não é medo em minha barriga — digo baixinho. — É outra coisa.

Então, César sorri, um sorriso largo e infantil.

— Foi o que a vidente previu. Essa criança vive. Então, certamente venceremos.

Sorrio de volta, aparentando mais confiança do que na verdade sinto. A vidente disse que a criança viveria mais que César. Então, talvez ele morra amanhã.

✦ ✦ ✦

Um estreito afluente corre entre o local onde nossos navios estão atracados e a estrada que César pretende percorrer para chegar ao acampamento inimigo. Envio Apolodoro com César e os exércitos, instruindo-o a retornar com notícias.

— Proíbo-o de morrer. Você não tem minha permissão — digo-lhe.

— Não, minha rainha. Eu não ousaria.

Charmian e eu esperamos. O sol nasce, um prato dourado e polido girando contra o azul. Os pássaros circulam e, de vez em quando, mergulham para pegar um peixe. Um chacal agita os juncos. Não ouvimos nada. Apenas o vento e os mosquitos. O sol começa a descer novamente. As cigarras cantam. A luz começa a desaparecer. Charmian se levanta apressadamente.

— Lá!

Estreitando os olhos, vejo a figura de Apolodoro na margem. Os minutos que ele leva para trazer seu bote até nós duram uma eternidade.

— Fale! — ordeno, assim que ele sobe ao convés.

Apolodoro está enegrecido de lama e suor, sua respiração é entrecortada.

— César atacou ao amanhecer. A cavalaria avançou pela água, mas as margens são íngremes, muito mais do que havíamos imaginado, e os cavalos estavam lentos para subir; alguns até escorregaram e caíram. Então, uma saraivada de flechas caiu sobre eles. O rio se tornou vermelho com o sangue. Os vivos pisoteavam os mortos. Mas logo avistamos um aglomerado de árvores que os legionários cortaram e usaram para construir uma ponte entre as margens. Conseguimos atravessar mais rápido e de uma só vez. Assim que o inimigo nos viu chegando em tal número, recuou em direção à aldeia.

Fico em silêncio por um momento, imaginando a cena. A fumaça, os gritos e a água fervendo com sangue. Pelas próximas semanas, as margens ficarão repletas de mortos, de boca aberta, inchados e eviscerados, chafurdados na lama como peixes.

— E depois?

— César lançou um ataque total contra as aldeias, tomando seus fortes. O inimigo estava em menor número e logo abandonou as muralhas.

— E meu irmão e minha irmã?

— Ela fugiu. Não sei para onde. Ele correu a abrigar-se em seus navios e tem consigo uma companhia. Tomei uma dianteira, mas ignoro até que ponto.

— Estamos prontos para eles — afirmo, resoluta.

Meus navios se prepararam para a batalha. Não sei quantos barcos virão com meu irmão. Navegarão ao longo do afluente que deságua no Nilo, tentando alcançar sua frota a jusante. O afluente é raso, e só pequenos barcos conseguem percorrê-lo. Apenas alguns desses barcos poderão segui-lo, ele está mal protegido e certamente advinha que o esperamos com nossos navios maiores e em maior número, e com nossos arcos prontos. Sua causa é desesperadora, sem esperança, e Ptolomeu deve saber disso. Quase sinto pena dele.

Nosso navio permanece nas águas mais profundas do centro do Nilo, mas observamos a foz do afluente, esperando como um gato com a pata posicionada fora da toca do rato. Terminarei tudo antes que César retorne. Meu coração dispara de ansiedade. Está quase escuro. Ptolomeu tentará se esconder sob o cobertor da noite. Ordeno que todas as tochas sejam acesas e que os sacerdotes ofereçam sacrifícios para que as nuvens se afastem da lua. O ar está repleto do som de suas vozes elevadas aos deuses e do cheiro de carne queimada. A fumaça sobe em espiral em direção às nuvens, que lentamente se abrem, como cortinas, para revelar o olho brilhante da lua. Ela pisca na superfície do Nilo.

E, então, vejo um pequeno barco descendo o riacho. Está lotado de homens. À luz da lua, noto o brilho de uma armadura dourada. Ptolomeu.

Agora sei como acabar com isso.

Meus arqueiros erguem seus arcos.

— Não — detenho-os. — Não atirem. Cheguem perto.

— Sim, minha rainha.

Nós os perseguimos. É tarefa de alguns minutos. Encaro meu irmão. Sua armadura brilha como um relâmpago dourado à luz da tocha. Estamos quase lado a lado.

— Ordene que vinte homens nadem até o bote e subam a bordo.

Observo do convés enquanto vinte escravos nadam com braçadas tranquilas até o barco de meu irmão. Ele e seus homens percebem, tarde demais, o que está acontecendo. À medida que os nadadores sobem no bote de amurada baixa, ele afunda ainda mais e começa a inundar com a água, adernando. Os homens pulam no rio. Gritam e nadam. Meu irmão se agarra na lateral do barco, rastejando até a última parte que flutua. Se grita, não consigo ouvi-lo. Sua armadura dourada é mais brilhante que as estrelas. Vejo-o debater-se, agarrado à amurada, mas o barco desaparece na corrente, e ele também. Afunda imediatamente. Não ressurge. Sei que não conseguirá, sua armadura é pesada demais. Será como um dardo voando em direção ao leito, onde baterá na lama e ali ficará sepultado. Seus homens mergulham cada vez mais fundo, tentando salvá-lo, mas voltam de mãos vazias, cuspindo água. Ptolomeu está pesado demais para ser trazido à superfície. Sua armadura o ancora no leito do rio. Eu o imagino sob a água, o rei do rio dourado. Ele já navega por outro rio, mais negro e mais frio, em direção a Osíris e Anúbis.

Quando César volta ao amanhecer, sangrento e triunfante, mando dragar o rio.

— Para quê? — pergunta ele. — Mil homens o viram afogar-se. Que os peixes devorem seu cadáver.

— Não devemos permitir que as pessoas comecem a pensar nele como um Osíris. O corpo do deus foi lançado ao rio e depois ressuscitou, sua alma nutrida pela lama do Nilo. Precisamos do cadáver de Ptolomeu, inchado e decomposto.

Dragaram por horas. Finalmente, o puxam para cima. Sua armadura de ouro está embaciada de manchas marrons, uma moeda de ouro atolada em fezes.

O cadáver jaz na margem, começando a enrijecer. Algo perturba meu triunfo feliz, mas não chega a ser forte como uma tristeza. Talvez arrependimento. Sua morte significa paz. Como o sol e a lua, nunca houve lugar para nós dois no céu. Agora ele se embrenhou na noite. E, no entanto, não sinto mais nenhum prazer com sua morte, e a maneira como ele lutou pela vida me comove. Vejo-o se afogando no fundo do rio em sua armadura brilhante, nas profundezas das águas. Seus eunucos morreram com ele. Todos aqueles que amavam meu irmão se foram. Ptolomeu deixou o mundo sem ser lamentado por ninguém.

Deito-me sob um dossel na barcaça real, ouvindo o coaxar dos sapos e o barulho dos remos. Os pássaros descrevem padrões no azul ininterrupto do céu. Estou pegajosa e inchada de calor, uma sensação estranha me incomoda. Acho que isso é felicidade. Agarro-me a ela, pois não durará muito, e seguro-a em minhas mãos como gelo, deliciando-me com a sensação antes que ele derreta. Vesti um traje branco brilhante, decorado com seda amarelo-açafrão e bordado com flores e frutas. Estou sonolenta, mas ainda não consigo dormir, embora seja embalada cada vez mais pelo bater constante da água contra o casco. César passa os dedos pelos meus cabelos, puxa minhas tranças e se inclina para me beijar. Quero ficar aqui, presa a esse momento. Ele coloca meu manto de seda preta em volta de meus ombros. É franjado e entretecido de fios de ouro e prata que desenham a lua e as estrelas.

— Você não pode ficar com frio — diz ele, atencioso como uma babá.

Rio.

— Frio? Estou embriagada de calor.

Ele se deita ao meu lado, e permanecemos imóveis, protegidos pela sombra do dossel de seda com bordados de serpentes enrodilhadas, nossas mãos quase se tocando. Nenhum de nós fala, e percebo que é reconfortante ficar estendida em silêncio ao lado de um homem por quem nutro, se não amor, a mais terna afeição. Já não preciso seduzi-lo nem encenar, pois ele está em minhas mãos. Pelo menos hoje — e amanhã também —, César me pertence. Ele me devolveu meu reino. Seu dedo percorre meu braço. Estremeço e sorrio. A expressão de César fica sombria por um momento.

— Sua irmã foi capturada. Vamos levá-la para Roma. Participará do triunfo antes que seja...

— Silêncio — peço-lhe, selando seus lábios com meus dedos.

Não suporto ouvir o nome de Arsínoe. Sua traição dói em meu peito. É uma golfada de ácido subindo para minha garganta. Tenho uma carta dela na bolsa, pendurada no pescoço, pedindo perdão, implorando para voltar à minha corte, ao meu afeto. É uma carta cheia de amor e de mentiras. Não respondi.

César pousa as mãos na minha barriga. Sei que é apenas um eco de amor o que tenho por ele, pois não afeta o que sinto por esse pequeno segredo, esse segredo tão pequeno quanto uma folha em meu ventre. Preciso sobreviver agora, não mais por mim ou mesmo pelo

Egito, mas por meu filho. Olho para o lado da barcaça onde Charmian está, Apolodoro atrás dela, com o queixo apoiado no topo de sua cabeça. Ela sorri para mim. Quando César retornar a Roma em uma ou duas semanas, ela e Apolodoro ficarão. Somos uma espécie de família — não como minha família de sangue, em que conspiramos uns contra os outros por poder e morte, mas uma família criada com base na amizade e no amor. Eles farão qualquer coisa para proteger a mim e ao meu filho.

16

SERVÍLIA

César esteve fora de Roma por mais de dois anos. O silêncio foi tão longo, tão absoluto, que parecia uma pequena morte. E eu sabia que ele não voltaria para mim no primeiro momento possível. Depois que a guerra no Egito foi vencida, ele permaneceu no Oriente com Cleópatra, descendo o Nilo em sua barcaça dourada para ver crocodilos e pirâmides de antigos reis, se os rumores forem verdadeiros. A distância entre nós se afilou e se esticou como lã no fuso. Talvez ele tenha ficado com Cleópatra por razões políticas, para cimentar uma aliança. Mas, pela primeira vez, concordei com os mexericos: não foi a política que o fez permanecer ao lado de Cleópatra, mas a própria rainha. Decidi que não perguntaria diretamente a ele se aquilo era verdade, tampouco indagaria o motivo pelo qual não se apressou a voltar para mim. Temia não ficar feliz com a verdade. Ele sempre teve a capacidade de abrigar mais de uma mulher em seu coração ao mesmo tempo.

Então, finalmente, César retornou a Roma — e sozinho, deixando a rainha egípcia para trás. Na tarde de seu retorno, o sol clareou como manteiga. Agora eu morava em uma propriedade às margens do Tibre, cercada de vinhedos. Estava nervosa com a perspectiva de vê-lo, e a excitação aquecia o sangue em minhas veias. Caminhei até os jardins da área inferior, fingindo calma. Eu o vi antes que ele me visse e o observei sentado em um banco baixo, diante de um tanque com água corrente. Ele parecia mais velho, mais magro. Seu cabelo estava completamente branco, como a penugem de um dente-de-leão. E, então, ele me viu e se levantou de imediato, vindo ao meu encontro com os braços abertos. Parei, hesitante, mantendo uma pequena distância.

— Senti sua falta — disse ele.

Procurei por algum sinal de dissimulação em seu rosto, mas não encontrei nada. Ele parecia apenas cansado. Muito diferente do jovem que amei no início. Permaneci calada. César ficara ausente por muito tempo, e na cama de uma rainha. Precisávamos encontrar o caminho de volta um para o outro. Percebendo minha reserva, ele deu um passo em minha direção e me olhou fixamente.

— Você é o amor que escolhi, Servília. Não, não escolhi. Isso não é verdade. Não tenho escolha senão amá-la.

Olhei para ele e senti algo se dilatar dentro do meu peito. Continuei em silêncio.

— Por favor, sente-se comigo.

Suspirando, sentei-me ao lado dele. Diante de nós, as águas verdes espumavam e rugiam. Um martim-pescador mergulhava junto à margem, com a luz faiscando em suas asas douradas e iridescentes. César segurava uma caixa no colo com tanta força que as pontas de seus dedos estavam brancas. Abriu-a e mostrou a maior e mais lisa pérola que eu já tinha visto, como se tivesse capturado a lua cheia, escondendo-a naquele escrínio, pálida e brilhante. Era uma joia pertencente aos céus, não à terra.

César pigarreou e começou a falar. Havia ensaiado seu discurso, mas, para minha surpresa, o grande e imperturbável senador parecia nervoso.

— Servília, as marés vêm e vão, mas você permanece, tão eterna e infinita quanto as areias. Nunca me cansei de você ou de amá-la. Esta pérola não é suficiente. Não para você, merecedora do que pertence aos deuses, mas é a melhor oferenda que um mortal pode dar.

Deixei que ele colocasse a pérola na palma de minha mão. Era grande e redonda como um ovo de galinha, a superfície lisa e de um branco luminoso.

— Sempre foi você, Servília — disse ele, em tom suave.

Nunca usaria tal joia, não era meu estilo. Sou simples no gosto e na maneira de me vestir, raramente usando joias ou adereços de qualquer tipo. No entanto, aquele presente diria a toda a Roma o que eu era para César. Até sua esposa deveria saber. E Cleópatra. A pérola em si ficaria escondida em meu quarto, sem ser vista por ninguém. Para o restante do mundo, era símbolo de meu poder e de meu domínio sobre César. Mas eu compreendia o que a pérola realmente significava: o amor, mas também o medo de César. Ele não suportava ficar sem mim. Amava-me, não mais que tudo, mas quase. Aceitei seu amor com sua pérola. Decidi acreditar nele e aceitar o que pudesse me dar de si mesmo. Que escolha eu tinha? Eu o amava.

✦ ✦ ✦

Eu o tive só para mim por mais de um ano. Embora, mesmo antes da chegada de Cleópatra, a presença dela ainda nos incomodasse. Ouvi dizer que a rainha dera à luz um menino chamado Cesário, filho de César. Perguntei-lhe se o menino era seu, e ele respondeu apenas:

— O menino é de Cleópatra. Não é romano. Mas gosto de seu nome.

Entendi que, com essas palavras, César reconhecia o bebê como filho. Àquela altura, ele já havia se casado três vezes e tivera apenas uma filha, Júlia, hoje falecida. Sua terceira esposa, Calpúrnia, nunca engravidou, e era improvável que o conseguisse. Acabei por aceitar Calpúrnia. Muitas vezes, para minha surpresa, senti pena dela. Não me casei novamente depois que meu segundo marido, Silano, morreu. Fiquei magoada quando César não me escolheu e preferiu Calpúrnia, mas eu estava com 42 anos quando da morte de Silano após uma longa doença, e não havia mais certeza de que eu poderia ter filhos com um novo marido.

Quando se casou com César, Calpúrnia era uma jovem adolescente, pequena e parecida com um pássaro, com olhos negros de tordo e uma penugem fina cobrindo os braços magros. Era piedosa e séria, e, quando eu visitava o templo, ela quase sempre estava lá, em profunda oração. Acho que jamais a vi rir. Embora César tivesse se casado com ela na esperança de ter filhos, não tiveram nenhum. Talvez fosse essa a razão das visitas de Calpúrnia ao templo: ia implorar aos deuses que amadurecessem seu ventre. Apesar de sua devoção e de suas oferendas, os deuses não a ouviram. Houve em Roma, devo admitir, murmúrios de que César poderia muito bem ter se casado comigo por amor, em vez de com Calpúrnia pela juventude. Eu os escutava, não sem certa satisfação, mas não queria mais ser esposa dele, nem de ninguém.

Fiquei pensando em como César se sentia em relação a seu único filho, que era não apenas um bastardo, mas um estrangeiro. Estava sempre me lembrando desse menino. Às vezes, vinha-me o desejo de ter um filho com César. Mas, no curso de uma longa existência, essa é uma tristeza menor — a incômoda dor de uma pedrinha na sandália, tanto mais que eu vivia ocupada com meus filhos e netos.

Por enquanto, Cleópatra permanece no Egito cuidando de seu bebê e de sua corte. As novas mães são vulneráveis, e, quando também são rainhas, esse perigo se multiplica como gafanhotos em uma plantação de trigo, motivo pelo qual não fiquei surpresa com sua permanência em Alexandria. Embora estivesse curiosa sobre ela e o menino, preferi ficar curiosa de longe — com um mar entre nós. Disse a mim mesma que não havia razão para a rainha egípcia viajar até Roma. Pouco depois, ouvi dizer que ela tinha se casado com o irmão mais novo, uma criança de cerca de 10 anos, seguindo as tradições peculiares e desagradáveis dos egípcios e dos Ptolomeus. Quase senti pena de Cleópatra. Não podia imaginar uma mulher, rainha ou não, esperando para se casar com o irmão. Eu não havia procurado mudar minha condição de viúva. Observava minha amiga Clódia e sua liberdade na viuvez. Meu dinheiro era meu, e eu gostava disso. E, no que me dizia respeito, não sentia necessidade ou desejo de um marido: tinha filhos — duas filhas e um filho — e César. Fora meus filhos, não precisava agradar a ninguém além de mim mesma. Meu irmão, Catão, morrera, e, embora eu lamentasse sua perda, fora também um alívio. A uma distância segura, em Roma, permiti-me sentir pena de Cleópatra.

Então, os rumores começaram: Cleópatra viria ao encontro de César. E, logo, só se falava de sua chegada a Roma. Apesar de sermos uma república, as pessoas ficaram fascinadas com a chegada da rainha egípcia. Vibravam de desaprovação. Senti que todos me observavam em busca de sinais de ciúmes. Por mais de duas décadas, César e eu resistimos, apesar de nossos cinco casamentos, das inúmeras amantes estrangeiras e do desfile constante de matronas romanas e esposas de senadores. Nunca me interessei por essas outras mulheres, mas aprendi a aceitá-las, pois seu relacionamento com ele não tinha influência sobre o dele comigo. César não mentia para mim nem tentava ocultar a existência dessas amantes. Tudo era facilitado entre nós pela familiaridade e pelo afeto, mas havia também certa estranheza mútua. César desejava e conquistava muitas mulheres, pois não conseguia ver um prato apetitoso sem experimentá-lo. No começo, eu o vigiava, perguntando-me se ele era com elas o mesmo que comigo. Mas, com o passar dos anos e com as mulheres continuando a passar pela sua cama, onde não ficavam mais que um ou dois anos, entendi que eu era a única constante. Roma não se escandalizava mais com nosso relacionamento.

Mas a chegada da rainha egípcia fez as línguas se agitarem novamente com grande excitação. Todos se perguntavam como eu lidaria com essa rival repentina, com essa rainha exótica e requintada, da mesma idade de minha filha. Suportei isso exteriormente com coragem, reclamando apenas com minha amiga Clódia desse aborrecimento. Aos 50 anos, esperava estar fora do alcance de línguas obscenas. Mas, infelizmente, minha idade e viuvez foram que pareceram provocar e apimentar os mexericos. Era eu, não Calpúrnia, que aos olhos de Roma ficaria enlouquecida de ciúmes. Ninguém parecia se preocupar com o que ela pudesse sentir. Talvez a esposa esteja mais segura quando surge uma nova amante que quando a antiga reaparece. Principalmente se ela própria está, se não velha, um pouco distante da flor da juventude.

Naquele breve ano após o retorno de César, minha vida foi um abrigo seguro, longe das tempestades que continuamente varriam Roma. Eu deveria saber que nada dura para sempre. Calma e prazer jamais são permanentes, são sempre uma pausa. Alguns períodos de tranquilidade duram mais que outros, mas a roda continua girando. E foi a chegada de Cleópatra que a fez girar incessantemente, atordoando a todos nós.

Ofereci um jantar logo após a chegada de Cleópatra à cidade. Era para as matronas de Roma, minhas amigas mais próximas; convidei apenas as esposas, pedindo-lhes que deixassem os maridos em casa. Minhas festas eram famosas. Muitas vezes, eu as organizava para César — minhas diversões eram mais picantes e alegres que as de Calpúrnia, e os senadores sabiam que, ganhando minha atenção, ganhariam a de César. Mas, naquela noite, eu queria me livrar da política e dos conchavos, desejando apenas estar entre minhas amigas. Servi mais vinho do que era respeitável em um jantar para matronas e contratei músicos da Pérsia para nos entreter. Minhas filhas vieram, a mais velha, Júnia, e a mais nova, Tércia. Convidei minha nora Pórcia, esperando que ela não aceitasse. Para meu alívio, ela enviou desculpas. Bruto sempre pediu minha opinião, mas há pouco descobri, consternada, que tinha uma rival em Pórcia, e que seus conselhos eram, na maioria das vezes, falhos. Era filha de meu irmão Catão e tinha toda a autoconfiança e autoestima do pai, mas nada da sabedoria dele. Nunca discutimos; tratamo-nos com absoluta polidez. Convidei-a educadamente para minha casa, e ela me enviou desculpas educadas.

Minha filha Júnia teve sorte com o marido, Lépido. Ele era um político bem diferente de César. Enquanto César encantava e persuadia, Lépido enfadava com sua insipidez. Às vezes me pergunto se os senadores concordavam com suas propostas apenas para impedi-lo de continuar falando. Ele também diferia de César pela fidelidade e era totalmente devotado à minha filha. Júnia estava feliz, aproveitando o sol da adoração do marido. A felicidade para as pessoas de fora é cansativa em sua monotonia. Júnia tinha uma habilidade rara: estar contente. Não sei como produzi uma criança tão tranquila e fácil.

Tércia era mais bonita que a irmã — e rebelde. Desde que aprendeu a andar, escondia-se das escravas na hora de dormir. Muito depois, nós a encontrávamos no canil, profundamente adormecida entre os cães, uma pequena figura em meio ao amontoado de mastins que roncavam. Ela e o marido, Cássio, tinham um lado impetuoso, ambos sufocados pela própria ambição, mas sem a paciência e a lucidez de César.

Na festa, todas nos reclinamos em divãs no triclínio, ouvindo o canto melífluo dos flautistas contratados misturando-se à música das fontes. Júnia e Tércia dividiam um divã, brigando amigavelmente, como faziam quando crianças. Júnia era uma cópia precária da irmã, um afresco desbotado e executado às pressas pelo aprendiz, não pelo mestre. No entanto, vê-las juntas me encheu de um prazer caloroso, mais rico que beber qualquer vinho fortificante. Gostei de ouvir sua tagarelice. Ali, as duas se tornaram as crianças que um dia tinham sido, e eu quase me esqueci de que agora elas próprias eram mães. Juntas, não passavam de meninas — minhas meninas.

Todas as outras convidadas perguntavam em voz alta e ao mesmo tempo sobre Cleópatra. Ela chegara a Roma com um grande séquito de escravos e agora estava hospedada em uma das vilas de César. Mas ninguém ainda tinha visto a rainha pessoalmente. Ela permanecia enclausurada na vila e sem visitantes além de César. A propriedade onde ele a instalara ficava do outro lado do Tibre em relação a nós. Eu só conseguia avistá-la do alto de meu jardim, com as luzes acesas nas janelas ao anoitecer, embora estivesse longe demais para avistar a própria rainha, mesmo que ela se aventurasse a sair para tomar um pouco de ar. Pela primeira vez em muitos anos, me perguntei como César dividia seu tempo entre nós duas. Afastei esse pensamento. Mas havia algo que me irritava. César era sensato na escolha das amantes, e, no entanto, seu relacionamento com Cleópatra carecia de bom senso. Levá-la para a cama no Egito era uma coisa compreensível, já que ele estava longe de casa, e isso servia para lembrá-la de seu lugar abaixo de Roma; mas trazê-la para cá, hospedá-la não apenas como dignitária estrangeira, mas como amante, não era nada político. Os romanos podiam ser fascinados pela realeza, mas, mesmo agora, pela conversa das mulheres, eu percebia que sua reprovação era eloquente e resoluta. Eu nunca tinha visto César agir contra o próprio interesse antes.

Todas me olhavam em busca de confirmação dos rumores, esperando que César me houvesse contado tudo, e disparando uma série de perguntas.

— Ela é realmente casada com o irmão? Uma criança que ainda não tem nem 10 anos! Esse marido está aqui, não está? Com certeza não dormem juntos. Ela trouxe o filho? O menino? A criança é realmente de César? E o cabelo dela? É verdade que o usa solto em tranças adornadas com fios de ouro? Seus dentes são pintados de preto e um terceiro olho é desenhado em sua testa? É uma bruxa com poderes mágicos nos seios. Ouvi dizer que ela defeca pérolas.

Levantei as mãos, e as perguntas foram rareando.

— Não sei a resposta para nenhuma dessas perguntas, embora o senso comum certamente possa esclarecer algumas delas a vocês.

Nunca pressionei César para obter detalhes sobre suas outras amantes e não pretendia começar agora.

— Precisamos esperar para satisfazer à nossa curiosidade.

Houve uma pausa, e a conversa mudou para o próximo triunfo de César, para a celebração antecipada de suas façanhas no Egito. Seguiu-se um burburinho de entusiasmo, pois fazia tempo que Roma não assistia a tamanho espetáculo.

— Dez mil escravos caminharão pelas ruas.

— Quem se importa com escravos? Ouvi dizer que haverá dragões e zebras.

— Zebras não existem! Não seja crédula, Fúlvia.

— Virá também a rainha egípcia conquistada.

— Cleópatra?

— Não, sua tola, a irmã dela.

Então, uma das mulheres bateu palmas e perguntou com um sorriso:

— Quem aqui foi conquistada por César?

Mais da metade da sala levantou as mãos. Eu, não. Todo mundo já sabia sobre mim. E, além disso, fui eu que o conquistei. Todas riram ao ver a floresta de mãos erguidas. Forcei um sorriso, mas senti uma pontada de humilhação. Parecia que ir para a cama com César era um rito de passagem. Então notei, consternada, algumas mulheres olhando cheias de curiosidade para Tércia, com ares de descrença no rosto porque ela não levantara a mão. Corriam rumores em Roma de que eu a havia encorajado a se tornar amante de César. Eu sabia que alguns imbecis fracos de cabeça davam ouvidos a essas tolices, mas esperava mais de minhas amigas. Tomei um gole de vinho, desapontada. Para minha surpresa, foi Fúlvia quem fez uma objeção em meu nome.

— Como vocês são tolas, acreditando nas fantasias sórdidas dos homens! Tércia pode ser um eco da mãe na juventude, mas isso não significa que ecoe todos os mesmos desejos.

Houve um silêncio constrangedor. Fúlvia riu alto.

— Então é aceitável que vocês alimentem essas imaginações imundas, mas, quando eu as digo em voz alta, ficam todas tímidas de repente. Ah, vocês se ofendem com muita facilidade, boas mulheres de Roma!

Sorri, agradecida a Fúlvia, e troquei olhares divertidos com Clódia. Fúlvia não era minha amiga, mas eu a convidei porque era uma pessoa com quem não convinha brigar. Sem dúvida, a mulher mais forte de Roma, destemida, decidida e sempre franca. Governava sua casa e seu marido como César governava seu império. Eu gostava da companhia de mulheres sinceras. Olhei para ela, para suas faces rosadas, tão bonita e ereta quanto uma pomba bem cuidada, e, ainda assim, eu sabia que sua aparência cativante escondia muita crueldade. Ela observava o grupo com olhos atentos e astutos. Era também uma das proprietárias de terras mais ricas de Roma e cobrava seus aluguéis com absoluta pontualidade e presteza. O fato de Marco Antônio ter se casado com ela, apesar de sua reputação terrível, fez com que eu passasse a estimá-lo. Até o casamento deles, eu o considerava um beberrão, um fardo pesado; muitas vezes, insisti que César encontrasse um tenente melhor e não confiasse naquele perdulário licencioso como seu representante. Mas o casamento de Antônio com Fúlvia me fez mudar de opinião. O homem que não tem medo de uma mulher e é confiante o suficiente para se deixar dominar por ela tem força maior que a de seus braços e punhos.

Tentei imaginar Cleópatra reclinada ali conosco, enumerando quem fora para a cama com César. A rainha egípcia teria levantado a mão? Teria sorrido como o restante de nós? O pensamento era tão absurdo que ri alto.

— Você vai dar a festa em comemoração ao triunfo, *mater*? — perguntou Júnia.

Neguei, balançando a cabeça. Tal honra certamente pertence a Calpúrnia.

Não vi César por vários dias. Ele estava ocupado com seus negócios, mas não me importava. O tempo me ensinou a ter paciência. Na tarde em que fui encontrá-lo no jardim de sua casa, ele estava mais quieto que o normal, e percebi certa reserva em seu rosto, embora essa reserva talvez fosse minha.

— Calpúrnia vai se encarregar da comemoração de seu triunfo? — perguntei.

Ele hesitou; o silêncio vibrava.

— Não. Cleópatra solicitou essa honra.

Parei e me virei para ele, horrorizada. Olhei-o com assombro. Felizmente, ninguém estava me vendo, pois interpretaria minha reação como inveja. Não era. Era puro choque diante de sua insensatez. Todo senador em Roma gostaria de ter a honra de celebrar César, caso sua esposa não se dispusesse a organizar a festa. No entanto, ele concederia essa honra a Cleópatra. Era como se fosse compartilhar com ela um pedaço de sua vitória no Oriente. Decisão imprudente, irrefletida. Cada senador se sentiria insultado. Ele estava cometendo um erro de cálculo político ao dar essa honra à rainha do Egito. Eu nunca o vira impulsionado por nada além da habitual perspicácia política. Mas Cleópatra não era apenas sua amante, tampouco mera rainha. Era a mãe de seu único filho. César desviava o olhar do meu. Um pequeno espaço se abriu em meu peito, um vazio que não estava lá antes.

17

CLEÓPATRA

Não gostei mais de Roma na segunda que na primeira visita. A cidade não ganhou sabedoria, beleza ou melhores sistemas de esgoto desde a última vez em que estivemos aqui. Embora preferisse permanecer em meu palácio à beira-mar, é hora de visitar César. Quero suas garantias de que Roma me dará apoio sem interferência. Não sou uma rainha fantoche. Meu trono me pertence. E, no entanto, além da necessidade da visita, há algo mais. Quero que ele conheça seu filho, mas essa não é a única razão pela qual pretendo vê-lo. Depois de um pouco de vinho, confesso a Charmian que sinto falta dele — só um pouquinho. De seu sorriso. Da maneira como escuta quando falo. Do toque de suas mãos em minha pele.

— Então sente muita falta dele? — provoca Charmian. — Anseio por Apolodoro como pela primavera no fim do inverno. Ou pelo suave abraço do sono no final de cada dia. Sente falta de César assim?

Hesito, pois não tenho tanta necessidade de César.

— Não, sinto falta dele como de um pouco de mel depois de um banquete salgado.

— Só um gostinho? — pergunta ela, rindo.

Não respondo. Minha afeição por César não bastaria para que eu deixasse minha corte no Egito e viajasse a Roma, se a viagem não fosse também uma conveniência política. Mas, ainda assim, a ideia de vê-lo novamente me dá prazer considerável. É uma imagem que revolvo o tempo todo na mente, como se seu rosto fosse um afresco favorito.

Da última vez em que estive aqui com meu pai, agora chego na condição de rainha, tendo meu irmão por marido, ao menos de nome. Tol não queria vir a Roma, queria ficar em Alexandria, treinando seu falcão e correndo pelos jardins do palácio. Sente-se perdido desde a traição de Arsínoe. Está taciturno e quieto; não sei o que aconteceu com o garoto de natureza doce e rosto sincero. Nossa família destrói pessoas, a cobra devora a própria cauda. Eu não correria o risco de deixar Tol no Egito sem mim. Não acredito que ele tentaria roubar meu trono; afinal, ainda é criança e gosta de mim. Mas minha irmã também gostava. Seus conselheiros não são tão perniciosos quanto Potino ou Aquilas, mas os proibi de acompanhá-lo a Roma. Observo da janela o menino agora alto e magro caminhando pelos jardins que descem até o Tibre, com uma de suas aves de caça no braço e uma matilha de cães seguindo-o. Eu o protegerei da melhor forma possível. Ele não precisa gostar de mim. Carinho não o manterá seguro.

Essa jornada a Roma é diferente, porque não sou apenas Faraó e Rainha das Terras Vermelhas e Negras, Ísis na Terra, Progenitora do Egito, mas também mãe de um menino. Meu filho Cesário está com 18 meses. Quando nasceu, senti primeiro meu corpo se abrir, depois meu coração, que agora vive com ele, apartado de mim. Eu não sabia que poderia sentir um amor tão radioso e intenso. Agora que vi o sol, não quero mais voltar para a escuridão, e sei que corro esse risco. Meu amor está entrelaçado com o medo de que os deuses o tirem de mim se eu não lhes agradar. Nada mais importa. Só ele. Tudo que faço, cada caminho que escolho, é pelo Egito e por meu filho.

A casa que César me emprestou é agradável, embora pequena. Para meu alívio, fica um pouco fora de Roma, longe do fedor da cidade. Preferiria permanecer em Alexandria, no meu próprio palácio cercado de tamareiras, com fontes gorgolejantes e perfumado pela maresia. Em Alexandria, César pertencia só a mim. Aqui, preciso compartilhá-lo não só com outras mulheres, mas com Roma.

Ele vem me visitar um dia antes de seu triunfo. Tento novamente persuadi-lo a não exibir minha irmã no desfile. Com um sorriso, pega minha mão e a beija.

— Os escrúpulos e a gentileza feminina de Cleópatra são louváveis.

Retiro minha mão, indignada.

— Julga que se trata de gentileza? De piedade? Esqueceu-se de quem é Cleópatra? — pergunto. — Peço que não exiba minha irmã diante da multidão porque isso é má política. Ninguém quer vê-la sendo açoitada ou morta.

César não se irrita com meu acesso de raiva, apenas sorri, imperturbável. Gosta de meus arroubos.

— Ah, você não conhece a sede de sangue dos romanos!

Imagino que seja muito parecida com a sede de selvageria em outros lugares, mas não o pressiono. Passamos muito tempo separados, e ainda não estou segura de suas intenções. Ele quer ser gentil, mas não sei se é para apaziguar o Faraó do Egito, cujos tesouros deseja saquear de novo, ou simplesmente para me fazer feliz. Concedeu-me a honra de presidir uma celebração para ele após o triunfo. Devo ficar satisfeita com isso, por enquanto.

César me toma pela mão e me leva para a vila. Já perto, beija-me, e eu me aconchego a ele. Segura meu rosto entre as mãos, e vejo que, mesmo cansado, sorri para mim, com pequenas rugas finas desenhando-se ao redor dos olhos.

— Ainda somos César e Cleópatra — murmura, beijando-me de novo.

Há uma familiaridade agradável em seu toque, e retribuo seu beijo, abraçando-o. Então, da vila, ouço um choro. Cesário acordou e está irritado, exigindo minha presença. Sem pensar, afasto-me de César e começo a caminhar em direção à casa. Ele pega meu braço e me puxa de volta para si.

— As escravas cuidarão do menino — diz.

Tento ignorar os gritos do meu filho, mas eles ressoam dentro do meu crânio. Não consigo pensar em mais nada. Só em seus gritos. Em sua angústia. César não está nem um pouco preocupado com isso. Seu único interesse sou eu. Virando meu pulso e depositando um beijo suave na pele macia, seus lábios permanecem lá. É, ao mesmo tempo, uma sugestão e uma ordem. Não tenho escolha a não ser obedecer.

Mais tarde, à noite, sento-me em um banco no quarto do bebê, à luz de uma única vela, vigiando enquanto Cesário dorme. Um incenso fumegante enche o ambiente com o aroma de óleo e rosas almiscaradas. Figuras esculpidas em miniatura de Hórus, Bes e Bastet projetam sombras, enquanto suas emanações divinas fluem das estatuetas para proteger meu filho da morte e dos terrores. Trilhas de lágrimas secam em suas bochechas como rastros de caracol, e seus punhos com covinhas estão cerrados com força. Sua boca entreaberta, macia e rosada, deixa entrever o brilho perolado dos primeiros dentes. Eis o que é amor, penso, enquanto o observo. Um amor tão acerado que corta como o medo.

Ouço um barulho atrás de mim e, virando-me, vejo Charmian ao meu lado. Parece tão cansada quanto eu, e deito a cabeça em seu ombro. Ficamos diante do berço, observando meu bebê, enquanto ele dorme. A deusa e a rainha foram arrancadas de mim e postas a dormir; agora só resta a mulher: magra e cansada, com olheiras, sem maquiagem, despida de meu diadema. Por baixo da túnica, passo os dedos pelas estrias claras que marcam minha barriga e meus quadris por ter carregado Cesário. Minha pele está esfolada por causa do peso das joias de ouro.

Charmian esfrega minhas costas com dedos fortes, apertando os nós, e eu me inclino em sua direção. Pergunto-me se ela consegue sentir o cheiro de César em mim. Estou pegajosa de seu suor e de seus prazeres. Olho para Cesário, para seus cílios grossos. Ele está de bruços, com os joelhos dobrados, o traseiro para cima, e os dedinhos dos pés encurvados. É apenas um bebê, mas Roma é um poço fervilhante de víboras se contorcendo, ávidas por ver morto o filho de César com uma rainha, nascido no estrangeiro.

Roendo as unhas, olho para ele. Sinto-me tão cheia de amor e preocupação que mal consigo respirar. Todas as mães temem por seus filhos: a morte e os acidentes estão sempre à espreita. Mas temo por ele tanto da parte dos homens quanto dos demônios da peste e da doença. Contemplo-o ébria de amor e vivenciando os pensamentos de toda mãe, da camponesa à rainha, de que essa criança toda minha é perfeita. Ele é tão perfeito que fere o coração de quem o ama. Incapaz de me conter, estendo a mão e acaricio sua bochecha rechonchuda e perfeita com a ponta dos dedos; suas pálpebras estremecem por um momento, ele abre os olhos, fita-me com suas pupilas negras, vira-se para o outro lado e volta a dormir.

Suspiro e acaricio sua mãozinha, os nós dos dedos cheios de covinhas.

Charmian faz menção de sair para não nos incomodar. Seguro seu braço e puxo-a de volta.

— Fique.

Quero-a por perto, para que possa compartilhar comigo não apenas minhas preocupações, mas também minha alegria. Pois a alegria deve ser dita em voz alta e testemunhada. Com Charmian, tenho amado esse garoto, deliciando-me com cada nova palavra, enquanto ele a saboreia, rolando-a entre os lábios e começando a discernir a forma do mundo. Inclinando-me, procuro embaixo de seu travesseiro a pequena garrafa de água do Nilo que está sempre escondida ali, para sua proteção. Durante o sono, com seu pequeno punho, ele agarra o brilhante amuleto *bulla* que traz em volta do pescoço. Quero que os deuses teçam um manto ao seu redor para protegê-lo dos olhos e dos males do mundo, da doença, da idade e dos homens invejosos.

Minhas coxas estão úmidas e esfoladas. Há uma marca de mordida em meu ombro. Espero ter oferecido um bom espetáculo de desejo a César. Aceitei seus presentes e a vitória que ele comprou para mim, mas isso sempre tem um custo. E só eu posso pagá-lo. Meu irmão Ptolomeu está morto. Minha irmã foi condenada à morte, e milhares de egípcios agora são pó no deserto. Esse é o preço dos mortos; tenho de me deitar e pagar a César com minha carne. Uso meu corpo para subtrair o Egito da ganância de Roma. Sou a mãe não só desse menino, mas de um país. Tal é o dever de uma rainha. Um rei não precisa ficar deitado de costas e fingir seu prazer.

Olho para Charmian e, por um momento, sinto inveja. Ela ama um homem que a ama. Pode escolher dar-lhe seu corpo ou não. O afeto deles é simples e descomplicado, só envolvendo os dois. Não há nenhuma transação, apenas amor. Jamais serei capaz de me entregar a um homem se, com isso, o Egito não tiver nada a ganhar. Seria imprudente. Uma rainha grávida corre o risco de morrer no parto, assim como as mulheres comuns. Quando Cesário estava em meu ventre, observei todos os cortesãos sussurrando e conspirando, imaginando se eu sobreviveria. Sexo com um homem é um cálculo que devo avaliar com tanto cuidado quanto os impostos devidos aos meus cofres. Nunca conseguirei amar e desejar um homem somente por ele mesmo. Essa liberdade não é para mim.

Acordo de manhã e percebo que Charmian se foi. Uma onda de preocupação percorre meu corpo. Ela está sempre aqui. Terá adoecido? Algo aconteceu com Cesário? Chamo-a e, em um segundo, ela aparece.

— O que aconteceu? Por que você saiu? — pergunto.

— Perdoe-me, grande rainha.

Olho para ela e noto que algo a perturba.

— Fale — ordeno.

Charmian hesita.

— A irmã de Apolodoro chegou da Sicília.

— Uma visita social? Que agradável!

Seu rosto está contraído de ansiedade. A impaciência me domina.

— Fale, o que está havendo?

Ela respira fundo e diz:

— Ela traz ouro. Deseja comprar a liberdade de Apolodoro.

Rio. Então uma fazendeira poderia me dar ouro suficiente para comprar o que não quero vender?

— Ela não irá embora. Insiste em vê-la, grande e digna rainha.

O rosto de Charmian está pálido e tenso de preocupação. Fico irritada porque a filha de um fazendeiro perturbou a paz de minha manhã.

— E o que Apolodoro diz?

— Está furioso. Pediu que ela vá embora.

Tranquilizo-me ao saber de sua lealdade para comigo.

— Ouviremos a petição dela, pelo bem de Apolodoro.

Já vestida, vou para o jardim e sento-me à sombra de uma romãzeira. O céu está azul-claro, com rabiscos de pássaros que lembram hieróglifos escuros. Após alguns minutos, Charmian e Apolodoro surgem acompanhados de uma jovem. Ela é pequena e franzina, com os mesmos cabelos escuros e olhos castanhos do irmão. Seus pés estão empoeirados, e ela brinca com uma bolsa de couro amarrada na cintura.

— Peço sua misericórdia, grande rainha — diz Apolodoro. — Mandei que ela partisse. — Olha para a irmã; sua voz é suplicante. — Volte para a Sicília, Túlia.

— Não posso, não sem você — diz Túlia, em um acesso de raiva. — Rainha Cleópatra...

Apolodoro recua e, com irritação maldisfarçada, interrompe-a.

— Cale-se. Você não tem permissão para se dirigir ao Faraó.

Túlia abre a boca para continuar e fecha-a de novo. Seus olhos despedem chamas, mas ela parece exausta e combalida.

— Pode falar, menina. Eu não lhe concederia esse privilégio se não fosse por seu irmão. Por que veio até nós? — pergunto.

Ela se ajoelha aos meus pés, não do jeito romano usual, por ser siciliana, creio eu.

— Meu pai morreu. Não tenho outros irmãos. Minha mãe está velha e doente. Não há ninguém para administrar a fazenda da família. Apolodoro foi tomado como escravo na guerra, dez anos atrás. Peço-lhe, agora, que o devolva a nós. Pagarei por sua liberdade.

Mostra a bolsa de moedas na cintura.

— Lamento por suas dificuldades. Mas não se pode comprar o que não está à venda. Ele pertence a mim. Agora, vá. E não volte.

Ela olha para mim com ódio e pisca para conter as lágrimas, abrindo a boca para falar.

— Não fale mais. Eu a presenteei com uma bondade profunda ao permitir que viesse à nossa presença. Não fosse irmã dele, eu a teria açoitado e mandado embora.

Apolodoro põe a mão no braço da jovem, arrastando-a e, ao mesmo tempo, carregando-a para longe. Do outro lado do jardim, posso ouvi-la gritando e ele sibilando para ela ficar quieta. Uma romã cai no chão aos meus pés, partindo-se e derramando suas entranhas sangrentas, que escorrem pela terra.

— Se eu a vir de novo, mandarei matá-la, não açoitá-la — ameaço. — Que Apolodoro fique ciente disso.

Charmian faz uma reverência, aquiescendo.

Ao meu redor, os escravos estão preparando a vila para a festa. Ela deve ser esplêndida, muito além da imaginação dos romanos, a ponto de não mais perguntarem por que César me deu essa honra. César me emprestou a vila, mas eu já a modifiquei de acordo com meus próprios projetos. Não pedi sua permissão nem sua opinião sobre as mudanças e paguei por todas as melhorias, contratando trabalhadores de Alexandria. Não confio na habilidade dos artesãos romanos; vi suas estátuas de má qualidade e suas casas muito feias.

A vila se ergue no que se considera o lado errado do Tibre, mas tenho certeza de que, em meses, Roma inteira estará imitando meus projetos e procurando residências nas proximidades. Olho ao redor da sala onde os melhores artistas do mundo helênico estão finalizando o traçado de ninfas na flor da adolescência. Na parede oposta, Hatshepsut caça aves selvagens por entre os pântanos verdejantes do Nilo. As figuras são tão primorosamente representadas que agora, ao brilho trêmulo das velas, as ninfas parecem dançar e os juncos dos pântanos do Nilo parecem vergar, enquanto uma garça à espreita observa os peixes de barriga salpicada que nadam nas águas azuis. Lá fora, nos vastos jardins, gramados macios são cercados de tochas, cujas chamas oscilantes se refletem em uma série de riachos e piscinas recém-concluídos que se estendem até o rio. Consigo distinguir os renques de um bosque de cedros, negros na escuridão, de onde ecoa o canto de um noitibó. Criei um mundo sem fronteiras ou arestas, sem limites entre o interior e o exterior, sem dia nem crepúsculo. Este é um reino do irreal: Roma e não Roma, um pedaço de Alexandria transplantado como um sonho onde tudo pode acontecer.

Os mosaicos colocados no chão mostram deuses egípcios e romanos festejando juntos, em uma união divina. Ísis usa um colar de esmeraldas, mas as fieiras de contas não são de cerâmica ou de vidro, mas joias de verdade. Toda vez que alguém pisa nele, observo, com ironia, que Apolodoro estremece, pois foi ele quem se encarregou de pagar a conta — e isso me diverte. Ouço o murmúrio baixo dos escravos enquanto preparam o banquete, o tilintar metálico dos pratos de ouro e prata ao serem colocados sobre as mesas, o entrechocar da cerâmica dos jarros de vinho. Respiro fundo. Sempre gostei mais do momento que antecede a festa, quando consigo imaginar os cômodos cheios de convidados sob a forma de futuros fantasmas. Em breve, a vila estará repleta de grandes homens de Roma conversando e bebendo, mas, sob a superfície dos risos e sorrisos, o murmúrio de conspirações e intrigas correrá por baixo da conversa como um riacho escondido entre as rochas.

Devo esperar aqui por eles, sabendo que, não muito longe, minha irmã está prestes a morrer. Posso odiá-la pela traição, mas, mesmo assim, não quero que sofra. Ainda me lembro da menina que ela era antes. Meu sangue ferve nas veias. Sinto apenas medo. Sei que ela deve morrer, mas em minha mente não vejo a mulher que me traiu, e sim a garotinha que eu amava. O bebê que entretecia meu cabelo com seus dedinhos. Seu cheiro suave de leite. Não quero vê-la humilhada e degradada para entretenimento da turba romana.

— Charmian, arrume-se — ordeno. — Vamos para a cidade.

— Não, minha rainha. Não pode fazer isso. É perigoso demais.

— Não se você me vestir cuidadosamente como uma amiga escrava. — Seu rosto ainda está contraído de horror. — Levaremos Apolodoro — acrescento, cedendo aos seus receios.

Meus dois amigos estão furiosos comigo. Ouço sua raiva silenciosa, que nenhum deles ousa expressar, e isso me agrada muito. Uma vez pronta, aventuramo-nos pelas ruas da cidade. Roma, depois do pôr do sol, é o reino das prostitutas e dos ladrões. O ar está saturado do som de tambores, e o barulho dos pés dos soldados nas pedras do calçamento é tão alto que eu o sinto no peito como um segundo batimento cardíaco. Agora, a rua está livre do tráfego noturno habitual de carroças e bois, enquanto as brigas de sempre entre os carroceiros presos no engarrafamento e o estardalhaço das donas de casa que gritam das janelas para que fiquem quietos são substituídos pelo rumor de uma multidão imensa. Ela se agita ao longo do monte Palatino e se perde a distância, em uma fileira compacta de homens. Eles estão ali, de pé, desde o anoitecer, brandindo estandartes, agitando bandeiras, bebendo em jarras de vinho e gabando as vitórias romanas, com histórias que vão se tornando mais e mais inverossímeis a cada repetição. Uma canção ecoa no meio da turba, sendo atirada de um lado para outro como uma bola. *Maridos de Roma, mantenham suas mulheres por perto, pois aí vem um adúltero careca. Olhem! Agora César cavalga em triunfo como cavalgou a rainha Cleópatra.* A canção vem acompanhada de zombarias e empurrões. Olho a turba com desprezo — então isso é o melhor que o supostamente grande Império consegue reunir? Apolodoro está tenso ao meu lado, com a mão no cabo do punhal. Um homem, cuja barriga mal cabia dentro da toga, me cutuca e, se aproximando, sussurra no meu ouvido:

— O que acha de nossa poesia, minha linda?

— Prefiro a grega — respondo.

Ele se contorce de riso.

— Isso é porque você nunca foi comida por um romano — grita ele, levando a mão à virilha. Afasto-me com repugnância e abro caminho pela multidão a fim de escapar, ouvindo-o me chamar com uma série de sugestões obscenas cada vez mais elaboradas. Duvido de que um homem desse tamanho possa realizar qualquer das proezas que ele sugere para nós na cama. Um momento depois, ouço um gemido, e sei que Apolodoro o derrubou ao chão.

Esse triunfo não é apenas sobre os inimigos de César, mas sobre a própria noite. Roma está iluminada por cem mil tochas, brilhando ao longo do caminho tão feericamente que é como se o poder do império abrangesse os céus e pudesse ordenar que as estrelas caíssem na Terra em fileiras organizadas. Apesar da pressão dos corpos, a noite está fria para o outono, e puxo meu manto para perto dos ombros e do queixo.

— Podemos ir embora, voltar para a vila? — sussurra Charmian.

— Não — retruco.

Tento não sucumbir à sensação pesada que se aloja no fundo do meu estômago. *Que seja rápido. Que ela não sofra.* Meus olhos lacrimejam com a fumaça das grandes fogueiras acesas no topo de cada colina, onde brilham como línguas escarlates, cuspindo rajadas de faíscas para cima, como estrelas cadentes vermelhas. Trombetas lançam notas cortantes no ar noturno. Outros ruídos percorrem a escuridão, selvagens e indisciplinados. Avisto um leão enorme à frente de um bando de leopardos. Eles patrulham a rua de olho na multidão, com um escravo atrás de chicote em punho. Alguns dos homens bêbados, na frente, os cutucam com seus ramos de louro, gritando e logo recuando com risos assustados quando o leão ruge, pronto para atacar, contido apenas pelo estalo do chicote do escravo em suas ancas. Em seguida, vêm os legionários carregando estandartes decorados com cenas de batalha e inimigos ensanguentados se contorcendo em agonia e derrota. Os soldados marcham pelo que parecem horas em uma procissão interminável de homens, uma massa de finas lanças de madeira semelhantes aos troncos esguios de uma floresta de inverno.

Os carros são decorados com dezenas de bandeiras tingidas de vermelho e roxo, iluminadas por tochas. No topo de cada carro vê-se uma plataforma onde foi montado um cenário maravilhoso. Um deles exibe uma maquete do farol de Faros, sua luz brilhando sobre águas pintadas de prata e navios de brinquedo balançando no porto entre cristas de ondas feitas de plumas brancas. Um escravo opera um conjunto de foles para fazer as velas de seda se inflarem ao vento. Ao pé do farol há uma ilha dourada formada por tesouros: despojos de guerra, estátuas brilhantes, prataria e taças incrustadas de joias que faíscam sob a luz das tochas como pequenos sóis. A multidão suspira e grita de alegria ao ver tamanha pilhagem. Estremeço, porque sei que esse ouro foi comprado com sangue.

Em seguida, da escuridão, surge uma fila aparentemente interminável de prisioneiros, ossudos e esfarrapados, com os braços amarrados e as pernas de cada um deles atadas às do prisioneiro da frente e de trás, de modo que todos avançam aos tropeços. Quando um homem cai esparramado no chão duro, não consegue se levantar, pois a coluna prossegue, e o infeliz é arrastado sobre os paralelepípedos, gritando e deixando sua pele para trás num rastro úmido e escorregadio.

Então, eu a vejo. Está no último carro, envolta em fino manto de linho tão transparente que consigo distinguir a estrutura frágil de suas costelas. Sua pele foi untada e brilha à luz da tocha. Em volta do pescoço, exibe uma peitoral mais faiscante que as estrelas no céu, cravejada de lápis-lazúli e rubis. Os ossos finos dos pulsos e dos tornozelos estão algemados com correntes de ouro, mas ela não treme, apenas levanta o queixo e desafia a turba a vaiá-la nesse momento de sórdida humilhação. Quero gritar para o populacho, para aqueles vilões que se comprazem no sofrimento alheio. A noite se enche de música, do rufar dos tambores e do barulho das sandálias nas pedras.

Charmian pega minha mão, e, juntas, esperamos pelos cânticos zombeteiros, canções obscenas sopradas como hálito fétido. No entanto, passado um minuto, percebo que a multidão ficou em silêncio. Ninguém provoca Arsínoe, aplaude ou joga punhados de sujeira nela. É como o silêncio antes do amanhecer. O som dos tambores diminui, e só se ouve o ruído de pés marchando, seguido de murmúrios de inquietação. Todos ali gostam de ver seus inimigos morrendo, se contorcendo, enquanto os ossos de seu pescoço são esmagados e o branco dos olhos fica tinto de sangue. Mas não desejam isso para ela. Observo-a; Arsínoe sabe que não têm sede de seu sangue.

O carro para ao nosso lado. Ela contempla a multidão e, por um momento, fixa-se em mim. Trocamos um olhar. Nenhuma de nós sorri. Estou aqui por ela, minha irmã, apesar de tudo que me fez. Ouve-se um solavanco, o carro se move, e ela desaparece.

O desfile continua, subindo o monte Capitolino até o templo de Júpiter. O carro se detém por um momento diante dos pilares do templo e depois retoma seu caminho. O alívio flui através de mim, quente como óleo aquecido. Não podem matá-la esta noite. Não aqui, não assim. Satisfeita, viro-me para Charmian e Apolodoro.

— Voltemos à vila. Precisamos nos preparar.

Em menos de uma hora, a vila fica lotada de convidados, que enxameiam como moscas ao redor de uma carcaça em decomposição. Observo, escondida na galeria superior, enquanto os homens fingem não se maravilhar com os afrescos tão bem executados que parecem uma janela aberta para o mundo ilimitado dos deuses. O perfume das rosas que vem do jardim não mascara seu fedor de ranço e inveja.

Esses grandes homens de Roma não me enganam. Mexem nos tecidos, estimando seu custo, e vejo mais de um senador enfiar o guardanapo no bolso depois de enxugar a boca. Em outras festas em Roma, os convidados devem trazer os seus próprios. Não na de Cleópatra. Se eu pudesse conquistá-los com guardanapos! Fiz questão de que o melhor vinho fosse servido a todos, e não a variedade mais barata aos menos importantes. Eles podem dizer o que quiserem de mim e me acusar de todo tipo de delitos, mas não me acusarão de parcimônia. Sei que muitos só vieram para me contemplar, boquiabertos, e depois correr para casa, ansiosos por espalhar mexericos lascivos como jatos de esterco em um campo arado.

Inquieta, não consigo ficar parada. César ainda não está aqui. Está em casa, por enquanto, e depois virá como convidado de honra. Preciso me recompor antes que ele chegue; ser alegre e encantadora, esconder meu desconforto. Olho para a longa sala de jantar lá embaixo. As paredes ostentam pinturas de árvores, para que o ambiente interno pareça se dissolver no jardim. Observo os políticos em suas togas deitados lado a lado nos sofás, como trutas alinhadas na margem do rio, enfiando nacos de comida nas bocas escancaradas.

É hora de deixar Roma me ver. Charmian faz sinal para os músicos; eles mudam a música e tocam uma melodia diferente, não de Roma, mas do Egito. Imediatamente, a conversa também muda de tom; todos esperam ansiosos, me procurando. Desço as escadas até o patamar e saio para o jardim, sem ser vista pelos convidados. Lá, cem escravas vestidas de ninfas me esperam, cada qual empunhando uma tocha. A um sinal de Apolodoro, marcham diante de mim, iluminando o caminho. Passo por uma avenida ladeada de estátuas, deuses egípcios e romanos. As duas últimas, na entrada do vasto salão onde os convidados me aguardam, são de Vênus e Ísis, uma de cada lado. O mármore parece osso branquejando na semiescuridão; o aroma de madressilva, hortelã e tomilho se mistura ao cheiro da lenha de pinheiro queimando e suor. A música aumenta, e os hóspedes param de conversar. Dou um passo à frente, iluminada por mil tochas, e permaneço, por um momento, entre as deusas de pedra, permitindo que os homens e as mulheres de Roma finalmente me vejam.

Enquanto avanço lentamente, noto uma mulher me encarando. Todos me encaram, mas a expressão dela é, ao mesmo tempo, inteligente e grave. Tem grandes olhos cinzentos e não sorri. O rosto não é bonito, e mesmo a essa luz consigo perceber o entrelaçamento de linhas finas ao redor de seus olhos: essa é uma mulher que já riu muito. Pendurada em seu pescoço, uma bolinha pálida brilha e captura a luz, a lua suspensa em um cordão. Uma pérola. Imediatamente sei quem é ela.

Servília.

18

SERVÍLIA

Clódia insistiu que eu a acompanhasse à festa de Cleópatra. Eu não queria ir. Talvez fosse a única mulher em Roma que não tinha curiosidade de ver Cleópatra. Mas Clódia achava que as pessoas só falariam mais se eu não comparecesse, e, relutante, concluí que ela podia estar certa. Pela primeira vez, decidi usar a pérola que César me deu. Isso lembraria aos romanos o que eu significava para ele, caso tivessem esquecido.

Cleópatra havia enviado dezenas de barcos para atravessarmos o Tibre até o local da festa, na margem oposta. Os barcos — ou os artesãos — haviam sido trazidos de Alexandria, pois eram no estilo dos que trafegavam no Nilo, baixos e estreitos, de proas afiladas, com remadores egípcios para nos conduzir. Clódia examinou-os e balançou a cabeça.

— De modo algum. Vamos no meu.

Para minha surpresa, seu próprio barco e barqueiro já nos aguardavam. Eu estava nervosa por causa da festa, o que é incomum, e, enquanto atravessávamos, observei, com apreensão, as luzes oscilantes das lanternas e tochas. Ao desembarcar e caminhar pelos jardins, todos os olhares se voltaram para mim. Para minha surpresa, senti estranha simpatia por Cleópatra. Os convidados estavam mais interessados em vê-la que em presenciar minha reação a ela.

Bruto chegou com Pórcia, que, para meu alívio, logo se dissolveu na multidão, avistando uma amiga do outro lado do jardim. Bruto correu para mim.

— Odiou muito o triunfo, mãe?

— Detestou cada minuto — respondeu Clódia antes que eu pudesse falar.

— E você esteve magnífico, meu querido — disse eu.

— Bobagem. Você foi embora antes mesmo de me ver. Conheço-a bem, mãe. — Bruto riu e beijou minha face. Ao se inclinar, seu rosto ficou repentinamente sério, e ele sussurrou: — Cleópatra não ficará muito tempo em Roma. E ela não é páreo para você.

Ri da doçura da mentira. Cercada por minha gente e na companhia de meu filho, a noite estava se tornando tolerável. Com uma taça de vinho e entre amigos, permiti-me compartilhar a curiosidade sobre a rainha egípcia.

Inicialmente, achei a pompa de sua entrada absurda. Qualquer um poderia supor que a festa era para celebrar Cleópatra, não César. Quando a música mudou de uma melodia romana para uma cantiga estrangeira lasciva, percebi, para minha diversão, que todos os outros estavam fascinados. Eram borboletas na rede. A exibição foi para rivalizar com a entrada do próprio César. Uma atitude pouco sábia, talvez, embora tenha cronometrado tudo logo antes da chegada dele.

Fiquei junto à colunata, ao lado de Clódia e Bruto, e observei a rainha egípcia de pé na entrada da vila, entre as estátuas de mármore de duas deusas, esperando ali para que o grupo reunido pudesse se maravilhar com ela. Cleópatra parecia uma deusa entre outras deusas, ou pelo menos era isso que sua postura insinuava. As estátuas, muito bem-feitas, representavam Vênus e Ísis em mármore pintado. Ísis se abaixava para beijar o bebê Hórus nos braços, um beijo oferecido perpetuamente, mas nunca dado, amor infinitamente concedido. Ao lado dela, Vênus, requintada, com a curva perfeita da garganta erguida. No entanto, a beleza marmorizada dessas mulheres era fria em sua perfeição, enquanto, em contraste, Cleópatra tinha uma vivacidade que até eu podia sentir. Ela sorriu, olhou ao redor e parecia estuante de vida e ideias. De estatura baixa, tinha as feições agradáveis, mas sua testa era alta demais, e seus olhos, muito separados. Embora sua beleza fosse menos perfeita que a de Vênus, ela parecia exalar calor. A luz das velas brincava em sua pele. Sempre soube que Cleópatra era inteligente, então, é claro, conhecia os truques para se exibir da melhor maneira possível. Não me surpreendi, pois César sempre valorizou mais a inteligência que a beleza. A jovem princesa que eu conhecera anos atrás havia se tornado uma política habilidosa.

— Uma pergunta — sussurrei para Clódia e Bruto. — Pode um homem dormir com uma rainha sem, mais cedo ou mais tarde, desejar ser rei?

Clódia riu, embora isso não fosse uma pilhéria. Bruto não disse nada, só tomou um gole de vinho.

— Cleópatra está olhando para você — disse Clódia, em voz baixa.

Para minha surpresa, constatei que ela estava certa e a rainha egípcia me observava fixamente, com expressão pensativa. Cleópatra sempre despertou minha curiosidade, mas nunca me ocorreu que pudesse sentir o mesmo a meu respeito. Lembrava-se de mim?

Passado um momento, Cleópatra entrou na casa para esperar César. Ficamos nos jardins, gratos pelo ar fresco. Não prestei atenção à conversa. Minha mente estava cheia de pensamentos sobre a rainha egípcia. Depois de alguns minutos, ouviram-se gritos vindos do leste. Homens bradavam, um cavalo relinchava freneticamente, as ferraduras escarvando a pedra, e presumi, a princípio, que era César que chegava, afinal. Bruto, no entanto, deu um pequeno suspiro e entregou sua taça a um escravo, dizendo:

— Pegue isso e me traga um balde, por favor.

Saiu apressado, abrindo caminho entre os outros convidados, e ouvi os berros ficarem mais altos. Seguiu-se o som de cerâmica se espatifando e uma cascata de risadas. Fui atrás, curiosa. Encontrei Bruto no vestíbulo, com Marco Antônio pendurado de seus ombros como uma capa. Marco Antônio era alto e de espáduas largas, com cachos grossos, brilhantes, e as bochechas rosadas de uma criança. No entanto, essa brandura destoava da massa sólida dos músculos de seus braços, cujos tendões pareciam cordas enroladas. Notei cicatrizes lívidas cruzando seus braços e seu pescoço e supus que elas continuassem, por baixo da túnica, até o peito e as costas. Ali estava um guerreiro que exibia suas cicatrizes de batalha como Cleópatra exibia suas joias e seus diademas. O homem estava tão pesado de bebida que mal conseguia ficar de pé, mas sorriu entre os dentes manchados de vinho e começou a cantar canções grosseiras sobre as mulheres com quem César havia se deitado. Para meu alívio, omitiu meu nome. Caso não o fizesse, eu o teria esbofeteado. Fúlvia correu até ele, os lábios comprimidos em uma linha estreita de desgosto.

— Antônio, venha se sentar e comer alguma coisa para absorver o vinho em sua barriga. Posso ouvi-lo chapinhando como um navio sobre ondas turbulentas — disse Bruto, interrompendo a balada lasciva de Antônio.

Ele ignorou meu filho e recomeçou a cantar.

— Antônio, cale a boca — rugiu Fúlvia.

Fez menção de responder, mas curvou-se para a frente e vomitou. O escravo estava pronto para a emergência, segurando o balde sob o queixo de Antônio. Fúlvia deu um passo à frente e segurou-o com força inacreditável, como uma estaca estreita sustentando uma árvore inclinada. Ele vomitava ruidosamente no balde, conversando em tom amigável entre as golfadas.

— Bem, belas damas, o que acharam do espetáculo? — perguntou ele, olhando para mim e Fúlvia.

Não conseguiu ouvir nossa resposta por causa do som dos próprios espasmos. Fiquei profundamente revoltada com aquela exibição e me perguntei por que Fúlvia concordara em se casar com semelhante criatura. Se ele tinha algo dentro de si, estava muito no fundo.

Ao terminar, Antônio devolveu o balde ao escravo, bem-humorado e sem nenhum constrangimento. Pegou outra taça de vinho de um escravo que passava, gargarejou e cuspiu o conteúdo no balde.

— Gostei mais dos leões, Fúlvia. Acho que deveríamos ter alguns para puxar nosso carro — sugeriu.

— Não, obrigada. Não teremos — replicou ela, em tom ríspido.

Antônio riu, com aparente satisfação.

— Adoro quando você briga comigo. Mas sabe que sempre ganho.

— Não, não sei — contestou Fúlvia.

Enquanto discutiam, notei uma mudança acontecendo entre os outros convidados. As vozes se suavizaram, se acalmaram. Foi como se o próprio ar tivesse subitamente se agitado e depois serenado. Espiei ao redor, procurando Cleópatra, e vi que somente ela não reagia. Atravessou sorrindo a arcada, entre os convidados, e não olhou para a porta.

— Venha, Antônio. César está chegando — avisou Bruto.

Antônio, assim como Cleópatra, permaneceu imperturbável. Sorriu, satisfeito, quando César entrou ladeado de seus guardas pretorianos. Todos olhavam; e os senadores, um por um, correram para cobri-lo de saudações. Mas, apesar de seu servilismo, nenhum deles se curvou, pois aqui é Roma, e em Roma não há reis. Cleópatra observava a certa distância, no *tablinum*, sem dar um passo em direção a ele. No entanto, notei que teve o cuidado de ficar embaixo da parte mais dourada do teto, cercada de uma constelação de velas, para parecer celestialmente iluminada. Fossem quais fossem os mexericos de meus concidadãos, compreendi que ela não era nenhuma concubina do Egito e não precisava correr para se juntar àquele bando de bajuladores. Esperou que César viesse até ela. Fiquei imóvel, observando os demais.

Antônio, descarado e aparentemente indiferente ao protocolo ou à cerimônia, avançou e, empurrando os outros para o lado, abraçou o amigo, beijando-o no rosto. Notei que César estremeceu e recuou ao perceber seu grau de embriaguez, seus beijos com o cheiro azedo de vômito seco. Seu olhar pousou em mim por um momento, nossos olhos se encontraram, e César esboçou um leve sorriso, me reconhecendo, e percebi que ele estava feliz por eu ter vindo. Vendo que minha presença lhe agradava, fiquei quase feliz por ter comparecido.

Os senadores continuaram a cercá-lo, não lhe poupando felicitações e elogios obsequiosos. Com suas togas brancas, lembravam ovelhas lanosas se espremendo em volta de um fardo de feno. Observei, divertida, César tentando se safar; não queria nada com eles, só procurava Cleópatra. Ao notá-la atrás da colunata, avançou em sua direção, enquanto os convidados lhe abriam caminho.

Virando-se, ela sorriu para ele e abriu os braços. À luz das velas, vestida com roupas entretecidas de fios de ouro, sua pele parecia brilhar. Seus cabelos negros estavam presos em nós apertados no alto da cabeça, tão escuros que se misturavam às sombras, e as joias enormes penduradas no peito faziam sua garganta parecer nua e impossivelmente fina.

Senti uma pontada, não de ciúmes, mas de tristeza e preocupação. Agora ficara claro para mim que, se ele não a amava, então a adorava. Receei que seu julgamento estivesse comprometido, estragado como carne velha. A escrava de Cleópatra havia aplicado kajal ao redor de seus olhos, que agora brilhavam com laivos de malícia e deleite. Por um instante, eu a vi como César a via: uma estrela presa à Terra, brilhando entre mortais suarentos. Estava ciente de minha roupa simples e dos fios grisalhos em meu cabelo. Até a pérola pendurada em meu pescoço parecia um enfeite absurdo; eu não deveria estar com ela. Senti-me ridícula. Censurei-me pela minha tolice. César não me amava por meu rosto, mas por meu espírito, e este se aperfeiçoava à medida que a pele de meu queixo ia se tornando flácida.

Clódia tentou me puxar para longe, visivelmente preocupada, mas eu a afastei. Tinha de observá-los. Admirei a habilidade da rainha. Havia bruxaria naquilo. Ela conjurara um sopro divino do ar, como uma náiade é invocada de sua árvore ou lago. Eu podia não aprovar, mas conseguia entender o fascínio de César por ela. Abraçou-a, inclinou-se e sussurrou algo em seu ouvido, que ela retribuiu com um leve sorriso de cumplicidade. Todos os observavam também, em silêncio.

Não gostei de vê-la ao lado de César. Não por inveja, mas porque sua juventude e energia evidenciavam a idade dele. Ao lado de Cleópatra, César parecia poderoso, mas desgastado, uma estátua maravilhosa com o nariz lacerado por anos de granizos de inverno, com as bordas corroídas. A área descoberta no topo de sua cabeça estava manchada e queimada pelo sol, começando a descamar. Pela primeira vez, encarei isso como o início do desaparecimento da luz no fim do verão. Era um detalhe que não tinha percebido antes. E, se senti o declínio de César, logo sentiria o de Roma. Ele a beijou lenta e deliberadamente em cada face. Havia uma quietude perigosa ao redor dos dois. Eu queria ir até lá e sacudi-lo, sussurrar para ele ter cuidado, para se proteger.

Os convidados se afastaram quando um pequeno cortejo entrou na sala, acompanhado da doce música de uma dezena de flautas. Várias escravas que atuavam como amas se dedicavam aos cuidados do jovem Ptolomeu, irmão mais novo de Cleópatra, que vinha logo atrás. Ele parecia ter por volta de 12 anos, era desajeitado e carrancudo, uma criança no limiar da adolescência. Os convidados olharam, fascinados. Ptolomeu não era apenas irmão de Cleópatra; era também seu marido. Olhando para o rosto dos presentes — petrificados de horror e deleite —, eu sabia que todos se perguntavam se os dois haviam copulado. César me assegurou que não. Eu não diria nada sobre isso, deixando que o restante de Roma ficasse hipnotizado por sua imaginação obscena.

Cleópatra gesticulou para que uma jovem escrava, que carregava uma criança robusta e agitada, viesse até ela. A escrava passou o bebê irrequieto para a mãe. A criança tinha a pele dourada de Cleópatra e os cabelos cacheados de César, antes que começassem a rarear. O bebê começou a se debater e a gritar, cansado e infeliz na sala lotada, cheia de olhares estranhos e hostis. O filho de César. Dessa vez, senti uma pontada atroz. Naquele menino que soluçava e se contorcia, com as bochechas regadas de lágrimas e o nariz escorrendo, Egito e Roma estavam unidos, como também Cleópatra e César estavam associados na paternidade. Ela compartilhava com ele o que não me era dado compartilhar.

— O que César vai fazer? — sussurrou Clódia. — Deveria ignorar o pirralho, se tem consciência do que é bom para ele.

— Como saber se a criança é mesmo de César? — perguntou Bruto. — Dizem que ela dormiu com metade da corte.

Acenei para os dois se calarem.

— Eu lhe ensinei que é melhor não dar ouvidos a boatos. Preste atenção na criança, deixe que seus próprios olhos respondam à pergunta. Certamente é de César.

Pela primeira vez, percebi que ignorava qual seria a reação de César — explodiria em fúria por ela ter permitido que a criança descesse para junto dos convidados? Mandaria que a levassem dali, ofendido? Qualquer uma das duas atitudes certamente significaria uma catástrofe para Cleópatra. Era isso que eu desejava? Não sabia.

Então, César se aproximou ainda mais, beijou outra vez a face erguida de Cleópatra e, um momento depois, diante da multidão de senadores e cidadãos de Roma, roçou os lábios pela fronte do filho, reconhecendo-o publicamente. O menino continuou a gritar, inteiriçando-se de medo e raiva, alheio ao fato de ter acabado de ser reconhecido como filho do homem mais poderoso do mundo. A ninguém escapou o significado do gesto. Foi como se todo o ar fosse sugado tão depressa que me perguntei por que as velas não se apagaram. Senti o rumor de desaprovação e desprezo como um vapor venenoso. Nem Cleópatra nem César pareciam se importar. Cerrei os punhos ao lado do corpo, furiosa com sua indiferença.

19

CLEÓPATRA

Reclino-me num divã no primeiro *tablinum*, iluminado por cem velas tremeluzentes, revolvendo entre os dedos um pergaminho que não li. O ar está carregado com o cheiro de cera de abelha e ervas noturnas que vem do jardim pelas janelas abertas. Charmian está ao meu lado. Não há mais ninguém aqui; estamos como no tempo de meninas, deitadas com os narizes se roçando e as pontas dos dedos se tocando.

— Por que continuamos em Roma? Você já persuadiu César a reconhecer seu filho. — Charmian reprime um suspiro e acrescenta: — Não podemos ir para casa, minha rainha?

Olho para ela e sorrio. Sua fronte está tensa de saudade; Charmian anseia por Alexandria. Pelo ar puro e o mar azul-claro.

— Logo iremos, querida. Se eu partir, César me esquecerá. Preciso lhe dar algo mais, para que ele se lembre de mim. Só então estaremos em segurança.

Isso é verdade, mas o que não confidencio é que ainda não estou pronta para deixá-lo. Quero que nosso filho conheça o pai, não apenas por seus feitos e por sua fama, mas também como homem. Eu amava meu pai, apesar de todos os defeitos. Não desejo que Cesário compartilhe com o pai apenas o nome.

Em poucos minutos, percebo, pela cadência da respiração de Charmian, que ela está cochilando ao calor soporífero do fogo. Eu mesma devo ter adormecido, pois, quando acordo, vejo que o próprio César chegou e nos observa, sorrindo e com expressão terna. Cutuco Charmian, seus olhos piscam e se abrem, e, ao ver César, imediatamente se levanta e sai da sala. César se aproxima e se acomoda no local ainda quente pelo calor do corpo de Charmian. Deita-se ao meu lado, seus dedos acariciam meus cabelos, percorrem meus lábios, meu queixo. Permito-me relaxar, aconchegar-me a ele por um momento. Estou sempre em guarda, vigilante, mas aqui, nos braços de César, sinto-me segura, por enquanto.

— Vai me declarar amiga de Roma? — pergunto suavemente.

— Você é amiga deste romano — responde ele, me beijando.

A inquietação me invade; não foi o que eu quis dizer, e ele sabe disso. Meu pai doou Chipre para ser declarado amigo de Roma. Dei a César algo não menos valioso e agora preciso do título em troca. Chamar-me de "amiga" é declarar que Roma não tentará anexar o Egito ao seu império enquanto eu governar. Encontrarei uma maneira de persuadi-lo a me dar esse nome. Sei que César gosta de mim. Ele me deseja e me admira, reconhecendo em mim a própria ambição refletida, como Narciso debruçado sobre o espelho de água. No entanto, sua afeição não é forte ou cega o suficiente para que me dê o que desejo, a menos que também seja conveniente para ele e para Roma. Esses limites não me magoam nem ferem meu orgulho, pois entendo até onde vai sua afeição. A minha não é diferente. Meus próprios desejos se subordinam ao que é bom para o Egito.

César fica tenso e não fala por vários minutos. Seus pensamentos são opacos para mim, mas posso afirmar que algo o incomoda, uma pedra em sua sandália.

— Roma despreza todos os reis — diz ele, por fim.

A princípio, acho que está me explicando o motivo de não poder me dar o título de amiga, mas depois percebo que não está falando de mim.

— Mataram seu último rei — acrescenta, como para si mesmo.

— Sim, mas há muito tempo — observo.

E, então, aos poucos, vou compreendendo o que ele quer. Sonha com o poder que tenho. Ao examinar seu rosto, sei o que devo fazer: expressar seus próprios anseios. César não confessará esse desejo a Servília ou a qualquer outra romana. Somente uma rainha pode entender o desejo de um homem de ser rei. Ele tem um pouco de medo de falar em voz alta sua maior ambição, então falarei por ele. Este será meu presente: mostrar-lhe que Roma está pronta para um rei, desde que esse rei atenda pelo nome de César. Ele esteve no Egito e viu como governamos. A realeza é o único feito que ainda não realizou. Posso notar como isso o incomoda. Se eu o ajudar a se tornar rei, César terá uma dívida de gratidão suficiente para me dar o que quero.

Hesito por um momento, depois me apoio nos cotovelos e olho-o bem nos olhos.

— Qual é a diferença entre você e um rei? Já tem o poder de um rei. O que um "rei" pode ser que César ainda não é? Trata-se apenas de outra palavra e, por sinal, insignificante.

Enquanto falo, vejo o anseio em seu rosto. Ele conquistou metade do mundo, matou um milhão de homens e vive cumulado de elogios e adulação, mas, ainda assim, quer mais. Entendo esse anseio melhor que qualquer outra pessoa no mundo. Matei meu irmão e derrotei minha irmã para conquistar meu trono. Ele me observa com atenção, iluminado pelo desejo. Corro a língua pelos lábios secos e continuo:

— Roma desprezava os reis no passado. Mas aqueles reis eram tiranos. César, não. É generoso e justo. Roma inteira ama César.

Ele me olha atentamente e dá uma risada curta.

— Nem toda a Roma ama César. A maior parte, sim; o restante apenas tem medo dele.

Fica em silêncio, pensativo. Posso ouvir a crepitação de seus pensamentos, que zumbem como um besouro em alerta sobre velhas vigas de carvalho. Pigarreio e digo, medindo as palavras:

— Ninguém pode ser amado por todos. Isso não é possível. Mas há em Roma um número suficiente de homens que o amam? Eu arriscaria dizer que sim, mas você está certo, não podemos confiar em palpites. Um homem não pisa em uma ponte recém-construída sobre um riacho sem primeiro testar as tábuas para decidir se ela é firme e conseguirá suportar seu peso. Por que não testar o povo, ver se ele está pronto para aceitar um rei?

Ele me encara, agora intrigado.

— Isso não é viável. Não aqui em Roma.

Mas sua voz carece de convicção, e, sob a superfície, ouço uma nota de irreprimível esperança.

— Você não foi declarado ditador vitalício? Isso seria impossível para outro homem.

Sei que é grande a diferença entre um ditador e um rei: um ditador morre e se desfaz em pó; o filho de um rei governa após a morte do pai. Lá em cima, nosso filho dorme. Um dia, governará o Egito. Poderá também se tornar rei de Roma? Sinto vertigem só de pensar nisso. Nunca ousei imaginar tanto poder para ele, um poder que não é só poder, mas também perigo. Um rei bastardo estrangeiro governando Roma! Uma voz me sussurra que os romanos nunca permitirão isso. Eles o matarão primeiro. Já há em Roma quem anseie pela morte de meu filho. Isso não os deixará ainda mais determinados a assassiná-lo? Minha vertigem piora e se transforma em sensação de mal-estar no fundo do estômago. César reconheceu nosso filho, mas, até onde eu saiba, não o tornou seu herdeiro. A lei daqui proíbe essa medida. Contudo, leis podem ser modificadas para César. Há um peso em meu estômago, um medo intenso, que me lembra quanto nosso destino está ligado ao de César, para o bem ou para o mal.

Mas a possibilidade de tal poder nas mãos de meu filho é grande demais para ser ignorada. Nunca agi por medo e não vou começar agora. Aconselhei César para garantir o futuro de meu filho. César me observa atentamente. Está ávido por mais palavras, por ouvir de mim que seu desejo pode ser realizado. Acabo de lhe dizer em voz alta aquilo que ele ruminava em segredo, pensando a sós no escuro. Com minhas palavras, tornei tudo isso real, possível.

Suas ambições e decisões só lhe dizem respeito. Ao encontrar seu olhar, entendo, com uma pontada de tristeza, que ele não teme por ninguém além de si mesmo. Não se preocupa com o nosso bem ou com as consequências de suas ações. Mas esse é o comportamento de um rei. Era o meu também, antes de ter tido um filho. Cesário é nosso, mas, na verdade, só pertence a mim. César gosta do menino e se diverte com a semelhança entre ambos, mas sua afeição é egoísta. Não escolherá o que é melhor para o filho em detrimento da própria sorte. Seu amor é frágil e superficial. Não embalará a criança quando ficar doente, com medo de adoecer também. O caminho que César quer percorrer representa não apenas uma possibilidade, mas também um perigo para nosso filho; um perigo que César não leva em conta e não o faria hesitar sequer por um momento, mesmo que o pressentisse. Parte de minha afeição por César seca como areia úmida ao sol do deserto. Mas devo desempenhar meu papel: amante, confidente, conselheira. É o que é melhor para Cesário. Respiro fundo. Tento não imaginar o corpo pequeno de meu menino no berço, ressonando sob os cobertores, os lábios róseos e entreabertos, os cílios alongados.

— E como, segundo Cleópatra, eu descobriria que Roma está pronta? — pergunta César, ansioso.

Calo ainda mais minhas preocupações e reflito por um minuto.

— As Lupercais estão próximas? O festival obsceno e alegre aqui de Roma?

— Sim.

— Faça, então, com que alguém lhe ofereça uma coroa diante da multidão. Um senador, de cabelos brancos e honesto. Alguém que tenha sua total confiança.

— Marco Antônio.

Hesito. Antônio é leal além de qualquer dúvida, mas certamente não tem os cabelos grisalhos da sabedoria e ainda não o vi sóbrio. Mesmo assim, concordo com César.

— Pois que seja Antônio. Ele lhe oferecerá a coroa, e a multidão o incitará a colocá-la na cabeça. Mas, se você notar a mínima relutância ou hesitação entre os presentes, contenha-se e recuse-a. O povo o amará por sua modéstia.

— Recusarei — declara ele, resoluto. — Aceitarei apenas se me pedirem com total entusiasmo.

Sorrio, deixando que ele absorva a ideia, que a tome por sua. César imagina a cena, a multidão no fórum insistindo freneticamente.

— E não será uma coroa de ouro, mas de louros — diz ele.

Seu olhar brilha febrilmente. César nunca me quis — nem, suspeito, a nenhum homem ou mulher — como quer isso.

Pega minha mão e a beija.

— Você é para mim o que Vênus é para Marte — elogia.

Está me bajulando, mas não importa. Gosto de seus carinhos pessoais tanto quanto valorizo suas declarações públicas de apreço. Já fui transformada de Ísis na Vênus romana em seu templo. Minha imagem está sentada em seu trono, benevolente e bela, pronta para receber as oferendas de todos os cidadãos de Roma.

Entendo o desejo de César de se tornar rei. E, para bem ou para mal, é minha tarefa ajudá-lo: não quer outra coisa de mim. Devo orar aos deuses para que cuidem de meu menino. Para que as ambições do pai não machuquem o filho. Lembro-me das palavras da vidente em Alexandria — "o fruto sobreviverá à árvore" — e me sinto confortada.

Não há apenas a possibilidade de perigo para Cesário, mas também a perspectiva de poder e um Império.

No entanto, depois que César me deixa e volta para casa, percebo que não consigo dormir por causa do calor e da inquietude. Quando acordo de manhã bem cedo, meus olhos estão vermelhos como o sol poente.

O clima está úmido, e um cheiro de chuva paira no ar. Não gosto dessa estação fria em Roma, e não é só Charmian que anseia pelo calor perene de nossa terra. Quero inalar a brisa com cheiro de figos e tamareiras, não de fossas a céu aberto. Charmian e Apolodoro mandam que os escravos acendam as lareiras de todos os cômodos e joguem ervas nas chamas. Agora, pelo menos, o aroma de hortelã e tomilho se mistura ao das achas de pinheiro que ardem na grelha, disfarçando o fedor da cidade. Ouço gritos e berros, Iras entra e cai de joelhos, implorando:

— Peço perdão, grande rainha, mas não consegui impedi-la!

Dou com os olhos em uma mulher minúscula, dobrada em duas como um caule açoitado pelo vento, a pele trincada como casca de árvore e o cabelo branco pendendo em cachos miúdos. Ela me encara com seus olhos negros: os olhos de Apolodoro.

— Estou aqui pelo meu filho.

Joga uma bolsa no chão e moedas de ouro se espalham, rolando pelo piso como pequenos sóis giratórios.

Apolodoro se adianta, com o rosto contorcido de medo e raiva.

— Mãe, você não deveria ter vindo. A rainha disse à minha irmã que voltar aqui significaria morte.

— Se você não for para casa, morrerei de qualquer jeito. Se ela me matar, será mais rápido — retruca a mulher.

Apolodoro tenta levá-la para fora, envolvendo-a pela cintura fina. É muito maior que a mãe, mas não quer machucá-la; então, ela se livra de seu braço e se volta para mim, sibilando:

— Dizem que Apolodoro é um de seus favoritos. Se isso for verdade, grande rainha, deixe-o ir. Não por ouro, mas por amizade. Não há mais homens em nossa família. A fazenda vai à ruína; ela desce por uma encosta até nossos vizinhos, que roubam nossos animais. Minha filha e meus netos passarão fome. Teremos que vendê-los como escravos.

— Essas coisas são lamentáveis, mas acontecem todos os dias. Sinto muito por vocês — digo.

— Mas não o bastante para devolvê-lo a nós — replica a velha, resignada. — Vejo que não é verdade. Estão mentindo. Pois sua alteza não o ama. Ele não passa de uma propriedade, um escravo como qualquer outro.

Sua voz está rouca de desdém, pingos de saliva escorrem dos cantos de sua boca. Ela franze o cenho e vira o rosto, como se não suportasse mais me encarar.

A raiva cresce em meu peito e volto-me para Apolodoro, a voz embargada de fúria:

— Leve-a embora daqui. Por afeição a você, não ordeno que ela seja açoitada e crucificada.

— Agradeço sua misericórdia, grande rainha — responde ele.

A velha grita e pragueja, enquanto Apolodoro a empurra para longe, desafiando os golpes que chovem sobre seu rosto e seus braços. Sento-me perto do fogo, mas o frio não me deixa, e o cheiro do incenso queimado é amargo, ficando preso em minha garganta. Estou irritada e, mesmo quando os escravos me trazem Cesário, não consigo recuperar o bom humor. Apolodoro sabiamente se mantém a distância. Charmian tenta ler para mim, mas peço-lhe que me deixe em paz. Olho para o fogo, mas nas chamas só vejo o rosto da velha, seus olhos enegrecidos de ódio.

Fúlvia respondeu rapidamente ao meu chamado e fiquei grata. Não importa que tenha sido mais por curiosidade que por obediência. Ela entra olhando ao redor com olhos escuros e astutos. Os refrescos habituais são colocados na mesa. Fúlvia nem sequer repara neles, apenas me observa fixamente, interessada no motivo pelo qual solicitei sua presença.

— Seremos amigas, grande rainha? — pergunta Fúlvia. — Pois, se uma rainha ordena amizade, então ela deve ser concedida.

Não há calor em sua voz.

— Espero que sejamos amigas. Aliadas, certamente.

Agora, ela está intrigada. Faço um gesto para que se acomode no divã à minha frente, e eu também me sento. Olho para ela, os cachos brilhantes, um rubor de noiva nas faces, o beicinho bem feminino. Não me deixo enganar. Sei que essa mulher é inteligente e implacável. Um punhal escondido em uma linda bainha.

Revelo a Fúlvia a intenção de César nas Lupercais.

— Peço-lhe que convença Antônio a concordar com sua sugestão.

Ela me estuda com seus olhos negros e sagazes.

— Você estaria casada com o representante do rei — acrescento suavemente.

As faces de Fúlvia parecem ainda mais rosadas, luzidias com o brilho da perspectiva do poder. Ainda não responde, mas tenho certeza de que atenderá ao meu pedido. Não por amor ou lealdade a mim, mas em virtude dos próprios desejos. Às vezes, como mulheres, nosso poder é indireto; precisamos persuadir os homens a tomar o rumo que escolhemos; eles são os navios, mas nós somos a brisa que enfuna suas velas e os empurra pelos oceanos. Fúlvia olha nos meus olhos, e sei que ela também sabe disso.

Faço um sinal para Charmian, que me traz um escrínio. Abro-o e, retirando a joia de dentro, apresento-a a Fúlvia e deposito-a em seu colo.

— Um grampo de cabelo com pedrarias do Egito. Tão requintado quanto pontiagudo — digo.

Ela inclina o pescoço para a frente, e eu o ajusto nos cachos de seu cabelo. Os rubis brilham entre aquela massa negra como gotas de sangue. Agora somos aliadas, de fato.

✦ ✦ ✦

À tarde, caminho pelos jardins, ordenando aos escravos que me deixem só. Minhas dores de cabeça e a sensação de irritabilidade espinhosa permanecem comigo como febre em minha alma. Enquanto me dirijo à fonte, ouço um choro. O som se mistura ao gotejar da água. Estou prestes a me virar — não tenho interesse em ouvir o choro dos escravos —, quando vejo que é Charmian. Está encolhida em um banco, ao lado da água, com as faces entumecidas e manchadas. Ao me ouvir, ela ergue o rosto, surpresa, e rapidamente enxuga os olhos e o nariz na túnica, deixando ali um rastro de secreação. Seus olhos estão vermelhos e inchados.

— Sinto muito, grande rainha. Não queria que me visse.

Olho para ela por um momento. Sua tristeza repentina a separa de mim, e, pela primeira vez, não sei o que dizer a ela. Sou sua rainha ou sua amiga? Então, sento-me e coloco um braço hesitante em seu ombro. De imediato, ela se achega e soluça em meu colo, os ombros tremendo, enquanto acaricio seus cabelos.

— O que aconteceu, meu amor? — pergunto. — O que a aflige?

— Apolodoro.

— Ora, vocês brigaram? Não tenho experiência com arrufos de namorados.

— Não. Ele está desanimado. Cheio de tristeza e desespero, furioso contra o destino e contra a própria impotência. Foi feito escravo na guerra e presenteado a sua alteza. Não é dono de sua vida e aceita isso, pois nada pode fazer. Nem pensa em deixá-la. Ele a ama e não deseja ser livre. Mas não pode cuidar da mãe ou da irmã viúva. A mãe logo morrerá, é velha demais para ser comprada, mas sua irmã e os sobrinhos serão vendidos como escravos.

Essas palavras se transformam em soluços. Acaricio seus cabelos, encharcados de lágrimas e suor.

— Você não pode querer que eu o liberte. Ele a deixará.

Charmian olha para mim, o rosto cintilante de lágrimas.

— Mas quero que o liberte, sim. Eu o amo. E amor é liberdade. Apolodoro me deixará e ficarei feliz por ele, embora com o coração partido.

Olho para ela. A força de seu amor por esse homem me perturba. Não me importo tanto assim com César. Minha afeição é uma tepidez agradável.

— Se realmente quer que eu o liberte, considerarei seu pedido — digo. — Você nunca me pediu nada antes.

— Quero. Eu o amo. Liberte-o, deixe-o ir.

Sinto-me inquieta com o apelo de Charmian e aliviada porque meu dia está cheio de visitantes para me distrair, uns mais agradáveis que outros. Entendo que todos vieram a fim de contemplar a rainha egípcia com espanto e prazer, como fariam a um tigre ou a um elefante trazidos para Roma. Mas, dado que preciso do favor deles, suporto sua curiosidade insolente. Ouço o alvoroço da chegada, e logo Iras aparece, anunciando duas novas visitantes. Faço sinal para que sejam trazidas à minha presença, e elas entram. O dia está fresco, e uma fina garoa paira no ar. Ambas usam xales de lã macia sobre as estolas. Clódia está ornada de joias, Servília não traz nenhuma. Sinto-me feliz em ver Clódia, pois ela é divertida e cheia de travessuras; mas, como não havia convidado Servília, Clódia ultrapassou os limites da civilidade ao trazê-la como um pote de azeitonas ou um presente de seda. Admiro Servília, mas sei que César a ama de um modo como nunca me amou, e sua presença me irrita como couro duro em sandálias novas. Ela é a mulher que César adora desde antes de eu nascer.

Sua afeição por Servília aparentemente nunca diminuiu em todos esses anos. Examino seu rosto, tentando entender a atração e o fascínio dessa mulher que o cativou mais que todas as outras; no entanto, além da inteligência suave dos olhos, não consigo ver nada notável em suas feições. Nem esperava ver. A beleza desaparece, e César não ama Servília por sua formosura.

— César está construindo uma biblioteca — diz Servília. — Afirma que será tão grande quanto a de Alexandria.

Rio.

— Não seria possível. Mas sempre admiro a ambição de César.

Servília dá um suspiro repleto de ansiedade.

— Ouvi dizer que os originais de Platão e Aristóteles estão em Alexandria. Sua alteza os emprestaria a Roma?

— Não há empréstimo quando não há devolução. Se esses volumes entrarem em Roma, meu amor não os deixará sair. César pode ter meu coração, mas não meus livros.

Servília me estuda em silêncio por um momento, desembaralhando seus pensamentos como um maço de papéis, antes de perguntar com doçura:

— Ele realmente tem seu coração, grande rainha?

Não respondo. Os assuntos de meu coração pertencem só a mim. O constrangimento de meu silêncio é cortado quando Charmian entra trazendo Cesário, que está segurando seu crocodilo de brinquedo e soluçando.

— Ele só queria a mãe — diz ela, desculpando-se. — Sua alteza ordenou que o trouxéssemos caso não conseguíssemos acalmá-lo.

Abro os braços, grata pela interrupção. Ele se aninha em meu colo, e brinco com a seda de seu cabelo.

— O que foi, pequeno? — pergunto, vendo suas bochechas se avermelharem.

Ele não responde, apenas morde os pulsos, com a saliva escorrendo pelo queixo. Abraço-o, mas ele se esquiva, chorando. Sua angústia é uma ferida em mim, e, como se sentisse minha aflição, Servília me olha e diz:

— Posso tentar ajudar, grande rainha?

Observo-a, procurando por alguma intenção secreta, mas não vejo nada além de uma mãe oferecendo seu apoio. Aceito a ajuda; ela vem até nós e se ajoelha no chão ao nosso lado. Aproxima o rosto do dele e sorri, escondendo as mãos e fitando-o. Um momento depois, tira uma pluma da manga e lhe faz cócegas.

— Seu joelho está coçando? Ou seu nariz? — pergunta ela. Enquanto brinca, seu rosto de repente se ilumina com calor e travessura.

Cesário interrompe a birra e ri.

— Você é mãe — digo.

— Sim, e avó — replica Servília. — Olhe, suas bochechas estão inchadas, e ele baba. Os dentes do pobre bebê começam a nascer. Peça à escrava que traga cravos, mel e um almofariz.

Aceno a Charmian, que sai apressada.

Servília continua a brincar com Cesário, fazendo cócegas primeiro nele e depois no crocodilo de brinquedo, que ela finge estar mordendo seus dedos. Clódia se senta conosco e entra na brincadeira. Charmian retorna com os cravos, e Servília começa a triturar a mistura. Quando termina, coloca um pouco no dedo, fingindo passar na boca do crocodilo, e diz:

— Ele está com as gengivas muito doloridas; vamos fazer com que se sinta melhor. Mas parece um pouco amedrontado. Você, um menino grande e corajoso, pode mostrar ao Croc que ele não tem nada a temer?

Só um pouco relutante, Cesário acena com a cabeça e obedientemente abre a boca, deixando Servília espalhar, com delicadeza, a mistura sobre suas gengivas inchadas. Ela sorri para o menino e, ao fazê-lo, parece mais jovem, uma mulher cheia de vida e bem-humorada. Sinto que o restante da hostilidade que eu sentia por ela começa a desaparecer. Procuro imaginar como seria ter mulheres do tipo de Servília e Clódia como amigas. Afasto o pensamento. Não tenho outras amigas além de Charmian e não sou tola o suficiente para esquecer que ela também é minha escrava.

Cesário pega o almofariz e começa a espalhar a mistura por todo o seu brinquedo, murmurando palavras de conforto e ternura. Nós três nos entreolhamos, ficando conectadas por um segundo. Nesse momento de descontração, quase chego a acreditar que somos mesmo amigas — ou poderíamos ser, caso fôssemos mulheres diferentes, em tempos diferentes.

Sem dúvida, o medicamento aliviou o desconforto de Cesário, que agora parece cansado, com sono. Chamo uma ama, que o toma nos braços e o leva para tirar uma soneca. Vejo-o se afastar, sentindo uma pontada de amor. Um momento depois, Clódia se levanta e pede licença, despedindo-se com o que é claramente um pretexto cuidadoso. Servília e eu nos entreolhamos com franca curiosidade. Lembro-me de nosso encontro, quando eu ainda era uma menina. Gentil e inteligente, ela já era amante de César. *E ele ainda a ama*, sussurro em minha mente. Sua afeição é dividida entre nós. *Você fica ressentida comigo por reduzir sua porção?* Talvez o amor não se divida ou diminua, mas aumente e se multiplique. Penso em Charmian e em sua afeição altruísta por Apolodoro. Imagino como seria sentir um amor assim.

Dispenso as escravas, pois não precisamos de audiência. Sirvo-lhe uma taça de vinho com minhas próprias mãos. Ela bebe tudo de uma só vez, e percebo, para minha surpresa, que está nervosa. Pergunto-me o que a está incomodando. Servília morde o lábio e hesita. A descontração de minutos atrás desapareceu por completo. Por fim, ela diz em voz baixa e clara:

— Nós duas estamos ligadas por nosso amor a Júlio.

Eu repudiaria com desprezo e raiva, indignada com o insulto, qualquer outra mulher ousada o bastante para sugerir que temos um vínculo. Mas há algo na doce gravidade de Servília que me detém. Não consigo não gostar dela.

— Eu o amei, querendo apenas o que fosse melhor para ele, durante trinta anos. Isso nunca mudou — prossegue ela.

Faz uma pausa. Parece esperar que eu diga alguma coisa, que reafirme meu amor por César. Não digo nada. Minha consideração por ele é um sentimento pessoal; nem ela tem o direito de examiná-lo.

— Não somos inimigas, mas aliadas por meio de nossas afeições. O que é bom e certo para ele também nos interessa.

— Seu tom de voz sugere uma pergunta que não foi feita — replico.

— Seja prudente — aconselha ela. — Estamos em Roma. Sua alteza estimula em César uma ambição que não deveria ser estimulada. Ambas desejamos o que é melhor para ele.

— Sim, mas talvez não concordemos quanto ao que vem a ser esse melhor. — Faço uma pausa e examino-a atentamente. — Está pedindo que eu volte para o Egito?

— Jamais pensaria em pedir tal coisa.

Tenho certeza, porém, de que ela não choraria se eu partisse.

— Só lhe peço que não alimente os desejos e as ambições de César. E não o faço por ciúmes, mas por amor — diz ela, ainda com tom de súplica na voz.

Neste momento, sinto pena de Servília. Ela está ébria de amor. Admiro César; ela *precisa* dele. Minha afeição é sincera, mas temperada pela cautela. Sei quem é esse homem, e que sua maior paixão não é nem Cleópatra, nem Servília, mas ele mesmo e sua necessidade incontrolável de poder. Ela também deve saber disso, o que não impede sua devoção a César. O amor que sente por ele é absoluto e confundiu sua razão. Levanto-me e saio da sala sem dizer mais nada, deixando-a sozinha.

Volto para meus aposentos e deito-me na cama entre as sedas e as almofadas, mas não durmo. Uma abelha esbarra suavemente no teto, e observo, por vários minutos, sua determinação inútil. Vou até a mesa e pego uma caixa de madeira simples incrustada com marfim e ébano. Em seguida, peço que Charmian e Apolodoro venham ao meu encontro. Eles se postam diante de mim, lado a lado, sem se tocar, e, ainda assim, consigo sentir a conexão entre ambos, a tensão de um fio invisível. O rosto de Charmian ainda está pálido e entumecido. Apolodoro parece rijo e exausto. Nenhum deles fala. Olho para os dois, abro a pequena caixa de madeira, tiro um pergaminho e o entrego a ele, dizendo devagar:

— Apolodoro, eu lhe concedo a liberdade. É um presente. Pode voltar para sua casa e sua família. Vá com nosso amor e nossa bênção.

Ele me encara, mal acreditando no que ouviu. Então, desenrola o pergaminho e, após ler, constata que é verdade. Meu escriba lavrou a escritura, declarando-o liberto e devolvendo-lhe o sobrenome. Apolodoro passa o documento para Charmian, que o lê em silêncio. Ela ergue os olhos, seu rosto é um paradoxo de dor e alegria, e então começa a soluçar, tremendo tanto que parece ter contraído a febre do mosquito. Apolodoro a estreita nos braços, e ela sorri em meio às lágrimas.

— Vá, seja feliz e pense em mim, às vezes — diz ela docemente. — Mas só se esse pensamento o alegrar, pois não suportaria que ficasse triste.

Não ouço a resposta de Apolodoro, que a abraça ainda mais forte e sussurra em seu ouvido, e ela aninha o rosto em seu peito. Sinto calor, minhas palmas estão pegajosas, e, ainda assim, minha boca está seca. Quero que o próximo instante, ao mesmo tempo, acabe e nunca chegue. Faço esforço para falar e para impedir que minha voz trema.

— Charmian, estamos juntas desde que nascemos, com uma hora de diferença. Você é a irmã de meu coração. Eu lhe concedo a liberdade e lhe dou um novo nome.

Pego uma segunda escritura da caixa e entrego a ela, dizendo:

— Seu nome como mulher livre é Charmian Cleópatra Amada. Está livre para ir com Apolodoro. Para se casar com ele e ter filhos, com meu amor e minha bênção.

Em choque, ela para de chorar e me encara, confusa. Está surpresa demais para falar. Apolodoro, vendo isso, ajoelha-se a meus pés, em gratidão, puxando-a para perto de si.

— Nós lhe somos gratos, grande rainha, por seu amor e generosidade.

Ignoro suas palavras, pois não quero que me agradeçam. A dor que eu temia agora começa a crescer em meu peito. Temo que ela me esmague, uma onda enorme sobre uma pedra, e Cleópatra não chora.

— Vão — digo-lhes. — Mas vão imediatamente, é só o que peço.

Charmian se levanta e me abraça. Beija meu rosto, mas não consigo olhar para ela, porque não suportaria ver minha própria dor refletida em seus olhos ou, pior, não suportaria não vê-la ali.

— Sentirei sua falta — sussurra ela. — Todos os dias.

— Agora, vão — peço-lhes.

Apolodoro pega a mão de Charmian e puxa-a para longe de mim, como se temesse que eu mude de ideia. Ao saírem, sento-me na cama, deprimida. O quarto está vazio. Estou sozinha. Nunca amei César ou qualquer outro homem como amo Charmian. Por ela pratiquei um ato altruísta, talvez o único em minha vida. Não há poder nenhum que eu possa ganhar por lhe conceder a liberdade, apenas dor. E, ainda assim, eu repetiria esse ato cem vezes. Sento-me e ouço o chilrear dos estorninhos lá fora, mas, além do barulho dos pássaros, está tudo absolutamente silencioso. Quase posso ouvir meu coração se partindo.

À noite, não consigo dormir e perambulo pelos jardins no escuro. As escravas me seguem, sonolentas, e eu as ignoro, querendo apenas ficar sozinha. Tento me consolar sabendo que Charmian será feliz. Ela terá uma vida comum: um marido gentil que a ama e, com o tempo, filhos. Imagino a fazenda na Sicília, os vinhedos e os olivais prateados onde seus filhos ainda não nascidos brincarão. Talvez eles tenham filhas que ponham escorpiões a correr sob os limoeiros. Deve ser suficiente para mim saber que ela ficará contente e se deliciará com alegrias simples. E, ainda assim, há uma dor em meu peito que não passa. Dói como uma ferida física; quero andar e correr para superá-la, mas sei que não posso. A perda me perseguirá, e não conseguirei me livrar dela, não importa quão rápido eu corra.

A noite está agitada, e não sou a única que não dorme; os pássaros voam em círculos, saltando de árvore em árvore como massas de nuvens escuras, quando deveriam estar empoleirados. O rio corre ao longe, e o ar refresca minha pele. Estremeço e estreito o xale em volta dos ombros. O vento levanta as folhas e vergasta as fontes, de modo que fico coberta de respingos. Minha testa está úmida apesar do frio, e sinto o cheiro de meu suor, forte e animal. Há uma inquietação no ar, um zumbido; olhando para cima, vejo a lua sufocada pelas nuvens. Percebo que estou prendendo a respiração, e, de repente, um relâmpago ilumina o jardim por um momento, emprestando às estátuas dos deuses, espalhadas por entre a vegetação, uma alvura brilhante e fugaz. E, então, uma tempestade irrompe de súbito, os estalos dos relâmpagos são como choques entre exércitos, e o céu se povoa de gritos, as almas dos mortos sem descanso. As escravas se aproximam correndo, os rostos contraídos de medo, e me levam rapidamente para casa. Tento tranquilizá-las, mas não consigo ser ouvida por causa do estridor dos exércitos celestiais nos céus. A chuva começa, uma torrente repentina, e em um instante estou molhada até os ossos. Volto para a vila com o rosto escorrendo. Não houve aviso dessa tempestade; ela se abateu sobre a cidade em um turbilhão de vento, chuva e luz branca.

Fico na varanda, olhando para os relâmpagos, as fendas do céu, iluminando Roma. As escravas tiram minhas roupas encharcadas e me vestem de novo. No andar de cima, Cesário acorda e começa a chorar. Seus gemidos são golpes que sinto no peito e, livrando-me das escravas, corro escada acima até ele, tropeçando na pressa. O menino está sentado no berço, com o rosto coberto de lágrimas e catarro. Iras tenta pegá-lo, mas eu a afasto, tiro-o do berço e aperto-o contra o peito. Posso sentir o rápido bater de seu coração contra o meu. Ele está quente e úmido de lágrimas e sono, e cubro sua cabeça macia de beijos. Cesário se aninha em meu pescoço, e eu inalo seu aroma suave e leitoso. Seu pequeno corpo treme de medo e raiva por ter sido acordado pela tempestade. Iras vem até nós, com o rosto pálido.

— Essa tempestade não é natural. É a fúria dos deuses — sussurra ela.

— Os insignificantes deuses romanos não podem nos machucar — acalmo-a. — Que derramem sua ira como leite na lã.

O rosto de Iras continua tenso de ansiedade. Cesário soluça no meu ombro, eu o embalo e acaricio suas costas, sentindo a pele macia sob meus dedos. Por fim, seus soluços diminuem e calam, e ele fica pesado em meus braços. Não o deito imediatamente, mas o deixo dormir encostado em mim, embora ele agora esteja robusto o suficiente para cansar meus braços. Sinto-me vazia quando não o tenho em meu colo. Tudo deve ficar bem... deve ficar, pois tenho um segredo que ninguém mais sabe.

Ao pensar nisso, vem-me de novo aquela vibração no estômago, semelhante ao rodopio de uma folha ao vento. Aperto um filho nos braços, enquanto o outro, ainda não nascido, desperta em meu ventre. Sim, tudo ficará bem, pois farei com que assim seja para esses dois meninos, o que está em meus braços e o que vai nascer. Minha alegria é abafada por um véu de medo e perda. Enquanto a chuva continua a cair, sinto um temor cinzento e penetrante flutuar em minha mente como uma névoa marinha persistente em um dia úmido.

20

SERVÍLIA

Saí para o jardim e depositei oferendas a Marte e a Diana em seu altar. Não me esqueci de que eles cumpriram minha vingança contra Pompeu e sempre os homenageio como mostra de gratidão. Não vi Cleópatra desde que a visitei e brinquei com seu filhinho. Espero que ele nunca sofra o mesmo medo e a mesma perda que o meu. Enquanto depositava nozes, vinho e um pequeno buquê de flores da primavera — narcisos, prímulas e aquilégias — diante de suas estátuas, me vi murmurando uma prece pela segurança de nossos dois meninos. Eles também estão conectados, não pelo sangue, mas pelo amor; César os ama como seus filhos. Enquanto respirava fundo o ar fresco e impregnado do aroma das novas flores da primavera, senti algo como paz e esperança, o toque do sol da manhã em meu rosto.

Discutiu-se a possibilidade de César levar suas legiões para uma campanha vitoriosa contra os partas. Normalmente, eu encarava sua ida para a guerra com um misto de resignação e pavor, mas agora, informada de seus planos, sentia algo muito próximo do alívio. Seria melhor que ele ficasse longe de Roma e de Cleópatra. A influência que ela exercia sobre ele me preocupava; Cleópatra punha lenha na fogueira da ambição de César. Até a chegada dela, eu nunca havia sentido nele o desejo de ser rei. Talvez César pudesse exorcizar algumas de suas ambições mais imprudentes no campo de batalha.

Ouvi uma voz familiar me chamando pelo nome. Virei-me: era Bruto caminhando em minha direção. Sorri ao vê-lo. Quando o via, era como se visse o sol saindo de uma nuvem. Dessa vez, porém, ele não correspondeu ao meu sorriso, e, por seu andar, percebi que estava preocupado. Mal me cumprimentou e disse com a voz colérica:

— Detesto falar de César com desrespeito, pois não ignoro o que esse homem significa para você, mas temo que a mente dele esteja perturbada. Por causa da idade ou pelo excesso de poder, quem sabe.

— Tome cuidado, Bruto — repliquei, com tom de advertência na voz. Por mais irritada que estivesse com César, não gostava que ninguém falasse mal dele.

— Estou tentando, acredite. E isso é o máximo de civilidade ao meu alcance.

Seu rosto estava pálido, com pequenos sóis de irritação em cada face — o mesmo sinal que ostentava quando menino —, mas com muita calma me contou o que acontecera. Antônio havia oferecido a Júlio uma coroa de louros na frente da multidão das Lupercais. Não consegui ouvir mais nada e o interrompi:

— Não é verdade. Você veio aqui para me irritar e provocar. Por qual motivo, não sei dizer.

Bruto estremeceu, ofendido.

— Mãe, por acaso já me comportei dessa maneira alguma vez? Sobretudo com você? Fiz-lhe um relato fiel do que se passou. Marco Antônio ofereceu a Júlio César uma coroa de louros, três vezes. E, três vezes, César a recusou. Mas havia esperança nessa hesitação. Não resta dúvida de que, se a multidão o tivesse incentivado com o devido entusiasmo, ele a aceitaria. Ficou desapontado ao ver que isso não aconteceu. Cônsul, senador, ditador vitalício, nada é suficiente para seu amigo, mãe. Agora ele anseia por uma coroa. E não de louros trançados, mas de ouro.

— Acalme-se. Ele não é só amigo meu, é seu também, Bruto — retruquei, em tom áspero.

— E é por isso que estou aqui. Amo César. Amo Roma. Até hoje, eu acreditava que esses dois amores não eram apenas compatíveis, mas equivalentes. Que amar César era amar Roma também.

Olhei para Bruto. As flores no altar já pareciam sem viço, e várias delas tinham sido levadas pela brisa.

— Isso é verdade. Amar César é amar Roma — concordei.

Ele não disse nada e continuou me olhando. Nunca desejei que meu filho mentisse para mim, mas agora queria que seu relato fosse uma invenção absurda, uma história falsa das que se contam ao pé da lareira. No entanto, observando-o, agora na meia-idade, sério, com o cenho contraído e os lábios franzidos de preocupação, percebi que ele dizia a verdade ou, pelo menos, supunha dizê-la. Bruto nunca conseguiu mentir para mim, mesmo quando era criança; pego em alguma transgressão e após enganar os escravos para fugir ao castigo, ele me confessava tudo tão logo era chamado à minha presença. Ensinei-lhe que a mentira é pior que a transgressão em si. Eu perdoaria qualquer deslize, desde que nunca mentisse para mim. Agora, consternada, eu sabia que ele estava dizendo a verdade.

Senti um aperto no coração enquanto tentava imaginar a cena que Bruto descrevera: as multidões barulhentas, embriagadas de vinho e alegria, cheias de afeição por César e cantando canções estridentes sobre suas vitórias. Antônio, ladeando-o, pavoneia a própria importância e, de repente, conjura um ramalhete de louros como um mágico barato. César acena pedindo que parem, mas espera que não o façam. Quer que esta seja sua primeira coroação, não oficial, um alarde de falsa modéstia e fingida espontaneidade. Pensar nisso me fazia estremecer, pois sempre tive César e seu tirocínio na mais alta conta. Eu o considerava capaz de crueldade e egoísmo, mas nunca imaginei que pudesse demonstrar tamanha arrogância ou estupidez. Terá esquecido que isso é Roma? Não culpei Cleópatra, por mais que ela me enfurecesse. As rainhas sempre têm os próprios planos, e cabia a César constatar isso. Ela não conhece Roma, nem aos romanos, e, se César lhe deu ouvidos, essa foi mais uma de suas tolices.

— Falarei com ele — prometi a Bruto.

Bruto encolheu os ombros.

— Ele não escuta mais ninguém. E não vai escutar nem mesmo você.

Anos mais tarde, as pessoas contarão umas às outras sobre os estranhos sinais que supostamente apareceram em Roma nessa época. Todos os cidadãos, mesmo aqueles que ainda não nasceram, afirmarão ter visto sepulturas expelindo cadáveres putrefatos e leoas parindo no fórum, ou, então, que avistaram um cometa sangrento conspurcando o céu com entranhas escarlates. Lembro-me do cometa, mas não que fosse vermelho. Clódia me contou, ofegante, que uma porca pariu uma ninhada de leitões sem olhos. Enviei um escravo para investigar, pois, se isso fosse verdade, teríamos aí realmente um mau presságio. O escravo não conseguiu encontrar a porca ou a pessoa que testemunhou o estranho acontecimento. A ninhada monstruosa estava sempre em outro lugar, mas o fato de todos acreditarem nessas histórias enquanto procuravam ansiosamente por mais sinais me incomodava.

Eu sentia muita raiva de César desde as Lupercais e evitei me encontrar com ele ou Cleópatra. No entanto, o tempo embotou a ponta afiada de meu temperamento, e a fúria se transformou em medo. Fui convidada para jantar na casa da minha filha e de Lépido e, apesar de saber que César provavelmente também estaria lá, aceitei. Em suma, sentia falta dele.

Na noite clara e fresca, a vila estava iluminada com tantas velas e tochas que brilhava na escuridão como uma segunda lua. Bruto também foi convidado, mas é claro que recusou, pois não tinha a menor vontade de estar na companhia de César, nem de sua irmã, Júnia, ou de seu cunhado, Lépido. Fiquei triste, pois queria ver meu filho e minhas filhas juntos, e me ressentia do modo como essa briga entre César e Bruto estava se espalhando por minha família, comprometendo o relacionamento entre irmãos. Bruto evitava Júnia, sabendo que ela apoiava o marido e era devotada a César por influência dele. Aos olhos do restante de Roma, essa querela era política, mas, para mim, estava no âmago de minha família e lacerava meu coração.

A festa naquela noite era uma pequena reunião de amigos íntimos e antigos, mas Lépido sempre gostou de dar demonstrações generosas de amizade a César, de sorte que a vila pululava de escravos emprestados, e as mesas do triclínio estavam abarrotadas com mais comida do que os convidados poderiam consumir, ainda houvesse dez vezes mais pessoas. Júnia, de cenho franzido, parecia tão preocupada com a satisfação dos outros que ela própria provavelmente não teria nenhuma. Beijei-a e sussurrei:

— Está tudo maravilhoso, querida. Tudo em ordem.

De cada cômodo emanava o aroma de carnes assadas de caça e javali, nozes caramelizadas, todo tipo de peixes cozidos e vinho quente. Passeei pela vila, ansiosa para encontrar César entre os convidados reunidos. E, finalmente, lá estava ele, recostado no sofá com ar de absoluta segurança que atraía a atenção de todos. Seu olhar encontrou o meu e, por um momento, enquanto ele sorria, voltei a ser uma garota querendo ser beijada, ardendo de desejo e esperança.

Sentei-me num divã a seu lado. Não dividiria o dele em meio a outras pessoas, mas estava perto o suficiente para ouvi-lo encantar a todos com seus relatos de conquistas sangrentas e glórias. Tal como a descrevia, Roma era a única cidade civilizada do mundo, o único lugar digno dos deuses e de sua benevolência. A conversa mudou para a próxima guerra, pois em questão de dias César partiria para sua nova campanha. No entanto, enquanto ele discutia sobre suprimentos e rotas, parecia-me cansado; lembrava um sacerdote farto de orações, cujas palavras agora fossem convencionais, desligadas de seu significado e poder. Tínhamos quase a mesma idade, e eu me perguntava se alguma parte dele desejava apenas ficar em casa. Mas não fazer nada e engordar recordando sucessos passados, viver aventuras apenas contando episódios da antiga glória, não era de seu feitio. Uma sombra ainda o acompanhava: o sopro de Hades. O que restava de seu cabelo ralo tinha a cor cinza, e, quando ele pegou um prato de figos, notei as veias salientes em sua mão, a pele manchada.

À medida que a noite avançava, os jarros de vinho iam se esvaziando, a conversa ficava mais selvagem, turbulenta, e depois, como acontece entre amigos de longa data, piegas. Lépido se inclinou para César, com os dentes manchados de vinho, e perguntou:

— Não teme a morte nessa nova campanha, Júlio?

— Se a temo? Não. Mas farei tudo para evitá-la. Como se contornasse um grande charco — respondeu César.

Lépido pareceu não ouvir, pois continuou a tagarelar, com o vinho escorrendo da taça para o chão.

— Tombar no campo de batalha é uma boa maneira de um homem morrer. Uma maneira rápida e gloriosa.

— Quase nunca há algo glorioso ou rápido na morte em batalha — César bufou. — Infecção e agonia, sim. A glória só vem depois, no relato.

Ele se virou para mim e sorriu, suavizando a voz:

— E você, Servília? Como gostaria de morrer? Cercada dos netos?

— Não. De ninguém. A morte é um acontecimento solitário. Indesejado.

Ao ouvir isso, César se endireitou.

— Não quero que essa morte escorregadia e dissimulada se esgueire sobre mim em meus sonhos.

— Então, qual é o melhor tipo de morte para um homem? — perguntei.

— A repentina e inesperada.

Não me lembro mais do que disseram ou desejaram depois disso. Gostaria que tivéssemos aproveitado um tempo sozinhos, César e eu, mas não foi possível. Acho que nem falei com ele de novo, em particular, apenas fiz alguns comentários gerais para o grupo. Eu era perdulária com nosso tempo, pois achava que tínhamos muito dele pela frente e poderia desperdiçar horas e minutos. Esperava vê-lo no dia seguinte ou no outro. Havia tantos amanhãs à nossa espera que eu não devia ser mesquinha. Fiquei preocupada com sua partida para lutar em uma nova guerra, mas não muito. Ele já havia partido antes e sempre voltava. Era César.

Por isso, fui embora cedo. Ele sorriu para mim quando saí, mas não nos falamos nem nos beijamos. Não houve palavras para eu recordar mais tarde. E talvez nem seja desse último sorriso de que eu realmente me lembre, mas de outros, acumulados durante uma vida inteira de despedidas.

Quando cheguei em casa, para minha surpresa, encontrei meus outros filhos lá. Bruto fazia as honras da casa para Pórcia e Tércia, Cássio, seu marido, e alguns outros amigos. Fiquei aliviada ao ver que pelo menos dois de meus filhos eram amigos. Eles me cumprimentaram com calor e afeição.

— Como foi sua noite, mãe? — perguntou Tércia, pegando minha mão.

— Venha, sente-se conosco um pouco — acrescentou Bruto.

Assim o fiz, não querendo ofendê-los, embora parecessem bêbados e um pouco exaltados. Os escravos que os atendiam estavam visivelmente esgotados e lhes dei pouca atenção — tinha deixado um grupo exausto apenas para descobrir outro em minha própria casa, quando só queria paz. Se ao menos eu tivesse escutado a conversa com atenção! Não diziam nada sobre seus planos na minha frente, mas, se tivesse sido mais atenta, talvez houvesse suspeitado o suficiente para lhes arrancar alguma coisa.

Eu me pergunto, como já fiz mil vezes desde então: se tivesse ficado e descoberto a conspiração deles, teria conseguido convencer meu filho do desastre que seria desencadeado, recordando-lhe de seu amor pelo homem que fora como um pai para ele? Bruto sempre me ouvia, sempre acatava meus conselhos. Então, o mundo e seu futuro teriam sido diferentes, outro seria o barro que moldaria a terra. Mas não foi isso que aconteceu porque eu estava exausta, farta de sua conversa exaltada, e lhes desejei boa noite quando deveria ter feito perguntas e insistido em saber por que haviam bebido tanto e estavam tão entusiasmados. Se minha cama não houvesse me chamado! Se minha cabeça não doesse! Se eu não tivesse querido ficar longe dos risos estridentes de Pórcia! Coisas tão insignificantes e efêmeras são que decidem o destino de impérios e homens.

Dizem que Calpúrnia não conseguiu dormir naquela noite, atormentada por premonições de que o corpo de César expelia rios de sangue por todas as veias. Talvez isso seja verdade ou talvez ela tenha conjurado a lembrança dessas premonições mais tarde. Depois, Cleópatra me contou que ela também ficara inquieta, tomada de medo inominável. Quanto a mim, não tive sonhos sombrios. Tive um sono profundo e bom — pela última vez.

21
CLEÓPATRA

A solidão é um peso que carrego comigo para todo lugar, como os amuletos dourados presos aos meus pulsos. Penso em Charmian e espero que sua felicidade seja suficiente para compensar minha dor. Não penso em Apolodoro. Ele a tomou de mim. Ela o escolheu em vez de mim. O tempo ainda não cicatrizou a ferida.

Eu me distraio com Cesário, ameaçando persegui-lo pelo extenso gramado. Ele grita de alegria e sai correndo, decidido a escapar da animada perseguição. Deixo-o se distanciar, vendo o espaço entre nós aumentar, até que ele esteja bem longe; sinto-me puxada para o menino como por um fio invisível, corro para pegá-lo, estreito-o em meus braços e cubro-o de beijos, fazendo cócegas em seu pescoço e em sua barriga enquanto ele se contorce e ri.

— De novo! De novo! — grita Cesário, libertando-se e disparando mais uma vez, com passos cambaleantes e instáveis conforme avança.

É primavera, o ar está impregnado do canto dos pássaros, e a luz amarelada do sol se derrama pelo caminho. Há um cheiro de terra revirada, de plantas verdes úmidas, e bagas de dente-de-leão revoluteiam com a brisa. Meus pés estão descalços e sujos de lama, e um pequeno besouro com uma carapaça brilhante passeia por meu dedão. Afasto-o com um piparote e me preparo para correr novamente, esperando pegar meu garoto mais uma vez, sentir sua cálida agitação, seu hálito quente em minha face.

Então paro abruptamente, pois do outro lado do jardim vejo três escravos correndo em minha direção. Aos gritos. Há algo no frenesi deles que me deixa nervosa. Não consigo ouvir suas palavras, levadas pelo vento. Cesário continua a correr, gritando alegremente, mas não o persigo mais. Protegendo os olhos, observo os escravos, que se aproximam em disparada. Um frio invade meu peito. Procuro meu filho e, por um momento, não consigo mais vê-lo em meio à relva alta, sentindo um pânico repentino, como se ele estivesse realmente perdido para mim. Ainda posso ouvi-lo, seus ecos de alegria, e meu coração lateja em meus ouvidos. Só quero segui-lo. Uma voz sussurra que, se eu não fizer isso, talvez o perca — uma tolice, é claro, pois ele está apenas brincando na grama, em segurança, e há escravos e guardas por toda parte. Sei que meu medo não é sensato, mas um pavor frio se ergue dentro de mim como uma maré de primavera. Quero persegui-lo e jogar esse jogo enquanto temos tempo; tenho receio do que vai acontecer quando pararmos. O tempo se dilata e depois se contrai novamente. Os escravos se aproximam, e seus gritos ficam mais altos. Capto uma única palavra, trazida pelo vento.

Morte.

22

SERVÍLIA

Acordei cedo e revigorada. A vila estava silenciosa; o único ruído era o dos escravos ocupados com suas tarefas matinais e o das notas vibrantes da primavera. De uma árvore perto da minha janela aberta, uma cotovia cantou. Sorri feliz ao ouvi-la e decidi caminhar entre minhas roseiras. Plantei uma profusão delas, em todos os tons de branco, rosa e vermelho, e mandei trazer montes de esterco das minhas propriedades rurais para os jardineiros adubarem os canteiros. Não sou vaidosa comigo mesma, mas sou vaidosa com minhas flores — as mais requintadas de Roma. Caminhei até a janela e contemplei os canteiros lá embaixo. Logo, os primeiros botões surgiriam e espalhariam doçura pelo ar. Fechei os olhos, antecipando alegremente esse modesto prazer. Disseram-me que Cleópatra havia plantado algumas roseiras que eu não conhecia no jardim de sua casa emprestada. Se compartilhávamos um amante, poderíamos muito bem compartilhar mudas de rosas.

Enquanto eu refletia sobre isso, ouvi vozes se elevando no andar de baixo, mas meus pensamentos ainda estavam perfumados com rosas futuras, e eu mal percebi. Os gritos ficaram mais altos, e senti uma pontada de irritação. Não desejava visitantes. Não ainda. Era muito cedo, e eles estavam sendo rudes comigo em sua intrusão naquela manhã ensolarada de primavera. Queria ficar aqui em meu próprio quarto, sozinha com meus pensamentos; eles deixariam sua mensagem e partiriam, e a casa voltaria à quietude. Então, para meu desânimo, ouvi passos arrastados na escada. Suspirei. Não queria que subissem. Deixem-me ficar em meu quarto, a sós, contente e em paz, contemplando minhas rosas.

A porta se abriu.

Bruto estava parado na soleira, coberto de sangue, as faces e as mãos manchadas de um vermelho pegajoso e úmido, tão espesso que ainda não tinha começado a secar. Sua toga branca estava rasgada e salpicada de sangue. Olhei para ele por um momento, incapaz de entender o horror daquela aparição diante de mim, o fantasma vivo de meu filho violentamente agredido.

— Quem o atacou? Quem fez isso? Que crime foi esse? — gritei, correndo para ele.

Mas ele me afastou e se manteve a distância. Algo em sua expressão me fez parar. Não o toquei. Bruto cheirava a carne.

— Não é o meu sangue, mãe — disse ele, por fim.

— Então de quem é? — perguntei. O silêncio ao meu redor aumentou, se estendeu e cresceu até eu sentir que me afogava nele. Eu não queria que meu filho dissesse a próxima palavra. Não diga.

— De César.

23

CLEÓPATRA

Não consigo pensar. Meus pensamentos estão densos e pesados, empapados de sangue, amontoando-se uns sobre os outros. Não há tristeza. Só choque e pavor. Ouço suas vozes, estridentes pelo medo e pelo horror, mas agora elas soam como se viessem das profundezas das águas. Cesário parou de correr, percebendo que não estou mais em seu encalço, e fica cambaleando na grama, franzindo a testa, o pequeno rosto marcado de decepção. Corro até ele e o pego no colo; ele se contorce e chora, não querendo mais brincar, mas eu o estreito com força, assustada, e não o solto.

Por toda parte há barulho, gritos de tristeza, confusão e instruções conflitantes. A casa inteira está em movimento, mas Cesário e eu continuamos como uma ilha de quietude em meio ao caos. Ele se acalma em meus braços, aconchegando-se em meu pescoço, sentindo a mudança de humor. Não nos movemos enquanto os gritos ecoam ao nosso redor; somos as rochas em meio à mare impetuosa.

Eu disse a César que ele poderia ser rei de Roma; fui o fole que atiçou o fogo de sua ambição. Proferia em voz alta os sussurros de sua alma. Não o matei. E, ainda assim, a culpa me espicaça, insistente como um cão faminto. Afasto-a. Eram seus próprios desejos, seu anseio. Apenas lhes dei voz. Mas ele está morto da mesma maneira.

Cesário não sabe. Agora, nunca conhecerá o pai. César está morto, mas não há tempo para tristeza. Podemos lamentar mais tarde. Roma não é segura para nós. Precisamos fugir.

24
SERVÍLIA

Fomos para o átrio, agora lotado de escravos e vários outros senadores, igualmente salpicados de sangue. Ignorei-os, olhando só para meu filho. Não pude estar com César quando ele morreu, nem compartilhar sua dor, mas senti seu eco. A dor me aproximou dele. Queria senti-la.

— Conte-me de novo — pedi.

Ouvi, com os olhos secos, o relato do crime. Choraria depois. Bruto olhou para mim. O sangue em sua toga havia secado e estava enegrecido. Eu podia ver a crosta escura sob suas unhas e por todo seu braço.

— Continue — insisti, impaciente.

Ele balançou a cabeça, com ar suplicante.

— Por favor, mãe, não há mais nada a dizer. Você já ouviu a história uma dúzia de vezes. Cada detalhe. Cada gota de sangue.

— Pois conte novamente. Você me deve isso.

Eu desejava ouvir a história repetida até ela fazer sentido para mim, mas, é claro, isso nunca aconteceria. Estremecendo, com o rosto pálido, exceto pelas pintas de sangue seco, ele recomeçou:

— Quando César entrou no Senado, todos nos levantamos para mostrar nosso respeito a ele.

Pigarreei e cuspi.

— Seu respeito? E você sabendo o que estava prestes a fazer com o homem que o salvou, o perdoou, o amou?

Bruto não respondeu, apenas esperou um momento e prosseguiu:

— Então alguns senadores se aproximaram da cadeira dele...

— E quem liderava aqueles senadores? Não omita nada. Não poupe Bruto.

Ele se encolheu, mas apenas por um instante, e logo se endireitou.

— É verdade. Bruto era o líder do pequeno grupo que se reuniu em torno de César.

Passeei o olhar pela sala, onde a família estava reunida com vários outros senadores e seus asseclas, as togas igualmente manchadas de sangue.

— Bruto? Todos ouviram? Bruto, meu filho. Meu filho! — exclamei, apontando-o.

Senadores e escravos se comprimiram uns contra os outros, com os olhos esgazeados de medo. Nenhum deles olhou para mim. Acenei para Bruto continuar.

— Apresentamos nossas petições a César, mas ele não as acolheu. Sentou-se, ignorando todos os pedidos. Insistimos várias vezes, até que ele começou a nos repreender por nossa grosseria.

— Mas isso era uma farsa, não? Uma provocação sem sentido? — ralhei, elevando a voz.

Bruto hesitou.

— Esperávamos essa reação. E, em seguida, agarrando sua toga com as duas mãos, descobri-lhe o pescoço, que era o sinal para o ataque. Cássio vibrou o primeiro golpe.

— No pescoço?

— Sim, senhora. No pescoço. Não foi um golpe mortal nem grave.

Dei uma risada curta, ciente do tom de tristeza indisfarçável em minha voz.

— Pois um corte no pescoço me parece bastante grave. Mas eu não estava lá. Não saberia. E ele morreu, não? Então o golpe foi grave e mortal.

— Sim, ele morreu. Mas aquele foi só o primeiro golpe, senhora. Não foi o que o matou.

Bruto engoliu em seco, e vi que ele estava transpirando muito, com o suor cobrindo a palidez anormal de seu rosto. Não lhe ofereci vinho ou qualquer outro revigorante. Apenas acenei para que continuasse.

— César imediatamente se virou e, agarrando a adaga, segurou-a firme. E gritou.

— E o que ele disse?

Bruto suspirou.

— Ele disse: "Isso é violência!", com a voz carregada de consternação e choque.

— E o que os senadores fizeram? Ninguém o ajudou?

— Aqueles que não sabiam da conspiração ficaram atônitos e assistiram a tudo em pânico. Aterrorizados, não correram para ajudar César nem sequer disseram uma palavra.

Eu não conseguia entender aqueles covardes e sua hesitação. A culpa deles não era tão grande quanto a de Bruto, mas, ainda assim, eram culpados. Odiei todos eles por sua covardia. Eu teria corrido até

César e protegido seu corpo com o meu. Que façam chover seus golpes sobre minha carne macia, perfurem meu peito, minhas coxas e meu ventre com suas lâminas: minha pele e meus músculos são mera almofada para suavizar os golpes direcionados a César. Mas esses homens corajosos, esses senadores, comandantes de legiões e conquistadores, estavam muito assustados e ficaram paralisados como crianças com medo do escuro.

Bruto apressou-se no relato, tão ansioso para terminar de contar quanto ficara para cometer o ato.

— Mas aqueles que sabíamos antecipadamente da trama o cercamos por todos os lados, de punhais em riste. Para onde quer que ele se virasse, só via golpes e lâminas, nossas espadas apontadas para seu rosto e seus olhos, e mais parecia um animal selvagem acometido por todos os lados. Combináramos que todos deveríamos atacá-lo e nos molhar com seu sangue. Todos iguais nesse ato glorioso. Por enquanto, a devastada Roma está livre de seu tirano.

Fiquei em silêncio por um momento, incapaz de reconhecer suas palavras de autojustificação. Então, perguntei:

— E Bruto? O que Bruto fez?

— Eu o apunhalei.

— Só uma vez?

— Sim.

— Onde?

— Na virilha.

Uma náusea subiu à minha garganta. Forcei-a para baixo. Já tinha ouvido a história tantas vezes que só me fixei na parte final.

César lutou e resistiu, esquivando-se em todas as direções para evitar os golpes e gritando por ajuda; mas, quando viu o punhal de

Bruto desembainhado, seu próprio Bruto, o menino que fora como um filho para ele, amado e terno, Júlio cobriu o rosto com o manto e desistiu, deixando-se cair.

— Eu também o amava — disse Bruto.

— Claro, meu querido. Seus atos provam sua devoção — ironizei. Por um momento, não consegui olhar para ele; depois, respirei vagarosamente e prossegui. — E, por acaso ou destino, ou por ter sido empurrado até lá por seus assassinos, caiu junto à estátua de Pompeu. O mármore branco de Pompeu ungido com o sangue de César. Ele lá ficou, estendido aos pés do antigo inimigo, e rendeu a alma por uma multiplicidade de ferimentos. Pois isso não foi apenas assassinato, foi uma carnificina.

Virei-me para Bruto, minha voz estridente de fúria e desespero.

— Vocês todos o apunhalaram com tanta força e tantas vezes que, em seu frenesi, cortaram as próprias mãos e as dos outros. E depois que César morreu e sua alma fluiu para longe desse ossuário que é o mundo, o esfaquearam enquanto ele jazia sem vida no rio do próprio sangue.

Bruto permanecia imóvel, sem dizer nada.

Os senadores reunidos e os escravos me encaravam em silêncio. Silêncio que pulsava como respiração presa. Aproximei-me de Bruto, peguei sua mão encharcada com o sangue de meu amor, de meu César, levei-a aos lábios e a beijei.

— Até você, Bruto? — sussurrei. — Você, Bruto, meu filho? Saiba que matou a nós dois com a mesma faca. César está morto, livre dessa terra atribulada, mas eu ainda respiro, me movo e falo, embora esteja morta do mesmo jeito. Você me matou. Meu coração já não está em meu peito. Não cabe mais ali.

Bruto me olhou com os olhos úmidos de lágrimas. E disse em voz baixa:

— Sinto muito pela sua dor, mas não tenho vergonha do que fiz. Agi pelo bem de Roma e da República. Tive de livrar Roma de César para salvá-la.

Observei meu filho, tão tolo, desventurado e cruel. Ele se tornou assassino para salvar a República, mas com tamanha cegueira que não tinha planos para Roma depois de seu ato. As ruas estavam vazias, em silêncio. Todos se recolheram às suas casas, aterrorizados. Bruto havia apagado o sol sem outra lâmpada à mão. O silêncio e o medo não durariam, logo se transformariam em raiva e, talvez, em guerra. Os aliados de César caçariam Bruto e os outros conspiradores. Não tive dúvidas de que Antônio exigiria a morte deles por traição. Olhei para meu filho, me perguntando se ele tinha alguma ideia do que havia desencadeado.

Ele interpretou meu silêncio como um convite para continuar.

— Meu pai era Bruto, e meu ancestral Bruto livrou Roma do tiranicida. Não era apenas meu dever, mas meu destino, pois sou Bruto.

— Você é Bruto — concordei, minha voz soando quase como um sussurro.

— A senhora me ajudará? Há aqueles que clamam pelo meu sangue, pela minha morte.

Meu amado filho, tão tolo, iniciou uma revolta cometendo assassinato e sacrilégio, mas não conseguiu planejar o que poderia acontecer em seguida. Eu respirava com dificuldade. Estava farta. E exausta. Olhei fixamente nos olhos do assassino de meu amante. O rosto do único homem vivo que eu amava.

— Sim — respondi. — Eu o ajudarei.

25

CLEÓPATRA

Há guardas posicionados em todas as entradas, mas além dos portões Roma está em chamas. Uma multidão saiu às ruas saqueando casas a pretexto de buscar os assassinos. A multidão se divide entre aqueles que querem esquartejar os criminosos e aqueles que pretendem massacrar todas as pessoas próximas de César. Preciso encontrar um meio de levar meu filho para casa. Viemos aqui para reforçar sua posição e esclarecer meu poder, mas agora, a menos que possamos retornar a Alexandria, esse poder desaparecerá. No fim do corredor, ouço meu irmão-marido, o pequeno Tol, conversando ansiosamente com sua ama. Ele tem idade suficiente para ficar assustado, mas não para me ajudar em um plano de fuga.

Por enquanto, estamos seguros atrás dos muros da vila. Mas a quem ela pertence agora que César está morto? Não sei. Sua morte foi cruel e dolorosa. César não merecia tal morte; ela não foi digna dele. Ainda não sinto sua falta, pois sua partida é muito recente, inesperada demais, e ainda tenho a esperança de vê-lo andando com passos largos ao meu encontro.

Mas tudo mudou. O próprio ar está diferente. Inquieta, não consigo ficar sentada, dormir ou comer. Minhas mãos tremem como se eu sofresse de paralisia. Acima da cidade, paira a névoa da fumaça dos incêndios nas ruas. Ando de um lado para outro pelos jardins da vila, pois não suporto ficar lá dentro. Aqui, os pássaros cantam, irrequietos. Uma abelha vasculha um aglomerado de narcisos batidos de sol ao lado de um tanque. Apesar de todos os presságios, agora que César está morto, a natureza não se importa. As escravas do berçário brincam com Cesário junto de uma fonte de Vênus, pois ordenei que ele esteja sempre à vista. A ansiedade se instalou em meu peito, e sinto as batidas aceleradas de meu coração. Quando penso no perigo que corre meu filho, não consigo respirar, e minha visão se turva como se eu estivesse olhando diretamente para o sol.

Ouço barulho no andar de baixo da casa e por um momento penso que ela foi arrombada, que a multidão está aqui. Passos ecoam na escada. Espero o grito dos guardas do lado de fora de meu quarto, mas eles estão em silêncio. A porta se abre, e eu a vejo. Charmian está parada na soleira, suja e cansada da viagem. Tem os pés cheios de bolhas e sangrando, e as tiras das sandálias se romperam.

— Você voltou! Voltou para mim! — exclamo, duvidando de meus olhos.

— Você precisava de mim. Tive que voltar — diz Charmian.

Corro até ela, que me abraça forte, e, de repente, todas as lágrimas contidas caem de uma vez enquanto ela me segura, acaricia minhas costas e sussurra que sentiu minha falta, que me ama.

— Nunca mais vou deixá-la — murmura Charmian. Percebo que não consigo dizer nada.

Sei que o mundo está queimando, que precisamos fugir e que César morreu; no entanto, minha tristeza é temperada com alegria. Encaro-a, perplexa. É uma mulher livre, capaz de fazer as próprias escolhas, e ela me escolheu.

— E Apolodoro? — pergunto.

Charmian permanece em silêncio por um momento, como se não conseguisse falar. Seu rosto transpira aflição e, quando ela fala, é num sussurro:

— Eu o amo. Mas a amo mais.

Sofro por ele. Era meu amigo e tentei lhe dar liberdade e felicidade, mas parece que nós dois não conseguimos ser felizes. Não há espaço no mundo para termos o que queremos. Imaginá-lo na fazenda, sentindo-se sozinho sem Charmian, mesmo cercado pela família, me incomoda. Culpa e tristeza explodem dentro de meu peito. "Sinto muito, Apolodoro", murmuro para mim mesma. Não pergunto a Charmian o que ela lhe disse quando o deixou. Não quero imaginar sua tristeza ou dor por causa da separação já sei como são esses sentimentos. Tenho pena de Apolodoro, mas não trocaria de lugar com ele.

Charmian voltou para mim e, com ela ao meu lado, sei que escaparemos, sobreviveremos a esse perigo, assim como sobrevivemos a todos os outros. Ela pode não ter vindo com Apolodoro, mas não veio sozinha. Está carregando seu filho no ventre. Não lhe perguntei se sabia que estava grávida; isso me pareceu cruel. Cuidarei dela e de seu bebê como se fossem minha própria carne. Mantenho-na a meu lado, só a deixando fora de vista para lavar e buscar as roupas limpas. Insisto em que coma comigo. Eu a observo enquanto ela devora o pão e as frutas.

— Os escravos já estão preparando o essencial para nossa jornada. O restante virá depois — diz ela.

— Como escaparemos? Estamos cercados por todos os lados. A multidão não nos deixará sair — replico.

Com o rosto tenso de preocupação, Charmian rói as unhas, velho hábito que costumava lhe render surras quando criança. Precisamos de um plano, mas ainda não o encontrei. Meu destino continua intimamente ligado ao de César, mesmo após sua morte. É como estar de volta ao palácio de Alexandria com inimigos nos cercando, só que agora não temos seu poder. Percebo, com uma pontada de tristeza, que a morte dele me trouxe solidão. Eu não esperava por isso. Sinto falta da proteção de César, mas também de sua companhia. Apesar do retorno de Charmian, crescem em mim um vazio e um eco. Não há tempo a perder, temos de pensar em um modo de escapar, de sobreviver.

— As ruas estão cheias de desordeiros. Mesmo assim, precisamos passar por eles, abrir caminho para fugir, antes que tentem nos alcançar aqui — proponho.

— Isso é muito perigoso — diz Charmian.

Penso na vidente de Alexandria na noite em que César e eu nos conhecemos. Mataram a árvore e, agora, virão buscar o fruto.

— Estamos sem amigos aqui, agora que César se foi — continua ela.

Então, estremeço. Uma ideia estranha me ocorre. Lembro-me de Servília. Somos irmãs na dor. Por um momento, penso na perda que ela sofreu. Se meu amor por César era um rio, o dela era o oceano, amplo e profundo.

26

SERVÍLIA

Ordenei que Bruto ficasse lá embaixo e coloquei guardas em cada uma das portas. A cidade fervilhava de homens caçando-o, ansiosos por matá-lo pelo que ele havia feito. Bruto estaria seguro aqui em minha casa, pois ninguém era mais próximo de César que eu. E não havia ninguém que sentisse sua perda mais intensamente. Não a morte do estadista, do ditador ou do general, mas a perda do ser humano. César, o homem de olhos castanhos levemente avermelhados de cansaço, que ainda sorria ao me ver. Falava comigo num tom que não usava para se dirigir aos outros. Ninguém mais falaria comigo daquele jeito, nem me olharia com tanta ternura.

Sentei-me em meu quarto, ainda de camisola e xale. O mundo foi destruído e acabou, e, mesmo assim, eu continuava fadada a viver. Descobri que falava em voz alta, como se estivesse falando com o próprio César, e, ao fazer isso, tive uma visão: ele, com as mãos crispadas sobre os ferimentos, sangrando, ao lado de minha cama, a cama onde havíamos conversado, rido, discutido e feito amor por trinta anos. Sem parar para refletir na improbabilidade dessa aparição evocada pela minha mente inquieta, dirigi-me ao fantasma:

— Não vi nem ouvi nenhum presságio. Nada me avisou sobre o acontecimento, meu amor. Dormi. Será que estava pensando em minhas rosas enquanto você morria?

Ele me olhou em silêncio.

— Agora, plantarei apenas rosas sangrentas. Todas as outras, brancas, róseas e amarelas, serão arrancadas, e apenas as vermelhas de César brotarão nesses canteiros. E terão os espinhos tão afiados que farão sangrar os dedos de quem as colher.

O fantasma não respondeu, simplesmente se sentou, observando-me com olhos melancólicos.

Meu sofrimento se transformou em raiva, e, tomada de fúria, girei pelo quarto, com as mãos agarrando meus cabelos e arranhando meu rosto. Bruto amargava sua culpa, que parecia escorrer dele. Mas onde estava Antônio quando César morria? Que fora feito dos homens que poderiam salvá-lo e o adoravam? Calei as perguntas. Já não tinham mais importância. Bruto o amava e o massacrou assim mesmo.

As escravas me vestiram com traje de linho fino, pentearam meus cabelos e banharam minhas mãos e meu rosto. Eu era uma sombra de mim mesma. Depois, fui levada para a liteira. As ruas estavam vazias agora, e o risco diminuíra, mas eu quase ansiava por um acidente ou perigo, pois então não teria de fazer aquilo. A mais horrível das tarefas.

Nas horas seguintes, bati às portas dos senadores, aqueles amigos de César que não se envolveram na conspiração e estavam indignados e tristes pelo assassinato. Queria me juntar a eles na raiva, nos clamores de vingança. Queria sangue para aplacar o de César, mas, em vez disso, ajoelhei-me e implorei por meu filho, o assassino. E, enquanto implorava, com os olhos embaciados de tristeza, coloquei o escrínio contendo a pérola de César aos pés deles. O símbolo da lealdade e do amor daquele homem por mim.

Eles me ouviram com pena. Ninguém me acusou de cumplicidade. Sabiam de meu afeto por César.

Enquanto era levada para casa, estirei-me na liteira, sentindo seu balanço e remoendo a humilhação, o ressentimento e o alívio, pois Bruto estava seguro. Eles não exigiriam sua morte.

Minha dor era dupla: César morrera, e meu filho fora o responsável por sua morte. Tentei repor meu coração no peito, mas ele estava entumecido demais de tristeza. Protegi meu filho, meu inimigo. Sua traição foi absoluta, e, ainda assim, eu o amava, mesmo enquanto o corpo de César ardia na pira.

Já em casa, saí para o jardim, com a cabeça latejando. Fiquei lá por muito tempo, sentindo o vento na pele e me perguntando como era possível suportar tanta dor, tanta traição, tanta tristeza e, ainda assim, continuar viva.

Pensei no outro menino. Filho de César. Esperava que ele nunca pagasse pelos pecados do pai. Mas as coisas são assim. Crianças crescem, tornam-se homens, matam e são mortos pelos atos dos pais. As mães tentam protegê-los dos próprios erros, mas, na maioria das vezes, seus feitos são esquecidos. É provável que eu desapareça da história, que minha identidade seja apagada. Talvez eu tenha sido apenas a sombra das pessoas que tentei proteger — e somente os homens que salvei ou deixei de salvar serão lembrados. Eles não perceberão que eu era o seixo; apenas verão as ondulações da água enquanto deslizo para baixo da superfície. Jamais saberão quanto sofri pela perda de meu amante ou como tentei salvar meu filho; as reuniões no Senado para implorar por ele, as discussões, a mágoa... Eles me deixarão de fora da história. Talvez seja melhor assim. Há paz no silêncio.

Respirei fundo o ar fresco e depois entrei em casa. Queria ir para o andar de cima, me meter na cama e esperar pelo sono que, é claro, não viria. Dispensei os escravos e todas as ofertas de lenitivo e conforto. Mas, para minha consternação, vi que havia alguém me esperando.

— Sinto muito, senhora, ela insistiu — disse uma das escravas, procurando se desculpar. — Charmian, a liberta de Cleópatra, está aqui.

Com um suspiro, virei-me para encarar a intrusa. Uma mulher jovem. Charmian, serva de Cleópatra. A fúria zumbiu novamente em minhas veias. Como ela ousa vir aqui implorar por sua senhora? Cleópatra não matou César, mas entregou o punhal àqueles que o mataram. Entretanto, ao olhá-la, vi que não era Charmian, mas a própria Cleópatra, com as roupas da criada. Na minha exaustão, a raiva se transformou em ódio.

— Sou sua irmã na tristeza — disse ela, suavemente.

— Como ousa alegar parentesco comigo em meio à minha dor? Seu amor é por si mesma e pelos próprios interesses.

Ela não me respondeu nem me condenou por minha grosseria, apenas me encarou com expressão carregada de pena. Sentei-me no banco e pus a cabeça entre as mãos. Contudo, à minha frente, eu via nossos filhos. O meu, tolo e coberto de sangue; o dela, um garotinho com os cachos e a boca voluntariosa de César. A criança era o derradeiro pedaço de César. Sem dúvida, ele iria querer que o filho vivesse. Eu salvara meu próprio filho, o assassino. O de Cleópatra era apenas um bebê, um inocente. Eu detestava Cleópatra, a rainha; mas Cleópatra, a mãe, eu entendia. Virei-me para ela.

— Eu a odeio. É a culpada por tudo isso. — Respirei fundo. — Mas salvarei a você e ao seu filho.

27

CLEÓPATRA

Servília chega à vila e entra apressada, cercada de guardas. Lá fora, a multidão de vingadores clama pelo meu sangue. Um simples disfarce já não seria suficiente para enganá-los. Não há limites para sua raiva: tudo o que eles entendem é que César está morto, e o mundo, destruído. Vão nos matar, caso nos encontrem. Meu medo é só pelo meu filho. Não me importo com minha própria carne.

Reunimo-nos e fazemos planos com Servília.

— Eles beberão até ficar estuporados ao amanhecer, quando haverá um pouco de sossego. Os soldados farão a patrulha, e esse será o momento mais seguro para vocês saírem. Irão na minha liteira, não na sua. Ninguém a perturbará, se acreditarem que você sou eu — disse Servília. — Eles me viram entrando e não saberão que é você saindo em meu lugar.

Viro-me rapidamente para Charmian.

— Deixaremos tudo para trás. Nada importa.

Cheguei aqui como rainha, com centenas de escravos e um séquito de carros e tesouros, e parto sem nada. Preciso me desfazer de tudo para escapar. Até de meu nome. Vou usá-lo de novo quando chegarmos ao Egito.

Nenhuma de nós dorme. Esperamos, ouvindo e vigiando até o amanhecer. A primeira luz atravessa o céu, misturando-se ao clarão das fogueiras nas ruas. Levanto-me de meu assento e faço sinal às outras. Chegou a hora. A vila é abandonada com quase todos os seus bens, pronta para ser vasculhada e saqueada depois que fugirmos. Não me importo com nada disso; nem com os móveis entalhados, nem com as joias, nem com os tapetes, nem com os vinhos raros. Só Charmian, eu e meu filho me importam. Meu irmão Tol viajará em outra liteira, com o brasão de Servília, e sua própria guarda. Cesário fica furioso por ter sido acordado durante a noite e arrancado rudemente do berço, mas sossega novamente na liteira ao meu lado, dormindo e alheio ao perigo. Estamos espremidos na liteira de Servília, que nos faz sair cercados de seus escravos, todos exibindo suas insígnias. Cesário se aconchega em meu colo, e brinco com a profusão dourada de seus cachos.

— Levem-nos para fora da cidade pelo caminho mais curto. Partam antes do amanhecer — ordena ela.

Charmian franze o cenho e tenta discutir comigo mais uma vez.

— Minha rainha, você e Cesário não deveriam viajar juntos na mesma liteira.

Entendo o medo dela: se formos descobertos, a multidão nos arrancará da liteira e nos matará. Balanço a cabeça em sinal de recusa. Se morrermos, morreremos juntos.

Conforme somos levados, pressinto Servília nos observando de uma janela no andar de cima. Não nos encontraremos mais.

✦ ✦ ✦

As ruas de Roma estão quase vazias, os cidadãos se refugiam em suas casas, com medo. Debaixo dos cobertores na liteira, ecoo o medo deles. Mal respiro. Atravessar a cidade é demorado. Evitamos as vias principais, mas também as ruas estreitas, onde poderíamos ficar presos e ser desmascarados. Acaricio os cabelos de Cesário, desejando que ele durma. Viajamos ao ritmo acelerado dos escravos. O terror me ataca a ponto de eu não conseguir enxergar mais, ficando com a visão turva. Paramos de repente e depois avançamos. Cesário acorda e começa a chorar. Eu o embalo, mas ele não se acalma.

— Quem estão levando? — pergunta uma voz. — Quem se aventuraria a sair uma hora dessas?

Não ouso olhar, nem por uma fresta das cortinas.

— Servília, da família dos Servílios, como se pode ver — responde um guarda, um dos homens de Servília. — Saia da frente ou passaremos por cima de você.

Cesário começa a gemer e a puxar a cortina.

— Servília não tem um bebê de colo — insiste a voz. — Deixe-me ver quem estão carregando.

— Afaste-se. Não suje a liteira de uma matrona de Roma com suas mãos impuras, a menos que queira perdê-las.

Faço um gesto para Charmian segurar Cesário firmemente e, com as mãos tremendo, pego um frasco dependurado de meu pescoço e, forçando a boca de Cesário com os dedos, obrigo-o a engolir algumas gotas. Em poucos segundos, ele fica quieto, e seu corpo amolece. Espero ter-lhe dado a quantidade certa, apenas o suficiente para fazê-lo dormir.

— Afaste-se! — grita o guarda.

Claramente, o importuno decidiu obedecer, pois sinto o ritmo aumentar, e corrermos para a frente. Envolvo meu filho com os braços. Ele choraminga dormindo.

✦ ✦ ✦

O tempo passa aos solavancos. Corre, depois para. Atravessamos os portões da cidade. Respiro um pouco mais tranquila. Charmian sorri para mim e aperta minha mão. Meu medo me deixa impaciente e irritada. Estou com câimbras e dolorida, e somos balançados e sacudidos. A luz se espalha pelas bordas do horizonte, manchas vermelhas tingem o céu. Não estamos seguros. Ainda não. Viajamos sem parar. Para meu alívio, Cesário acorda, mas o alívio dura pouco. Logo minha cabeça lateja com seu choro e o esforço de segurá-lo, impedindo-o de puxar as cortinas e tentar sair. Sinto náuseas, algo ácido e picante no estômago, e minhas pernas e meus braços ficam dormentes. Os escravos diminuem o passo e param um pouco além dos portões da cidade, incapazes de nos levar adiante.

Somos retirados da liteira e subimos em um carro que nos espera. Não é um veículo luxuoso, mas uma simples carroça coberta, puxada por cavalos. Cesário fica vermelho de raiva e se recusa a subir, ansioso por correr e brincar, mas é levantado, sem cerimônia, por um escravo. Estou suada e com a boca seca. Uma dor percorre meu ventre, e solto um grito repentino.

— Está se sentindo bem, minha rainha? — pergunta Charmian.

Ignoro suas preocupações. Não posso dizer a verdade. Não consigo enxergar por medo e sinto um frio profundo dentro de mim.

Não paramos até estarmos a horas de distância da cidade. A luz mudou para a penumbra do fim da tarde. Fedemos a cavalos e a suor. A carroça para junto às margens de um rio, e os cavalos são desatrelados para beber.

Entro nas águas rasas. Preciso me lavar, me purificar. Enquanto a água faz cócegas em meus tornozelos, sinto o sangue escorrendo pelas minhas coxas. Há uma pontada de dor. Dobro-me para a frente e vomito no rio.

Sento-me desajeitadamente nas águas rasas, aninhando-me em um monte de seixos. Charmian vem e senta-se ao meu lado, enquanto a água vai ficando avermelhada com meu sangue.

— Eu não sabia — diz ela. — Sinto muito, eu não sabia.

Não falo. Não é necessário. Ficamos deitadas lado a lado, enquanto a correnteza leva essa parte de mim e de César. A dor é aguda, mas consigo suportar. Preciso suportar, pois ainda temos um longo caminho a percorrer. Mordo o lábio, crispando os dedos das mãos e dos pés.

— Diga que não me deixará novamente — peço.

— Nunca — responde ela. — Sou sua. — Ela abre os braços. — Deite-se. Deixe-me abraçá-la.

Inclino-me para trás e deito em seu colo. Sinto a pequena e firme curva da sua barriga inchada. Ela acaricia meu rosto e meu cabelo. Fecho os olhos e choro.

Charmian fala comigo em tom suave enquanto enxuga minhas lágrimas.

— Tive um sonho. Nossos filhos estavam brincando juntos. Minha filha, Cesário e o espírito dessa criança. Mas havia outras crianças também.

— Suas?

— Não, suas. Não agora. Mas um dia.

Acredito nela. Avalio tudo que Charmian abandonou para ficar comigo. Dei-lhe a liberdade, mas ela me escolheu mesmo assim. Voltou para mim por amor. Essa dor em minha barriga não é só minha, pois estamos juntas. Sobreviveremos e encontraremos nosso caminho de volta para Alexandria.

O rio leva embora o sangue. Descanso nos braços de Charmian e não me movo, deixando que a água me limpe e, com seu frescor, alivie a dor pulsante. Não sei por quanto tempo fico ali deitada. Minutos. Horas. Ela continua sentada ali comigo, me segurando nos braços.

Algum tempo depois avisto, um pouco acima, no rio, o pequeno Cesário agachado na água observando um peixe. O amor gira vertiginosamente em mim como uma moeda atirada ao chão. É hora. Enxáguo o restante do sangue das minhas coxas e fico de pé, um pouco instável.

—Venha — chamo, voltando para a carroça. — Temos um longo caminho pela frente.

Cesário segura uma de minhas mãos, e Charmian, a outra.

Enquanto caminhamos, penso em Servília. Não lhe agradeço. E suspeito de que ela nem deseje minha gratidão. Charmian para e pega meu filho. Voltamos para a carroça juntos, minha família.

Sento-me nos jardins do palácio. Meu lar, Alexandria. Ao longe, o mar brilha prateado e verde; as gaivotas voam em círculos, navegando pelos céus com suas grandes asas brancas. O ar rescende a tamareiras e sal. A luz aqui é azul, e o calor fricciona minha pele, enquanto observo Cesário brincar sobre um cobertor com sua ama e Charmian, mimado por ambas. Ela está grávida, e o filho pode nascer a qualquer momento. Talvez um dia o pai o visite. Mas serei eu o verdadeiro pai do menino. Olho para minha amiga e meu filho — e rio, atordoada de amor. Charmian se levanta com alguma dificuldade e, ofegante, acomoda-se na almofada ao meu lado. Acaricio seus cabelos.

— Voltei porque pertenço a você e também a isso — diz ela, suavemente. — O Nilo flui em meu sangue. Sou uma criatura da corte, não uma esposa de fazendeiro. Não posso ser diferente do que sou.

Beijo sua fronte.

— Adoro-a do jeito que é. Descanse — recomendo.

Ela fecha os olhos. Enquanto dorme, tomo da pena e retomo minha narrativa. Isto é paz. Roma nos deixa tranquilos, pelo menos por enquanto. O Império está ocupado demais devorando a própria cauda para se preocupar conosco, nos confins. Mas sei que ele não se esqueceu de mim ou do Egito, apenas voltou o rosto por um momento. Minha irmã é prisioneira em Roma, viva, mas em segurança, longe de mim. Esta calma é apenas uma pausa, mas eu a saboreio do mesmo jeito. A felicidade é passageira, e eu a agarro enquanto ela desliza por meus dedos como areia.

Sei o que dizem de mim em Roma. Meus inimigos já estão apagando meu nome onde quer que o encontrem. Querem suprimir todas as partes de mim, fazer com que meu corpo e meu nome voltem ao pó. Mas suas palavras são mais toscas que suas ferramentas, pois, se pudessem, me selariam dentro de uma história que nunca existiu. Temo que um dia a Cleópatra tagarela e prostituta se destaque e meu verdadeiro eu desapareça. Suas vozes são tão altas que, até para mim, minhas lembranças parecem sonhos e sombras. O mundo está cheio de meus inimigos e rivais, que só me veem através do véu da própria antipatia e do brilho enganoso de sua ambição. Mas contei minha história, e os leitores sabem que não sou o que se diz de mim. E, enquanto escrevo, eles se apressam a me apagar e a me desfigurar. Não deem ouvidos a essa gente, pois quem conhece a verdade melhor que eu? Eu sou Cleópatra.

Ouvi dizer que Bruto está vivo e, apesar de tudo o que fez, de toda a destruição e miséria que causou, sinto-me feliz por sua mãe. Olho para meu filho no cobertor, brincando com seus blocos, empilhando-os e gritando de raiva quando eles caem; e acho impossível que ele venha a se tornar um homem assim, capaz de tanto mal — embora saiba que possa.

Servília e eu nos unimos por um momento, conectadas pelo amor de um homem, e depois pelo medo e pela perda. Sem César, não há nenhum vínculo entre nós. No entanto, às vezes, penso nela como uma mãe que salvou seu filho e o meu.

Charmian murmura enquanto dorme ao meu lado, e espanto um mosquito de seu rosto. Roma pode conspirar contra mim com ações e mexericos, mas tenho aliados. Sou amada como rainha, deusa, mãe e amiga. Governarei o Egito e defenderei meu trono pelo bem de todos nós contra a poderosa tirania de Roma. Minha voz é alta, grito através das dunas sem fim e serei ouvida.

Talvez vocês estejam lendo meu relato agora na grande biblioteca de Alexandria, entre os pergaminhos onde eu gostava de me sentar quando era menina. Não sei o que acontecerá depois ou como meu papel terminará. Estou apenas determinada a fazer com que meu nome continue vivo. Agora vocês sabem a que mulher esse nome pertencia. E, enquanto leem, não me imaginem coberta de joias, com pulseiras tilintando nos braços. Espero que me vejam na biblioteca, sentada em uma almofada baixa, com um pergaminho na mão, o dedo enovelando meu cabelo enquanto leio, os lábios se movendo, uma ruga de concentração na fronte, e Charmian ao meu lado. Vou depositar esse relato lá, esperando por aqueles que, como vocês, quiserem me conhecer.

NOTA DA AUTORA

Todos conhecemos Cleópatra, ou achamos que conhecemos. Decerto já ouvimos esse nome; provavelmente, não há ninguém mais famoso que ela. A maioria de nós conhece a versão de Cleópatra derivada de Shakespeare, a sedutora envelhecida, enredada na política do amor. Cleópatra é uma das maiores e mais complexas personagens femininas que Shakespeare jamais criou. No entanto, por que ele chamou sua peça de *Antônio e Cleópatra*, não de *Cleópatra e Antônio*? Afinal, Cleópatra era o faraó e a rainha do Egito, além de ser a monarca mais rica do mundo. Do mesmo modo, por que Shakespeare deixou Cleópatra completamente de fora da peça *Júlio César*? Ela estava morando em Roma na época, como amante de César e mãe do filho dele, Cesário. No entanto, Shakespeare apagou-a de sua peça. Decidi que era hora de trazê-la de volta e imaginar sua história de seu próprio ponto de vista.

Shakespeare criou sua visão de Cleópatra com base em Plutarco, Cícero e outros historiadores romanos. O problema não é apenas o fato de terem escrito a uma distância de pelo menos cem anos, mas também de que esses escritores romanos detestavam a mera ideia que faziam dela. Não suportavam que uma mulher houvesse chegado tão perto de derrotá-los em batalha e, como os romanos acabaram vencendo, foram eles que escreveram o relato final. Portanto, a Cleópatra com a qual estamos familiarizados foi criada por Shakespeare com base nos relatos de seus hostis inimigos romanos.

É sempre um desafio elaborar uma versão fictícia de uma figura histórica, em especial quando ela é da história antiga. É quase impossível criar com veracidade uma personagem de tanto tempo atrás, sobretudo quando suas fontes são tão problemáticas. Às vezes, pode parecer um palpite no escuro. Eu queria criar Cleópatra como uma mulher com vulnerabilidades e relacionamentos humanos reais, mas que ainda parecesse uma rainha do mundo antigo. Precisava trazê-la à Terra como um raio e ainda manter aquela essência divina que faz dela Cleópatra. Ela é poderosa e frágil, divina e humana, uma deusa viva, mas também uma mãe que se preocupa com o filho — uma mulher que precisa trocar seu corpo e sua sexualidade por seu país.

Usei Plutarco e Shakespeare, bem como outras fontes — antigas e modernas —, além de minha própria fantasia. Sempre há uma tensão entre história e ficção; o fato histórico (tal como podemos captá-lo) é a base da ficção histórica, enquanto a narrativa dita o próprio ritmo. A biografia nem sempre convém a um drama com ritmo ideal. Aqui e ali, precisei alterar datas ou lugares; por exemplo, o famoso encontro entre Catão e Aulete, pai de Cleópatra, aconteceu em Chipre, quando o faraó estava a caminho de Roma. Não sabemos com certeza se a jovem Cleópatra ou Servília estavam lá, mas também não temos certeza de que não estavam: a história, muitas vezes, não considera as mulheres dignas de serem mencionadas. Eu, porém, acho que vale a pena mencioná-las repetidas vezes e movê-las das margens da história para o centro. Para mim, as histórias sobre mulheres são as mais interessantes. Espero que você tenha gostado de conhecer minha Cleópatra.

AGRADECIMENTOS

Escrevi este livro em meio a turbulências e sofrimentos. Olhando para trás, acho um tanto espantoso que tenha sido escrito. Com certeza, isso teria sido impossível sem a ajuda das seguintes pessoas: meus pais, Carol e Clive Carsley, e minha irmã, Joanna Garstang, que me ampararam e me puseram de pé várias vezes. Sem meus amigos maravilhosos, que são meu sistema de apoio e fornecem — sem ordem específica — abraços, perspectiva, chá, uísque e dança na cozinha: Charmian Holcroft, Ros Chapman, Tracey Lewis, Rachel Borchard Lewis, Uri Baruchin e Georgina Howland (a qual, apesar do que estava passando, ainda tinha espaço no coração para mim). Agradeço especialmente a Peter English, que ia a Dorset tantas vezes quantas precisássemos dele. Obrigada aos queridos amigos e vizinhos de minha vila em Dorset que apareciam a qualquer hora e me ajudavam com muita gentileza sempre que eu os chamava; temos muita sorte. Sou particularmente grata a Hannah Mckeand, por ter lido rascunho após rascunho — mesmo estando no Ártico —, e a Edward Hall, por sua fé inabalável em mim como escritora.

Agradeço à minha agente, Sue Armstrong — você é, sem sombra de dúvida, a melhor. E à sua assistente, Catriona Paget, que sempre se supera e vai além. Um profundo agradecimento a todos da Bonnier pela paciência e gentileza, bem como pelo apoio incansável a mim e a meus livros. Em especial, à minha brilhante editora Sophie Orme, assim como a Zoe Yang, Ilaria Tarasconi, Ruth Logan, Stella Giatrakou, Tamara Douthwaite, Beth Whitelaw, Helen Reith, Laura Makela, Chelsea Graham, Jenny Richards, Nick Stearn, David Ettridge, Alex May e equipes de vendas da Bonnier Books no Reino Unido e internacional.

Os últimos agradecimentos vão para meus filhos maravilhosos, Luke e Lara. Vocês aprenderam mais do que queriam sobre Cleópatra e sua turma, me aturando quando eu desaparecia no escritório e, às vezes, me esquecia de fazer o jantar até depois da hora de dormir. Tenho muito orgulho de vocês e lhes sou muito grata.

É preciso uma aldeia para criar uma família e escrever um livro, e acontece que, com a ajuda da minha, como Taylor Swift, consigo fazer isso mesmo com o coração partido.